BÜLENT GARDİYANOĞLU

GÖNÜL GÖZÜ

DESTEK
yayınları

DESTEK MEDYA GRUBU

DESTEK YAYINLARI: 920
KİŞİSEL GELİŞİM: 164

BÜLENT GARDİYANOĞLU / GÖNÜL GÖZÜ

İmtiyaz Sahibi: Yelda Cumalıoğlu
Genel Yayın Yönetmeni: Ertürk Akşun
Yayın Koordinatörü: Özlem Esmergül
Editör: Aslı Bahşi
Kapak Tasarım: İlknur Muştu
Sayfa Düzeni: Işıl Ilgıt Şimşek
Sosyal Medya-Grafik: Tuğçe Budak - Mesud Topal

Destek Yayınları: Mart 2018
11. Baskı: Nisan 2019
13. Baskı: Ağustos 2019
Yayıncı Sertifika No. 13226

ISBN: 978-605-311-392-8

Abdi İpekçi Caddesi No. 31/5 Nişantaşı/İstanbul
Tel. (0) 212 252 22 42
Faks: (0) 212 252 22 43
www.destekdukkan.com
info@destekyayinlari.com
facebook.com/DestekYayinevi
twitter.com/destekyayinlari
instagram.com/destekyayinlari

Deniz Ofset – Nazlı Koçak
Sertifika No. 40200
Maltepe Mahallesi
Hastane Yolu Sokak No. 1/6
Zeytinburnu / İstanbul

DESTEK yayınları KARAKARGA BEYAZ BAYKUŞ genç DESTEK

BÜLENT GARDİYANOĞLU

GÖNÜL GÖZÜ

DESTEK yayınları

İÇİNDEKİLER

"Hiç kimse anlatıldığı kadar iyi,
anlatıldığı kadar kötü değildir.
Gördükleriniz, sandığınız,
sandığınız da gördüğünüz değildir."

"Dünya gözü ile bakan yüzü,
gönül gözü ile bakan özü görür."

– Hz. Mevlana

BAŞLARKEN

Hayatınızın belli başlı bazı dönemlerinde, "Niye bunlar benim başıma geldi?" dediğiniz oldu mu?

Bundan önceki kitaplarımızda en çok sorguladığımız konular, içsel farkındalıklarımızdı.

Dünya hayatından uzaklaşıp, yaratılışımızı sorguladığımız anlarımız da olmuştur. Örneğin, en dibe vurduğumuz anda, ölüme en yaklaştığımız anda, mesela bir trafik kazasında, bir hastalık durumunda veya çocuğumuzun başına bir kaza geldiğinde!

Böylesine değerli bir "an" ile oluşmaya başlayan sorgulayıcı duygularımız sonra ne mi oldu? Yeniden normale döndük. Ev, iş, ev; rutinin içinde kaybolup ziyan olmuş uykuda bir hayat.

Oysa bütün bir hayatınız, geride kalan otuz kırk yıl sizi o trafik kazasına hazırlamak için çalıştı. Acaba kaç yıl boyunca olaylar sizi sağa itti, sola itti, arkanızdan itti?

Hiç düşündünüz mü o hastalıkla neden eşleştiğinizi? Aksiliklerle ve kötü tabir ettiğiniz insanlarla? Yoksa hemen, "Allahım bu nasıl yazgı? Neden benim başıma geldi?" diyerek isyan mı ettik?

Oysa sormamız gereken şey, "Niye benim başıma geldi?" değil, "Neden bunları yaşıyorum, yaşadığım olumsuz olayların hayatımdaki amaçları ne?" olmalıydı. Biz genelde rahat ve güvence kalesi içinde olan hayat peşinde koşarız. Birçoğumuz ise televizyonda, sosyal medyada bilinçaltımıza ekilen popüler kültür hayatlarına özenir, son model tüketim malzemeleri ile en pahalısını aldığımızda kendimizi başarmış, güvende ve içsel olarak zirvede hissederiz. Halbuki dünyayı yöneten birileri, kendileri dışındaki herkesi bu sistem içerisinde sahte duygular ve popüler yaşam örnekleri göstererek sahte hedefler oluşturup, faiz sistemleri içerisinde iliklerine kadar sömürüyorlar. Kendine ve iradesine yatırım yapmamış kişiler, sömürüldüklerinin bile farkında değiller. Ne de olsa en son model telefon, en iyi ayakkabı ve markalı pantolonu içerisinde güvende ve toplumda bilgisiyle, iyiliğiyle, yardımseverliğiyle, üretkenliğiyle değil, dünyasal etiketleriyle yerini sağlamlaştırmış. Allah yardımcısı olsun.

Kendi hayatımda şunu fark ettim: En canımı yakan olay, hayatı en çok sorguladığım olaydır. Sizin de başınıza böyle olaylar geldiyse, tekrar bir gözden geçirin. Böyle anlarda neyi sorguluyorsunuz? "Keşke bunu yapmasaydım! Keşke buraya gitmeseydim! Keşke bu okulu bitirseydim!" Neydi sorguladığınız? O en dar anınızdaki yüzleşmede neler geçti aklınızdan?

Yakınlarınızdan birini kaybedince sorgularsınız yaşantınızı. Üzücü bir olay yaşayınca, mesela terk edilince sorgularsınız. Dolandırıldığınızda ya da toplum içinde utanacak duruma düştüğünüzde sorgularsınız. Fakat almanız gereken dersi almadıysanız, bir süre sonra hayatınız yeniden rutine döner ve sizin almak istemediğiniz o mesaj, daha sert bir halde yeniden gelip size çarpar.

Düşünmeniz gereken şudur:

"Dersi nerede almadım ki, anlamam için aynı sınav gelip bana tekrar anlatıyor?"

Şöyle bir niyette bulunabilirsiniz:

"Allahım, gözden kaçan ne? Niye bu olayla eşleştim? Bu olay defalarca çözmeme, uğraş vermeme rağmen neden bana dönüp geliyor?"

Eğer, "Ben bunları hak edecek ne yaptım?" derseniz bu bir isyandır. Bizim konumuz isyan değildir. Hayatınıza darbe vuran olayları anlamaktır. Örneğin sabah otobüsü kaçırdınız, ikinci otobüse bindiniz. Birinci otobüs vaktinde gidecekti gideceği yere; ikincisi sekiz dakika sonra ulaşacak. Birinci otobüsün geçtiği yerde trafik kazası olmuş, yaralananlar olmuş. Birinci otobüsü kaçırmasaydınız, kazaya şahit olacak belki de kazayı yapan siz olacaktınız. İkinci otobüse bindiniz ve başka bir akışla eşleştiniz. Neden? Bir an içinde zamanda ileri ya da geri başka bir akış noktasıyla eşleştiniz ve tüm hayatınız buna bağlı olarak değişmeye başladı. Kader mi? İlahi sistemden gelen bir yardım mı? Verilmiş sadakanız mı vardı?

Okuyacağınız bu kitapta anlatmak istediklerimi hissedebilmeniz için, daha önce yazdığımız *Evrenin İlahi Dili* ve *Her Şey Hakikati Görmekle Başlar* adlı kitaplarımızı öncelikle okumanızı öneririm. Bizimle ilk tanışmanız bu kitap ile olduysa, dünya hayatına programlı bilinciniz ile çatışmalar yaşayabilir.

Daha önceki kitaplarımızda kendi hayatımda yaşadıklarım, dünyanın birçok ülke ve şehrine yaptığım yolculuklardaki gözlemlerim, bireysel görüşmelerden elde ettiğim gözlemlerden kendi idrakim kadarıyla yazmaya çalıştım. Bu kitap kişisel gelişim kitabı değildir, farkındalık kitabıdır. Uygularsanız, kişisel gelişim olur. Uygulamazsanız sadece bir kitap olarak kalır.

Gönül Gözü adlı kitabımızda, içdünyamızdan, dış dünyamızdaki oyunlara kadar A'dan Z'ye farkındalık katacak bilgileri sizlerle paylaşmaya çalıştık. Şimdi bunları daha derinlemesine inceleme ve gönül gözünüzü açma, hayata ve başınıza gelen olaylara gönül gözüyle bakma, insanları gönül gözünden görme zamanı geldi.

Hayatınıza sert bir olay geliyorsa biz Yaradan'ımızı unuttuğumuz içindir. Biz çok dünya insanı olduk. Sabah kalkıyoruz, akşama kadar iş, çocuklar, evin işleri ile meşgul oluyoruz. Bir bakıyoruz ki Yaradan'a olan dualarımız, sipariş duasına dönüşmüş. Allah'ı anıyoruz, iş kolay olsun diye; Allah'ı anıyoruz, para gelsin diye; Allah'ı anıyoruz, şifa gelsin diye...

Bu gezegende olup biten olayları, bu sistemde var olanları Yaradan'ın neden yarattığını öğrenmek istiyorum. Marka giyinmekten, lüks bir restoranda yemek yemekten çok, hayatı araştırmak istiyorum. Apartmana tıkılı kalmaktan çok bir yere çadırı kurup, geceleyin yıldızları seyredebilmek istiyorum. Kuran, bizim yıldızlara bakmamızı ve düşünmemizi istiyor. Biz ise arkadaşımızın kılık kıyafetine bakıyoruz. Oysa biz buraya dünya hayatı için gelmedik. Tekâmül yapmaya geldik. Lakin tekâmül yerine, biz dünya eğitim kampına kök saldık.

Kendimize dünyalık hedefler koyup, o hedeflere ulaştığımızda mutlu olacağımızı sanıyoruz.

Çocukken hedef, okula gitmek. Gittik. Sonra lise geldi. Üniversiteye gidersek her şeyin yolunda olacağını, hayatımızı kurtaracağımızı söylediler. Kimilerine de evlen kurtul denmiştir. Bazı kişiler de, ailesinden kaçmak için evlenmiştir. Lakin kaçarak ya da bir hedefe ulaştıktan sonra mutlu, güvende, başarılı olacağımızı zannettik. Yanıldık!

Ev, araba, para olduğunda mutlu olacağımızı sanıyoruz. İçsel eksikliklerimizi hep dünyasal dıştan edinilme dünyalıklarla kapatıyoruz. Daha doğrusu kapattığımızı sanıyoruz.

Hayatımızda bazen öyle saçma yerlere takılıp, yıllarca oyalanıyoruz ki. O saçma yaşadıklarımıza güzel bir örnek. Bir Meksika restoranına gittiniz. Acılı bir yemek yediniz, dilinizi yaktı; yarım saat sonra acısı geçti. "Ya bu da bir Meksika yemeğiymiş! Yedikçe yandı ağzımız..." demek yerine ne dediniz? "Allahım neden benim ağzım yandı? Ben bunu hak edecek ne yaptım? Herkesin keyfi yerindeyken neden bir tek benim dilim yanıyor?" dediniz ve işi gücü bırakıp, yemeği yapan kişiyle kavga etmeye başladınız. Yıllarca kavga ettiniz. Bu durumu başka yere çektiniz, saptırdınız, kurbana yatıp yıllarca yerinizde saydınız. Hayatınızda yaşadığınız birçok olay da bunun gibi. Evet diliniz yandı, lakin hayata devam yerine, durduk ve kavgaya giriştik. Bu da bir tecrübeymiş, dersimizi aldık deyip devam edemedik.

Bu durum üzerine dikkatle düşünün: En sıkışık olduğunuz, ölümle burun buruna geldiğiniz, bir sevdiğinizi kaybetme durumuna geldiğiniz, hayatla ölüm çizgisinde kendinizi bulduğunuz anda, neyin tövbesini yaptınız?

İnsanlar böyle anlarda birçok söz verir kendi kendine ama sonra unutur. "Bir iyileşeyim, bir ayağa kalkayım, şöyle iyi insan olacağım, böyle kurban keseceğim..." Sonra iyileşir ve aklına bile gelmez. (Buraya ilave etmek istediğim birkaç ilginç şahit olduğum olay daha var. Kurban adayıp, adağı olduktan sonra, "Daha küçük kessek? Koç değil de oğlak olur mu?" diyenler var. Yani anlayamadığım, neyin pazarlığı içindesiniz?)

Oysa ağızdan çıkan her söz, yapılmış her niyet bir kontrattır.

Elinize kâğıt kalem alın ve geçmişi bir düşünün. Nerelerde kontratımız var? Geçmişte nerelerde sözler verdik? Yaptıysak güzel. Yarım bırakmış veya hiç başlamamışsak, bazen hayatımıza olumsuzluklar musallat olur ki geçmişte verdiğimiz sözleri hatırlayalım. Tabii işimize gelirse.

Hayatınızdaki en büyük pişmanlıklar nelerdir? Bunları yazın. O pişmanlıkla helalleşmediyseniz, "Keşke bu kişiyle evlenmeseydim, keşke bu şehre gelmeseydim, keşke üniversiteye gitseydim, keşke bu okula gitmeseydim! Keşke... Keşke..." diyorsanız bunları yazın ve üzerinde düşünün.

ÖNCE KENDİNİ TANI

Bu dönem bütüne hizmet etmesi gereken insanlarda sıkışmalar var. İlişki boyutunda olabilir, maddi olabilir, duygusal travmalar olabilir... Yapacağı işler var ama sıkışmış. Birine yardımı hep maddi yardım olarak düşünürüz ama en büyük yardım, farkındalık oluşturup, o kişinin kilitlendiği düşünceden kendi başına çıkabilmesine yol göstermektir.

Birçok insanın seminerlerle, kitaplarla, internetten takip ederek bu konuda büyük birikimi oldu. Ancak uygulamaya geçilemedi. Çünkü ego öne geçiyor.

Denge önemlidir. İnternetin de sayesinde bu kadar çok bilgi varken, binlerce sayfa farklı kaynağı okurken, kendinizi geliştirin ama dengeli olmayı elden bırakmayın.

Kendi adıma, Mu ve Atlantis'ten uzay çalışmalarına kadar birçok kaynak okudum. İnanamayacağınız kadar çok farklı kapılar ve kaynaklar var. Fakat dikkat etmemiz gereken bir durum var: Bizim genetik yapımız ne? Bizim türümüz ne? Biz hangi koddan gidiyoruz? Eğer mazotlu bir arabaya benzin koyarsanız, motorun sistemini bozarsınız. Çalışmaz. Sizin yakıtınız hangisi? Hangi kaynaklar sizi besler ve tekâmüle götürür? Hangi kaynaklar sizi karanlık yollara saptırır ve yolunuzu kaybetmenize neden olur? Bunu iyi anlamanız gerekiyor.

Ben kendi genetiğime baktığımda, atalarımda "kul olma" programını gördüm.

Kişisel gelişim güzel olduğu kadar, batıla kaymaya oldukça müsait bir yoldur. Birçok noktaya kayabilirsiniz. Bu gezegende ne kadar eğitmen varsa anlattıkları bilginin yanlış olmadığını ancak herkesin farklı algılayıp yorumladığını gördüm. Yabancı bir eğitmenin anlattığı yanlış değildir. Ancak farklı bir genetik programın içindeki insanlar için olabiliyor. Onun öğrencileri ondan bilgiyi alıp uçarlarken, ben bilgi aldığımda arızaya geçiyorum. Bu nedenle önce kendini tanımak gerekiyor.

Eğitim metotları yanlış ya da biri diğerinden daha iyi değildir. Her yöntem farklıdır ve her yönteme uygun olan insanlar da farklıdır. Farklı bir kültürel yapıda etkili olan eğitim, sizin için doğru eğitim olmayabilir. Ben bir din adamı değilim. Ancak dini kaynakların da dikkatli öğrenilmesi gerektiğini düşünüyorum. Bazen bir kelimenin hatalı çevirisi bile farklı etkilere neden olabiliyor.

Hayatımızda birçok konuda kelebek etkisi yaratıyoruz. Eskiden bir insanla konuşurken, "Ben senin yerinde olsam şunu yapardım" diyebiliyordum. Oysa ben onun yerinde değilim. Onun zihnine bir düşünceyi ekersem, olur da başarırsa ne âlâ. Başaramazsa, hayatı boyunca arkamdan söylenecektir. Bu nedenle, herkes kendi cevabını bulsun ve bunun da sorumluluğunu alsın aşamasına geldim. Benim görevim, cevabı buldurma yollarını anlatmak. Ama herkes kendi cevabını bulur. Sekiz milyar insan var, sekiz milyar da doğru var. Benim doğrum değil, sizin kendi doğrunuz doğru olsun. Tüm doğrular günün sonunda Hak yolunda buluşur.

BU GEZEGENE AİT MİSİNİZ?

Düşünün bakalım, kendinizi bu gezegene ait hissediyor musunuz?

İnsanoğlunun bu gezegene başka bir yerden gönderildiğini düşünüyoruz. "Cennet" adını verdiğimiz bu yerde yaptığımız yanlışlar, buraya gönderilmemize neden oldu. Gezegendeki sürecimizde kendimizi arındırmak ve Allah'a iyi kul olmak belki de ilk yapmamız gereken. Lakin biz bu gezegene çok güzel yerleştik. Doğayı betonlaştırdık. Hayvanları kendi istediğimiz şekilde ya yok ettik, ya kafeslere koyduk ya da klonladık, hormonladık, şişirdik, daracık yerlerde çoğaltıp buğday tarlası gibi hayvan tarlası yapıp, canlıları gün yüzü göstermeden hasat ettik. Hasattan gelen ve afiyetle yediğimiz gün yüzü görmeyen hayvanların tabaktaki ızgara hallerini de sosyal medyada herkesin gözüne bol bol sokarcasına paylaştık.

Ne oldu bize?

Dünyayı yönetenler bedenlerimizi GDO'lu gıdalarla doldururken, biz ruhlarımızı da mı karanlığa teslim ettik? Yoksa kendimizi halen daha bilgili, arınmış, sevgi kelebeği görüp, sosyal medyada yıkılmadım ayaktayım pozlarıyla mı geziyoruz?

Maskelerimiz her geçen gün kalınlaşıyor. Peki nereye kadar?

Artık kendimizi toparlamamız gerek. Allah'ın yeryüzüne gönderdiği halifesi olan insanoğlu, yerlerde sürünüyor.

Canımızın çektiğini yaptığımızda bizden mutlusu yok. İstediğimizi yapamadığımızda da bu gezegene, üzerinde yaşayanlara, kaderimize hep kızdık. Kızanlar, yaşadıkları sınavları arındırmayı başaramayıp, sınavlarını veremeyip bir sonraki kuşağa devretti. Onlar da bir sonraki kuşağa... Sürekli sınavları erteliyoruz. Oysa çözmemiz lazım.

Sistemin içinde bu dönem insanlarda çok ciddi dünya kaygısı var. Ödemeler, sıkıntılar, küresel birtakım organizasyonların ekstra ilginç uygulamaları... Hıristiyanları da Musevileri de Müslümanları da kendi dinlerinden soğutan faaliyetleri, newage din oluşturup, Allah'ı unutturup, evreni yaratıcı gibi göstermeye çalışıyorlar. Dünyayı yöneten gizli sistemlerin kendi çıkarları doğrultusunda yaptığı senaryolar var. Onlar ne gösterirse, onları izliyoruz.

Nine ve dedenizi belki gördünüz, onların nine ve dedelerini görmediniz. Atalarınızdan size yazılı tavsiyeler geldi mi? Büyük ihtimalle hayır. Demek ki bizim enformasyonumuz bir kuşak öncesi. Daha öncesinden yok. Oysa küresel bazı yapıların, Mısır'dan da önce Sümerler döneminden beri yazılı enformasyonlarla kendi soylarına bilgi aktarıyorlar. Onlar kendi genetiğinden gelen insanlar için kayıt tutuyor ve büyük bir gizlilik içerisinde bu bilgileri binlerce yıldır kuşaktan kuşağa aktarıyorlar. Sonraki kuşaklar da bunu devam ettiriyor.

Siz bir garip anneniz, babanızdaki bilgiyi, -onu da ne kadar anne babamızla sohbet ettiğimiz, onlardan bilgi aldığımız tartışılır- elinizde bulundururken, binlerce yıldır yazılı bilgi aktaran yapılar var. Bu sistemler diğer insanları medya dediğimiz hipnoz kutusu ile uyutuyor. Her şey büyük bir algı operasyonu içerisinde ilerliyor.

Bir topluma kredi kartı verip, bütün medyada özendiren reklamlarla devam ettiğiniz zaman, kısa sürede tüm insanlar kendini faiz batağında buluveriyor. Evliliklerin çoğunun bitme nedeni aldatma değil, maddi krizlerin yaşanıp kişilerin dengesini kaybetmesidir. Dengesini kaybeden kişi geleceğini pek aydınlık göremiyor. İşte bu noktada en tehlikeli şey, kişinin umudunu kaybetmesidir. Umudunu kaybeden kişi ardından umudunu kaybeden bir çekirdek aileye dönüşüyor. Çekirdek aile de umudunu kaybeden bir ülkeye doğru dönüşmeye başlıyor. Demek ki bir ülkeyi yok etmek için göbeğine bomba atmaya gerek yok. Dört santime altı santim ve bir milimetre kalınlığındaki bir kartla gerekli yok edişi ve buhranı başlatabiliyorsunuz. Kredi kartı sistemi gerçekten inanılmaz tehlikeli ve sinsice içimize işleyen bir sistem. Harcadıkça kazandıran kart sistemi. On puan almak için neredeyse bir maaşınızı veriyorsunuz. Sonra o on puanı harcama vakti geldiğinde de, kampanya süremiz doldu diyorlar. Her şey büyük bir aldatmaca. Biz de arınma sürecimizde halen daha kendi kendimizle ya da birileriyle, "Nasıl affederim, nasıl hakkımı helal ederim, yanına kâr mı kalacak?" diye kendimizi yiyip bitiriyoruz. Bu soruyu dünyayı sömürenlere sormayı hiç düşündünüz mü? Yoksa sadece sizi kıran kişinin ceza görmesi ve sizin de bunu görüp mutlu olmanız bu hayatı yaşadığınıza değeceğini düşünmenize mi yarayacak?

Artık kendine gel. Bir kaşık suda boğuluyorsun. Dünya elinden gidiyor sen dizileri izlerken, kendinle, kaderinle ve etrafındakilerle kavga ederken.

Hep etrafınızdaki sloganlar neredeyse aynı. "Kartla telefon al, hediyeler al, taksit yap, güzel yaşa! Marka giyin, kendini değerli hisset!"

Sürekli bu mesaj veriliyor. Eğer dikkatli davranıp, tutumlu olmazsanız, kırk yıllık birikiminizin sömürülmesi çok kısa bir zaman alıyor.

Bir yerde oturup sizi yönlendirenler için günün yirmi dört saati çalışıyorsunuz. Subliminal mesajların varlığını, bunların medyada, AVM'de hatta markette kullanıldığını hissediyorsunuz ama ispatlayamıyorsunuz.

Uyanmak, sadece arınma ile değil, dışsal tahriklere karşı da kendini koruyabilmekle olur. Bir AVM'ye alışverişe gittiğinizde, bir film izlediğinizde, orada gizli bir mesaj olduğunu nasıl anlayacaksınız? Zaten bilinçaltınızda birçok mesaj önceden ekilmiş durumda. Atalarımız son bin yılı neredeyse savaşlarla geçirmiş, göçlerle geçirmiş bir genetik mirasın devamıyız. Kayıtlar genetik olarak sonraki kuşaklara akarken, kaybetme, yalnız kalma, çaresizlik, parasızlık, dışlanma, terk edilme korkuları da aktarılıyor. Bunlar atalardan gelen korkular. Bize miras kalan korkularla seçimler yaptık. Bir işe girecekken içimizde bir korku: "Bu işe giremezsem yandım! Eve ekmek götüremeyeceğim!" Ve o işi başka alternatifleri bulamayacağınıza inanarak mecburen seçmiş olabilirsiniz. Sevmediğiniz bir işi yıllarca korkularınız yüzünden devam ettirmiş olabileceğinizin farkında mısınız? Cesur olabilseydik, içinde bulunduğumuz hayatı değiştirmez miydik?

Bugüne kadar hep idare ettiniz. Yirmi yaş, otuz yaş, kırk yaş. Hep idare ediyorsunuz. Bakış açınızı değiştirmediğiniz sürece bu modun içinde kalıyorsunuz. Hangi yaşa gelirsek gelelim hep ağzımızdan aynı sözler çıkıyor. İdare ediyoruz.

Video izleme sitelerini açıp baktığınızda yüz milyonun üzerinde izlenen kliplerdeki sanatçıların hemen hemen hepsinin, aynı gruplara ait şarkıcılar olduğunu görürsünüz. Şansınız yok! Eğer onların içinde değilseniz, büyüyemiyorsunuz... Siz kalkıp düzgün bir hakikat ile ilgili bilgi paylaşın, sosyal medyada paylaşılmıyor mesajınız. Beğeniyi zor alıyor. Absürd bir yazı yazıyorsunuz, deli gibi paylaşılıyor. Sosyal medyada sizin verdiğiniz mesajlar değil, sitenin kendi seçtiği mesajlar öncelikli olarak insanların görebileceği yere getiriliyor. Onlar hangisinin ulaşmasını istiyorsa, o mesajlar ulaşıyor insanlara. Faydalı insanları görünmez hale getirip, faydası olmayan insanları deli gibi öne çıkarıyorlar. Rol model gösterdikleri şarkıcıları, sanatçıları öne çıkartıp, gençleri peşlerinden koşturtuyor, "Hayat budur" dedirtiyorlar onlara. Sosyal medya, arama motorları, video oynatma sistemleri. Her şey ellerinde. Ve kendi aralarında ortak bağlantılar ile güçlerini ve kontrollerini her geçen gün daha da artırıyorlar. Bu sistemleri dünyanın başka bir yerinde kendi patlattıkları bombalar ile terörü oluşturuyorlar. Sonra terör var sizin güvenliğiniz bahanesiyle de tüm internet veri trafiğinizi ve iletişim kaynaklarınızı sürekli inceleme altında tutuyorlar. Terörü yapan da, bu konuda korku üretip insanları güdüleyenler de, kamuoyunu değiştirenler de, tavşana kaç, tazıya tut diyenler de yine dünyayı yöneten ailelere bağlı sistemler. Bunlar ne zaman mı oldu? Biz duygusal beklentilerimizin karşılanmadığı küçücük dünyamızda, kendimize ve birilerine kızarken, akşamları dizi ve yarışmaları izlerken oldu.

Şimdi Siyonizm ve evangelizmin yönlendirdiği sanatçılar, artistlerin çoğu, küçük yaşta aç sefil kişilerdi. Genelde çocukluğu darda olan kişileri alıp, eğitmek ve kendilerine borçlandırarak yönetmek daha kolaydır.

Geniş açıdan baktığınızda, gezegeni artık hükümetlerin değil, sınırları aşan yapıların yönettiğini görüyorsunuz. İnsan emeğini ortadan kaldırmak, yapay zekâya sahip robotları öne çıkarmak istiyorlar.

Bu anlattıklarımın kaynağı mı? Başınızı dizilerden biraz kaldırmayı, kendi içdünyanızdaki savaşları bırakmayı başarabilirseniz, uzun yıllardır birçok değerli insanın bunları ellerinden geldiğince anlatmaya çalıştığını fark edeceksiniz. Lakin bu kişileri bile ya ortadan kaldırıyorlar ya da itibarsızlaştırmaya çalışıp, sözlerinin değerini aşağıya almaya çalışıyorlar. Dünyada gündem o kadar hızlı değişiyor ki, bu okuduğunuz kitabı bitirdikten sonra acaba hayatınızda ne kadar uygulayabileceksiniz? Sizi yönlendiren sistemlerin varlığını ne kadar fark edebileceksiniz?

Allah hepimizin yardımcısı olsun.

ARINMAK YETMEZ

Kendinizi geliştirin. Bilginizi artırın. Öğrendiklerinizi uygulamaya gayret gösterin. Bu bir süreçtir. Bu süreçte fazla oyalanmayın. Arınıp kendinize dönmekle yetinmeyin. Bu noktada kalan birçok kişi, sadece ben deyip "an"ın keyfini çıkarıp, geri kalan dünyayı görmezden geliyorlar. Bir an önce toparlanın ve ayağa kalkın. Birileri dünyayı kaosa taşırken, kendi içinizde mutlu olmanız artık sizi kurtarmaz. Öyle bir dünyada yaşıyoruz ki haberler bile günler öncesinden hazırlanıp planlanıyor. Bunun için de "Ben sistemin neresindeyim? Kendi nefsimi (egomu) tanıyor muyum? Egom mu beni yönetiyor? Egom beni yönetiyorsa, sistem de egomu yönetiyor..." diyebilmek lazım. Bu sistemin dışına çıkmak lazım! Burada kastedilen hükümetler değil. Hükümetleri de kuran, yıkan, bozan, ülkeleri dağıtan küresel sistemler var.

Çok yüksek teknolojiyi keşfetmiş gruplar var. Kanser çözüldü, AIDS çözüldü. Yıllardır dünyayı geziyorum. Çok fazla enformasyon topladım. Önemli işler yapan insanların farklı şeyler konuştuğunu gözlemledim. Hakikaten dünya iyi ayakta kalıyor... 8 milyar nüfusun dünya için fazla olduğuna ve dünya nüfusunun 3 milyara indirilmesi gerektiğine inanmış gruplar var. Bu sistemi durdurmayı düşünürseniz başı ve sonu belli bile değil. Çünkü hepimiz içinde yaşıyoruz. Bu sistem binlerce yıldır faaliyetini sürdürüyor. Belki de kapı komşunuz bile o sistemin bir parçası ama bilemezsiniz. Sadece bu sistemden kaç kişiyi dışarı çekebilirsiniz, kaç kişiyi uyandırabilirsiniz, bu önemlidir.

Bizden istenen şu: Kazandığımızdan fazla harcayalım, filmlerdeki gibi âşık olalım, başarılı insanlara özenip isyan edelim. Mutsuz olalım ve yine mutsuzluğumuzu beslemek için yemek yiyelim, alışveriş yapalım. Biz Yaradan'ı unutalım, sevdiklerimizi varlığımızla mutlu etmek yerine hediyelerle mutlu edelim, eski model cihazlar işe yarasa bile kullanmayıp sürekli değiştirelim, sürekli satın alalım, satın alalım, bunun için daha çok çalışalım, maddi kaynak üretelim, faiz ödeyelim. Bin lira kazanıp iki yüz lirasını faize verelim ve kalan sekiz yüz liranın da bereketi kaçsın... Daha sonra neredeyse aile bireylerinin tüm maaşları faize gitsin. Böylelikle Siyonist sistem kendi işini size yaptırıyor ve maaş veriyor. Sonra o maaşı kendisi yorulmadan bankaları aracılığı ile faizle geri alıyor. Yani tam kumarhane gibi bir dünya. Kumarhane felsefesi nedir? Kasa her zaman kazanır. Halk her zaman maddi olarak dara girer, daha iyi hayatlara özendirilir, o hayata yaklaşabilmesi için bankalardan borç alır ve banka o evin artık bir bireyi olur.

Birçok ülke gezdim. Her ülkede sorun aynı. Hiç kimse yok ki cesur bir şekilde faiz anaparayı hiçbir zaman geçemez desin. Sizin borcunuz örnek 10 birim olsun. Banka sizi iki yıl aramaz ki borcunuz artsın. Sözleşmede kargacık burgacık yazılarla imzaladığınız bazı maddeler var. Cezalı faiz inanılmaz yüksek. Siz 10 birim borcunuzu iki üç yıl sonra 150 birim olarak bulabilirsiniz. 10 birime bir telefon almıştınız. Sistem size verdiği telefonu 15 telefon olarak geri aldı. Hangi siyasetçi buna dur diyebilir? Diyenlerin halini gördük. Bankaların arkasındaki aileler, hükümetinizi bir anda borsayı kullanarak zora sokabiliyorlar. Ve hiç yorulmadan. Klavyeden iki tık yap enter'a bas ve istediğin ülkede kaos yarat. Bunlar nasıl oldu? Biz TV'de dizileri izlerken, sevdiğimiz kişi bize geri dönecek mi diye beklerken, ona buna kızıp Allah'a havale edip ceza çekmesini beklerken. Ne güzel kandırıldık kendi duygularımız içerisinde. Adamları tebrik etmek lazım. Minareyi çalmışlar kılıfını hem bize diktirmişler, kılıfı için verdikleri parayı da faiz olarak geri almışlar. Biz sadece yediğimiz yemek ve içtiğimiz suya kaldık. Tabii yediğimiz yemekte bile kafamız o kadar dolu ki, tat bile alamadık.

Kafamızı susturduğumuzda, herkesi ve kendimizi affettiğimizde, kabul ve dengede olduğumuzda filmlerin içerisindeki subliminal mesajları daha rahat fark ediyoruz. Bir filmin içinde subliminal mesaj varsa siz de birçoğunun farkındasınız. Daha önce fark edemiyorduk.

Bir deneme yapın. İzlediğiniz filmde aktörü değil, arka plandaki dekorları izleyin. Duvardaki resimler, yerdeki halılar, saksılar, abajurlar, ne varsa... Onlara bakın. Filmin başından sonuna bakalım hangi sembolleri ve şekilleri göreceksiniz. Bu çalışmayı üniversitedeki hocamız sayesinde denemiştim. Birden filmin şekli değişiyor. Film boyunca ekranda hareket eden kişiler yerine hep fonu takip etmiştim. Şimdi de çoğu zaman bu şekilde de filmi ikinci kez izliyorum. Bakalım yine bilinçaltı bahçemize ne göndermek istiyorlar? Tabii ki biz kırk yaş üstü hedef kitleleri değiliz. Hedef kitleleri 2000'den sonra doğan çocuklar. Onları çaktırmadan programlayıp yeni kuracakları dünya yönetim sistemine alıştırmaya çalışıyorlar. Hele de bilgisayar oyunları bunun için tam bir eğitim simülasyonu gibi çalışıyor.

Elbette bizde de arızalar var. Nerede bir kötü haber var, onu izliyoruz. İyi haberler olunca, hele de art arda güzel haberler gelince istem dışı kanalı çeviriyoruz. Bir yerde deprem olduysa, altmış kişi öldüyse, bir ülkede ekonomi çöktüyse, insanlar sokaklara döküldüyse gözümüzü kırpmadan izliyoruz. "Şükürler olsun, biz iyiyiz..." deyip farkına varmadan kaos kullanılarak halimize şükür ettiriliyor. Yani içinde bulunduğun duruma sesini çıkarma yaşa git, senden kötüsü var sus. Buna biz izin veriyoruz. Tabii ki de herkes içinde bulunduğu duruma şükretmeli. Lakin kendisinden daha kötü durumda olanları görerek bunu yapmasına gerek yok. Bunu da bilinçli yapmıyoruz.

Size örnek vereyim. Siz bir işle meşgul olun. TV'de sürekli sizin yaptığınız işi daha iyi yapan ve sizden katbekat fazla kazanan insanları gördüğünüzde, belli bir süre sonra canınız sıkılıyor mu? Mutlu mu oluyorsunuz? Dürüstçe kendinize sorun.

DÜNYANIN FARKLI FOTOĞRAFI

Bu kitapta naz, niyaz bölümü yok. "Sevgilim niye beni terk etti? Niye sevgili bulamadım? Niye annem söyleniyor? Kardeşim bana bunu nasıl yapar? Ortağım niye beni dolandırdı? Kendime eş nasıl bulurum? Nasıl zengin olurum? Terfi nasıl alırım? Bir numara nasıl olurum?" gibi konular, önceki kitaplarımızda, nefes21.com web sitemizde ve videolarımızda bol bol elimizden geldiğince değinmeye çalıştık. Bu konuları hayatınızda hallettikten sonra elinizdeki kitaba geçmenizi tekrar öneriyorum.

Bu kitapta size dünyanın içinde bulunduğu bir fotoğrafı göstermeye niyet ediyorum: Dünyanın bir resmini...

Akıllı, farkındalıklı hele de Allah inancı olan birini, dünyayı yönetenler pek istemez. Neden mi? Dünya sistemi egomuza yönelik kurulmuş bir sistem. İnsanların neredeyse çoğu, egolarının seçimlerinin kurbanı. Bu seçimlerin en başında, iş, eş, arkadaş, kararlar ve daha birçok konu geliyor.

Dünyayı yöneten sistemler bizi küçültüyorlar ve at gözlüğü takıp, sadece önümüzü görmemizi istiyorlar. Bunlara isterseniz komplo teorisyenlerinin yaptığı gibi "İlluminati" deyin, isterseniz "üst akıl" isterseniz "çokuluslu şirketler" ya da nasıl isimlendirmek istiyorsanız o...

Dünyanın en iyi sihirbazı, sahnede gösteri yaparken izleyicilerin dikkatini başka yere çekerek, dilediği gibi numarasını yapar ve başarılı olur. Yukarıda saydığım sistemler de bana göre, izleyicinin dikkatini başka yere çekmek için birer kukla. Asıl olan ipleri kimin tuttuğu. Belki de bunu hiçbir zaman bilemeyeceğiz. Önemli olan bu oyunun farkında olmak ve egomuzun seçimleri ile değil, gönül gözümüz ile doğru seçimler yapabilmeyi başarabilmek.

Size, kendi zihnimde toparlayabildiğim, idrakim kadar olan olayları inşallah anlatabilirim. En doğrusunu her zaman Allah bilir.

Bizim kuşaktakiler, kurbanların kurbanlarıyız. Ninemiz, dedemiz genelde mutsuzdu. Hayatımız boyunca annelerimizle, babalarımızla, akrabalarımızla, eş dost ile düzgün ilişki kuramamış olabiliriz. Çocukken hayalini kurduğumuz yerden çok uzakta da olabiliriz. Hiç sevmediğimiz bir iş yapıyor olabiliriz. Hayatımızda birçok şey ters gidiyor olabilir. Hasta olmuşuzdur, borcumuz vardır, ortağımız dolandırmıştır. Kefil olduğumuz dostumuz, hem borcunu ödememiştir hem de arkamızdan dünyanın lafını etmiştir. Herkesin hayatında birçok sınav var. Herkesin ortak lafı, hayatımı yazsam roman olur. Bütün bu hikâyeler, filmin ufak, yan hikâyeleridir. Büyük senaryo içindeki, ancak detaydır.

Bundan yıllar önce, üniversitedeyken eğitmenimiz bize sordu:

"Özgürlüğü nasıl tanımlarsınız?"

Yıl 1995. Cep telefonları hayatımıza yeni yeni giriyordu. Büyük olanlar ucuz, küçük olanlar ise oldukça pahalıydı. Bugünün tam tersine. Ne kadar küçükse o kadar ucuzluyor. Ne kadar büyükse o kadar çok para ediyor.

Üniversite yıllarımda, bize ders veren sevgili eğitmenimiz bize bir soru sordu.

"Hangi ürün insanı özgürleştirir?"

Ben "Özgürlük cep telefonuna sahip olmaktır" dedim.

Yanımdaki arkadaşım ise "Walkman sahibi olmaktır..." dedi.

Onun verdiği cevabı kafam almadı. İnsanın cep telefonu olur ve yanında taşırsa, istediği yere gidebilir, istediği ortamdan işleri takip edebilir, her an ulaşılabilir, her yerde işiyle ve eviyle bağlantıda kalır. Öyle değil mi? O ise müzik dinlemeyi yeterli buluyor kendini özgür hissetmek için...

Sonra yıllar geçti ve artık anladım. Cep telefonu özgürlük değil, tam tersine kelepçedir. Bazen telefonsuz gezen emekliler görüyor, imreniyorum onlara.

"Ya seni merak ederlerse..." diyorum.

Gayet rahatlar. Cevap veriyorlar:

"Bir şey olmaz. İyiyim. Allah var..."

Akşama kadar bulamıyorsun. Nerede olduğunu bilmiyorlar ama rahatsın. Demek ki öyle de yaşanabiliyor.

Teknolojiyi seven ve kullanan biriyim. Cep telefonu o yıllarda özgürlük gibi göründü. Aslında bugün yanımızda telefonun olmasın, bir müzik çalara kulaklık takıp dinleyelim, kendimizi daha iyi hissediyoruz. Birçok kişi telefonu konuşmak dışında müzik dinlemek için kullanıyor zaten. Ancak biraz olsun, ulaşılmaz olma şansımız kalmadı. Çok ulaşılır olmak, hayatımızın içine herkesin girmesine izin verdi. Özelimiz kalmadı. Özel olanın kıymeti de kalmadı. Sürekli herkes, cep telefonu ile anlık yer bildirimi yapar, yediğini içtiğini, giydiğini, buluştuğunu paylaşır oldu.

Özelimiz kalmadığı için kendi kafamızı da dinleyemiyoruz. Kendimize zaman ayıramıyoruz, nefes alamıyoruz. İsyan ediyor, yaşam amacımızı bulamıyoruz.

DÜNYAYA UZAYDAN BAKSAYDIM...

Bazen düşünüyorum, uzayda başka bir medeniyetin üyesi olsaydım, Samanyolu Galaksisi içindeki bu küçük gezegende insanlığın nasıl olmasını isterdim?

Sevgi dolu, yardımsever, hoşgörülü, üreten, doğaya, canlılara ve birbirlerine saygı duyan, doğru beslenen, doğru yaşayan, gezegenin kaynaklarını düzgün kullanıp müsriflik yapmayan...

Oysa dünyaya baktığımda gördüğüm şey, birbirlerine kötülük yapan, hoşgörüyü unutmuş, kavga ve nefretle beslenen, birbirine saygı duymayan, yanlış gıdalar tüketen, içinde bulunduğu gezegeni harap eden, yok eden, kendi dışındaki canlılara yaşam hakkı tanımayan, müsrif ve mutsuz insanlarla dolmaya başladı...

Kuran'ı okuyorum. Hakikaten Allah katından inen en güncel kaynak. Hani kimi insanlar, dinlerin uydurma olduğunu iddia ederler. Her şeyi bilimle açıklamaya çalışırlar. Belki kendilerince haklı sebepleri vardır ama kendi açımdan baktığımda, bu gezegende hakikate ulaşmak için en güncel kitap olarak görüyorum. Kadınların değer taşımadığı ve kız doğdu diye bebeklerin çöle gömüldüğü bir dönemde, kadınların değeri, adalet, kul hakkı ve evrensel bakış açısıyla nasıl yaşamamız gerektiği açık ve net anlatılıyor. Güçlü olan kabilenin her şeyi yapabildiği, insanları yolda kesseniz bile hesabının sorulamadığı barbar bir çağda, Kuran, insanlara adaleti emreden bir sistemle geldi. "Teraziyi doğru tartacaksın!" dedi. Gönül gözünüzle baktığınızda, kâinatın kitabı olduğunu fark edersiniz.

Biz bu dünyada bir tekâmül için varız. Mal mülk, şan şöhret için değil. "Her iki dünyada da saadet..." derler ya, en güzeli hem dünyada hem de bundan sonraki boyutlarda saadet niyet ediyorum. Belki de öte âlemin de ötesi vardır! En doğrusunu her zaman Allah bilir.

Şimdi gelelim dünya yaşamına. Karanlık enerjilerden beslenen ve tekâmül yapmaya niyeti olmayan bazı gruplar, insanlığın tekâmülü engelleyebilmesi için akıl almaz bir çalışma içerisinde. İyi niyetli insanlar da kendilerine gösterilen dünya hayatının doğru olduğunu zannedip, ona göre yaşamaya çalışıyorlar. Alışveriş yap, kredi kartı kullan, her şeyin en iyisi sen de olursa, herkes sana saygı duyacak ve seni sevecek. Hepimiz bir oyunun içindeyiz.

Dönüp bir atalarınıza bakın. Kaç kişisi mutlu olabildi, yaşam amaçlarını bulabildi, hayallerine ulaşabildi? İnsanlığın çok azının atası bunları başardı. Diğerlerinin ataları zor şartlarda, hedeflerine ulaşamadan mutsuz bir şekilde bu yaşamdan göçüp gittiler. Biz, mutsuz bir soyun nesliyiz. Bu mutsuz soy savaşmış, mücadele vermiş, fedakârlıklar yapmış, sevdikleri için hayatını vermiş...

Bu oynanan oyunlar yüzlerce yıldır var. Yani atalarımızın çoğu da oyuna gelmiş. Hepsinden Allah razı olsun. Onların sayesinde hayattayız. Lakin bizler de bir gün bizden sonraki kuşakların ataları olacağımızı düşünmemiz gerekiyor. Peki biz, bizden sonraki kuşaklara ne bırakıyoruz?

SÜMERLERDEN BERİ KAYIT TUTANLAR VAR

Dünyaya daha geniş baktığınızda, ipuçlarını daha iyi okuduğunuzda, arızalarınızı giderip, temizliğinizi yaptığınızda ve enerjinizi yükselttiğinizde, yani gönül gözünüz açılmaya başladığında, TV'de gördüğünüz haberlerin çoğunun, sihirbazın sahnede dikkati başka yere çekmek için kullandığı numaralar olduğunu fark etmeye başlayacaksınız. Bu da küresel oyunu perde perde görmeye ve gördükçe de nasıl bir uykuda insanlık olarak uyutulduğumuzu anlamaya başlayacaksınız.

Sizce birileri, Sümerlerden bugüne kadar kendi soyağaçlarının tarih kayıtlarını az buçuk tutuyor olabilir mi?

Şimdi bir düşünün, annenizi, babanızı ne kadar tanıyorsunuz? Huyunu suyunu ne kadar çözebildiniz? Peki ninenizi, dedenizi, büyük dede ve büyük nineyi hatırlayanınız var mı?

Çok az kişi atalarının 2-3 kuşak evvelini tanıyor.

Şimdi şöyle bir arkanıza yaslanın ve dikkatlice düşünün. Yüzlerce yıldır atalarının kayıtlarının tutulduğu ailelerin var olduğunu bir zihninizden geçirmeyi deneyin. Bu aileler yüzlerce yıl önce, savaşlar çıkarmış, ülkelerin sınırlarını çizmiş, nerede maden, nerede petrol olduğunun çok önceden farkında olsun. Toprağın para etmediği dönemde yüzlerce dönüm toprakları almış olsunlar. Kendilerini vakıfların arkasına gizlesinler ve o vakıflar ise bankaların, fabrikaların ve daha birçok şeyin sahibi olsun. Hiç böyle bir arkadaşınız oldu mu? Ya da tanıdığınız?

Peki, siz aynı durumda olsaydınız yani atalarınızın bin yıl içinde yapmayı düşündükleri planlarla dolu bir ailede doğsaydınız! Kendi atalarını bilmeyen, geceleri dizi izleyen, kendisiyle ve etrafındakiler ile kavga eden ve üretmeyen insanlarla aranızda bir fark oluşturur muydunuz? O bölgede yerleşik halk varsa, yandaki halk ile birbirine düşürüp, savaş çıkarıp, topraklarının güvensiz olduğunu hissettirip, o insanları toprağından göç ettirip arazilerini toplamaz mıydınız? Biz elbette yapmazdık ama bunu yapanlar var. Nasıl mı? Dikkatimizi başka yere çekerek!

Bugün insanların anlaması gereken ilk nokta budur: Dünyayı hükümetler değil, yüzlerce yıldır büyük aileler yönetiyor. Ekonomik anlamda büyük ve çok eskiden beri süregelen, nesilden nesile bilgisini aktarabilen aileler. Size bir faydası var mı, yok! Onlara faydanız var mı? Sorgulamadan reklamlarda her gördüğünü satın alıp, eksik duygularını tüketim yaparak gidermeye çalışan kişiler olduğunuz sürece sizi seviyorlar. Alacakları kalmadıysa, terör örgütü kurup ülkenizi parça parça etmeye çalışıyorlar. Çünkü yeraltı kaynaklarını kullanma vakti geldi.

İnsanlar meydanlara çıkıp hükümetleri protesto ettiklerinde gülümsemeden edemiyorum. Yanlış yere bağırıyorsunuz. Bu gezegendeki siyasilerin yüzde 99'u da zaten bu ailelerin vakıflarında, sistemlerinde, şirketlerinde yetişmiş kişiler ya da kişilerin aileleridir.

Siyasetçilerin özgeçmişlerine bakın. Ezici bir çoğunluğu başlangıçta parasız, yoksul ama bir potansiyeli olan insanlardır. Sonra birdenbire önleri açılır ve siyasette yol almaya, başarı merdivenlerini tırmanmaya başlarlar. Siyaset oldukça pahalı bir iştir. Kartvizit bastırıp dağıtacaksınız, bilbortları donatacaksınız, binaları giydireceksiniz, reklam yapacaksınız. Ve daha birçok yerde size bütçe lazım. Bunlar parasız nasıl olacak?

İşte bu noktada bazı işadamları, büyük ailelerin kontrolündeki ekonomik odaklar devreye girer ve siyasetçiyi finanse etmeye başlarlar. Onu destekleyip, yine ellerinde tuttukları medya aracılığıyla topluma sunarlar. Siyasetçiyi hem destekler hem kullanırlar.

Bu büyük ailelerin siyasetçilere ihtiyacı vardır. Özellikle de toplumda ezilmiş, dışlanmış ve içsel hırsları olan kişiler oldukça iyi iş çıkarırlar. Büyük aileler, silah, ilaç, banka (faiz), uyuşturucu, mafya ve daha birçok gücü ellerinde tutarlar. Kendileri masumane magazin görüntülerinde yer alırlar. Çoğu resimlerde kucağında halktan bir çocuk, bebek tutar ve çocuğun masumiyetinin arkasına gizlenerek kendilerinin reklamını yapanlar bile var. Şimdi, bu aileler parayı elinde tutarlar. Daha da güçlenmek için silah satışı ve ilaç satışı yapmaları gerekir. Bunu getirecek olan da siyasetçilerdir. Bu nedenle siyasetçileri kendileri yetiştirir, parlatırlar. Kimi zaman kriz içindeki toplumlara "çare, umut" diye sunarlar.

Refah içinde, kültürlü, kendini geliştirmiş bireylerden oluşan toplumlarda, bu tür siyasetçileri servis yapamazlar. Çünkü halk bunu yemez. O zaman ellerindeki siyasetçiyi halka yutturabilmek için, ülke içi kaos, ekonomik kriz (özellikle kredi kartı dağıtarak, vatandaşı asgari ödemeye düşürüp, yüksek faizler ile maaşına ortak olmak), eğitimi kalitesizleştirmek, genetiğiyle oynanmış gıdaları halka servis yaparak sağlık düzeyini düşürmek ve halkı hastanelere muhtaç etmek ve daha bunun gibi birçok oyun oynanıyor.

İnsanlığın geldiği nokta o kadar hazin bir düzeye ulaştı ki, Suriye gibi savaş bölgelerinde artık organ kaçakçılığı yapıldığı iddia ediliyor. Eski paralı askerler sakal bırakıp, din mensubu gibi terör faaliyetleri yaparken, ölen insanların organları gizemli bir şekilde ortadan kayboluyor. İnsanlar, organ deposu gibi kullanılmaya başlanıyor. Zengin insanlara yedek parça olarak kullanılıyor insanların bedenleri.

Hayatını kaybeden ünlü bir zenginle ilgili haberleri hatırlayın. İki yüz yıl yaşamayı amaçlıyordu ve beş kere kalp nakli yapılmıştı. Neredeyse tüm organları değiştirilmişti. Yine de yüz yıl yaşamayı ancak başarabildi. Giderken ise arkasında yine büyük sermaye kontrolü içeren, küresel bir sistem bıraktı. Bunlar ne zaman mı oldu? Biz dizi izlerken, giden sevgilimizi nasıl geri döndürebiliriz diye araştırma yaparken, asla affedemem dediğimiz kişinin cezasını ne zaman çekeceğini beklerken, eski sevgilimiz halen daha mutlu mu diye sahte hesaplarla onu sosyal medyadan takip ederken oldu...

"Para, para, para..." sözüyle akıllara yer etmiş olan Napolyon, Fransa'nın başındaki isimdi. İngiltere ile savaşıyordu ve İngiltere'de küresel sermaye sahibi bir ailenin bankasından kendisine milyon pound gönderildi. İnsanın aklı alabilir mi? Bir ülkenin bankası, düşman ülkenin ordu komutanına milyon pound göndersin ki kendi ülkesine saldırsın diye. Bu ne karşılığı yapılmıştı peki?

İddialara bakılırsa, karşılığında Napolyon'un güçlenip korku salması istenmiş. Korku her zaman kitleleri yönetmek için gerekli en kolay yöntemdir. İngiliz aile tarafından desteklenen düşman Napolyon İngiliz aileye ne kazandırdı dersiniz?

Savaş esnasında Napolyon'un savaşı kazandığı ve İngiltere'ye doğru yola çıktığı söylendi. Bu bir yalan haberdi. O dönem kazandığına dair bir ulak gönderilmişti İngiltere'ye. Bu ulak gelip de aslında kaybetmeyen İngiltere'nin savaşı kaybettiği haberini getirince, ekonomi altüst olmuş, borsa dibe vurmuş, insanlar paniğe kapılmıştı. İngiltere ekonomisi dip yapmıştı. Herkes toprağını yok pahasına satıp daha güvenli topraklara gitmek için uğraşmıştı. Napolyon'u maddi destekleyen bankanın sahipleri ise, İngiltere'de birçok toprağı ucuza toplamayı başardılar. Ticareti en iyi bilen milletlerden olan İngilizleri bile kendi içlerindeki derin aileler tongaya getirebildi.

HERKESİN DOĞRULARI VAR

Artı ve eksi kutuplara her zaman ihtiyaç vardır. Yoksa elektrik akımı oluşmaz, ışıklar yanmaz. Bülent'in doğruları var, Ahmet'in, Mehmet'in, Ayşe'nin Fatma'nın doğruları var. Hepimiz aynı olmak zorunda değiliz. Hatta farklılıklar bizi güzel ve çekici yapar.

Şunu fark ettim ki, bu farklılıklarımızla, hayatı ve kaynaklarımızı da farklı yorumluyoruz. Benim örf âdetleri yorumlamam başka, arkadaşımın yorumlaması başka. Benim Kuran'ı yorumlamam başka, Müslüman olduğunu söyleyen bir başkasının yorumlaması başka, ateist olduğunu söyleyenin yorumlaması başka. Bir deistin dine bakışı başka. Birçok kişinin bize rehber olarak gönderilen Kuran'ı farklı yorumlayıp servis ettiğini fark ettim. O servis yapanların etrafına da onun gibi düşünenler toplanıyor. Eğer Kuran'ı yorumlayan, anlatan kişi çocukluğunda mutsuzsa, kendi ailesi tarafından pek sevgi görmemişse, Kuran'da sürekli ceza kısımlarını görüyor, öne çıkartıyor. Fakat mutlu, sevgi dolu bir kişinin yorumlama şekli, yaratılış, sevgi, hoşgörü üstüne oluyor.

Belçika'da yaptığımız kişisel gelişim kampına gelen bir Türk vatandaşı sordu:

"Çocuğu Kuran kursuna göndereceğiz. Hangisine gönderelim?"

"Buna ben karar veremem..." dedim. "Fakat gittiğin yerdeki kişiyi küçük bir sınama yapabilirsin. Çocuğu alın ve Kuran kursu hocasına gidin. Deyin ki: 'Bu Avrupa'daki Hıristiyanlar var ya hepsi cehennemde yanacaklar. Dinsiz hepsi!' 'Kesinlikle cehennemde yanacaklar!' derse hoca, alıp çocuğunuzu çıkın oradan, bir daha da gitmeyin. Eğer kurstaki kişi 'Saçmalama! Bizim dinimiz İslam. Hoşgörü var. Komşuluk hakkı var. Nasıl konuşuyorsun? Müslüman olmayan komşuna da hoşgörü ile bakacaksın. Onun da komşuluk hakkını sayacak, ona da bir tas çorba, aşure götüreceksin...' derse, çocuğunuzu eğitim için oraya verebilirsiniz."

Gerçek Müslüman Kuran'ın üç yüz altmış derecesini okur. Sadece ceza kısımlarını değil. En tehlikeli insan modelidir bu: Korku üstüne iman meselesini anlatan. Eğer senin içinde Allah korkusu varsa, vardır. Dışarıdan biri veremez bunu sana. Sen Rabb'ine kusur işlemekten korkuyorsan, bu sende zaten vardır ama biri "Allah seni yakacak!" falan diyorsa bu yanlıştır.

Hak bilgi bizim Allah'a kul olmamız için neler yapmamız gerektiğini anlatmaya çalışır. Sevgiden, merhametten, yardımlaşmadan bahseder. Başımıza gelen her derdin bir hatırlatıcı olduğunu bizlere fark ettirmeye çalışır.

"Allahım, Hak ile batıl arasındaki farkı, fark edebilmeyi ve Hak yolunu kolaylıkla seçebilmeyi niyet ediyorum... Niyet ediyorum gönül gözüm açılsın."

BÜTÜNSEL GELİŞİM DÖNEMİ

Bütün bunları niye anlatıyorum?

Kişisel gelişim yanlış kullanılıyor. "Sevgi gönderelim, çiçekler atalım, sevgi halkaları oluşturalım..." Herkes kendi derdini çözme peşinde. Artık kişisel gelişim değil, "bütünsel gelişim"e geçmemiz lazım. Kişisel gelişim dönemi yıllar önce bitti. Bütünsel gelişimi gerçekleştirme zamanı geldi.

Fakat ne oluyor? Gece dizide size gösteriyorlar, çocuk sevdiğine tek taş pırlanta almış. Üstelik dalyan gibi adam! Sizin yanınızda ise göbekli, kel, ter kokan, altı gün önce yıkanmış biri... Evdekilerden sizi bıktırıyorlar. Eşinizden, ailenizden hatta kendinizden bıktırıyor, usandırıyorlar. Artık kendi arızalarımızı şifalandırıp, yeni nesli kurtarmamız lazım.

İki yaşındaki çocuk video izleme sitesine giriyor. Akıllı telefon kullanmayı öğrenmiş. Anlamıyor sözlerini ama oradan çizgi film izliyor. Televizyonlarımızda 1990'lı yıllarda komik haberler gösterirlerdi. Japonya'da, telefona bakarak giden birinin, direğe çarpması gibi kazalar verilirdi. Şimdi bir metroya giriyorsunuz, herkes elindeki telefona bakıyor. Yanında kimin oturduğundan bile haberi yok. Asansörde, merdivende, kafede bile aynı görüntü. Kafeye gidip oturmuş üç kişi ama üçünün de elinde telefonlar, birbirleriyle konuşmuyor, sohbet etmiyorlar. Herkesin elinde akıllı telefon hatta ikincisi... Kimilerinde üçüncü telefon bile var.

İçimizde hep bir duygusal boşluk var. Anlam veremediğimiz değersizlik duygusu var. Korkular var. Yalnız kalma korkusu, el âlem ne der korkusu, aldatılma korkusu, dışlanma korkusu... Bunları *Her Şey Hakikati Görmekle Başlar* adlı kitabımda elimden geldiğince paylaşmaya çalıştım.

Artık daha üretken olun. Erken yatın, sabah erken kalkın, dizileri bırakın, içinizdeki savaşı bırakın. Kâinatı inceleyin. Kuran, size "başınızı kaldırıp gökyüzüne bakmanızı" söyler. Gökyüzüne bakın. Evren ve yaşadığınız dünya üzerine düşünün. Hiçbir şey yapamıyorsanız, kırda, parkta yürüyüşler yapın. Bir dostunuzla, arkadaşınızla, içinde güzel kelimelerin olduğu yarım saatlik, bir saatlik bir sohbet yapmayı deneyin.

Meteor fırtınası oldu mu eşimle dama çıkıp, şilteyi dama sereriz. Bir saat, iki saat gökyüzüne bakarız. Gökyüzünü seyretmenin verdiği huzur başka hiçbir şeyde yoktur. Kaldırın başınızı gökyüzüne bakın. Vesvese anında susuyor. Niye atalarımız, "Suyun yavaş akanından, insanın yere bakanından korkacaksın" demişler?

Kul hakkı sadece başkalarının hakkını yemek mi? Başkalarının hakkını yemek ile kendi hakkını yemek sizce farklı mı? Bence değil. Kendi içime dönüp baktığımda, zaman içerisinde birçok farkındalık yaşamaya başladım. Bir tanesi ise, uzun yıllar çok yoğun çalışmış olmamızdı. Bu yoğun ve dinlenmek bilmeyen süreç için kendimle yüzleşmem oldu. Enerjimi hep başkalarının hayallerine, fikirlerine, projelerine harcamıştım. Hepsi başarıya ulaştığı halde ben hiçbir zaman hakkımı alamamıştım. (Bunun için bedenimden özür diliyorum, onun hakkını yediğim için ve ailemden de özür diliyorum, onlardan zaman çaldığım için.) Bu yüzleşme biraz sert gelmişti. Toparlanmak uzun zamanımı aldı.

Bu süreçten sonra enerjimi kendi inandığım yolda kullanmaya niyet ettim. Zamanla üzerimdeki sorumlulukları paylaşmaya başladım.

Bu yolculukta en çok karşılaştığım, hizmet edebilecek potansiyeli olduğu halde, herhangi bir sebepten dolayı içine kapanmış, hayata küsmüş, duygusal karışıklıklar yaşamış, maddi manevi neredeyse dibe vurmuş kişilerdi. Elimden geldiğince bütüne hizmet edecek olanları toparlayıp, ayağa kalkmalarına yardımcı olmaya çalışıyorum. Bütüne hizmet etmek isteyen herkes, Hak yolunda, dengede, herkesin kendi olduğu yerde, etrafındaki kişilere gerçeği anlatmasıdır. "Nasıl zengin oluruz? Parayı nasıl çekeriz? Nasıl hayırlı kısmet buluruz?" değil anlatmak istediğimiz. Bunu her yerde anlatıyorlar zaten. Çok daha önemli sorunlarımız var. 2000'den sonra doğan çocuklarımızı teknolojiyi kullanarak bizden uzaklaştırmaya çalışıyorlar. Bizi de dizilerle, filmlerle, süslü ilişki örnekleriyle bir hayal bunalımı içinde uyutuyorlar. En basit TV örneği: TV'de öyle bir sevgili gösteriyorlar ki, sevdiğine kırmızı halılar seriyor. Evde yanındaki koltukta oturan kişiye bakıyorsun, dizideki kişiye bakıyorsun. İşte bir gol yedin. Senin eşin bundan böyle senin gözünde kötü. Bak televizyondaki gibi biri olması lazımdı! Bundan sonra seni zihninde boşanmaya itiyorlar. Boşanıyorsun ya da mutsuzsun. On yılın gitti hayatından. En verimli on yıl... Oysa 19 yaşında yataktan kalktığınız enerjiniz var mı bugün? Yok... Çocukken bayram sabahı yeni ayakkabılarınızı giydiğinizde duyduğunuz heyecanınız var mı? Yok...

Sabah kalkıyorsunuz, yine orası dağınık, yine terlikler bir yerde, yine faturalar ödenecek ve evde seni delirten birileri var. Evde olmasa bile işyerinde var. Arızanın sende olduğunu ya da hayatına aldığın çoğu kişinin geçmişte yargıladığın veya anne babanın sevmediğin huyları olduğunu pek kabule geçmediğin için sen nereye gidersen git, birileri kafayı sana takar. Takanın sen olduğunun pek farkında olmadığın sürece de bu devam eder...

Neden böyle?

Bu sebeplerden bir tanesi, zoru seviyorsunuz. "Onlar yapana kadar ben on katını yaparım!" dediniz ve işleri üstünüze aldınız. Zamanınızı, maddi imkânlarınızı ve enerjinizi başkalarını mutlu etmek için kullandınız. Yaşınız ilerledi, artık eski enerjiniz kalmadı ama yük yine sizin sırtınızda. Siz bu kadar yükü taşırken bir de içdünyanızdaki duygusal fırtınalar ile boğuşuyorsunuz.

Herkesin derdi sizde ve size halinizi soran bile yok. Ne ilginç dünya. Bunları yaşarken bir de etrafınızdakiler dışında ayrı bir sistem daha var. Dünyayı yönetmek ve gücü elinde tutmak isteyen sistem. Ringin bir tarafında siz ve diğer tarafında ise yüzlerce yıldır soylarının şecerelerini tutan ve dünyadaki bilinen servetin yarısından fazlasını elinde bulunduran küresel güçlerle mücadele etmeniz gerekiyor! Onların tek istediği, sizi hipnoz halde sömürebildikleri kadar sömürmek.

Onlar tüm sülalesine saygı duyuyor. Duvarlarında altı yüz kuşak atalarının fotoğrafları var. Ben kaç insanla tanıştıysam, annesinden veya babasından nefret ediyor. Birine mutlaka kırgın. Kafayı geçmişteki bir olaya takmış. Asla affedemem dediği mutlaka birisi var.

Artık toparlanmamız gerekiyor.

2000'den sonra doğan kuşağı popüler kültüre heveslendirerek elimizden almak için uğraş verenler var. Bizse yeni kuşağı itaat ettirme programı ile programlamaya çalışıyoruz. Çünkü anne babamız bizi bu programla büyüttü.

"İtaat et! Otur! Sesini çıkarma!"

Oysa yeni neslin dünyası artık çok farklı... Bize uygulanan program, onlarda geçmez.

Biz konuşalım, çocuklarımız da söz dinlesin istiyoruz.

Bırakın çocuklarınız konuşsunlar. Onları dinlerken sinirlenmeden dinleyin. "Ne düşünüyorsun bu konuyla ilgili?" diye sorun onlara. Yeni nesil iletişimci... Biz eski nesil iletişim kurmada pek başarılı olamadık. Sevgimiz bile, sana hizmet ederim, sen de beni seversin mantığı ile oldu.

Bir gün seminerimize katılan genç bir çocuk anne babasının yanında şu sözleri ile bizi derinden düşündürdü. "Annemle babamın yaşayamadığı ikinci hayatı olmayacağım!" dedi. "Beni kendilerine benzettiler iyi ya da kötü."

Ben bunu otuz beş yaşımda fark etmiştim. O çocuk bu sözleri on altı yaşında söylüyordu.

Gençleri anlamak için biraz empati yapmamızda fayda var.

Bir çocuk neden ödevini yapmaz? Anne babasını cezalandırmak için. Aslında zeki olan bir öğrenci neden başarısız olur? Öğretmene "sen başarısızsın" diyebilmek için. Çünkü bilir ki öğretemeyen öğretmen de kendini iyi hissetmez.

Çocuklara soruyorum, "Derslerinize neden çalışmıyorsunuz?" diye.

"Neden çalışayım? Okuyup annem babam gibi mi olacağım? Evde sürekli kavga ediyorlar ve mutsuzlar" karşılığını veriyorlar.

Sizin mutsuz halinizi gören çocuklarınız, okuyup da başarılı olmaya pek çalışmıyorlar.

Genelde evlerin içindeki resim şu şekilde. Birbirini seven lakin birbirlerine ya da birilerine kırgın insanlar. Maddi darlıktan kaynaklı beslenme sorunları. Bütün gün hamur işi yapan ve yiyen, saçı başı dağınık, eşiyle kavga eden, onu bunu kötüleyen, ev ve iş arasında rutin içerisinde sıkışmış, ailesiyle bir yerlere gitmeyen (parkta ailenizle birlikte yürüyüş yapmak para istemez) bir anne ya da babaysanız, çocukların genelde ilk yapacağı iş sizden uzaklaşmak, sokakta sigara içen çocuklara yanaşmak olacaktır. Oysa sokakta sigara, alkol, uyuşturucu içen çocuklar büyüdüklerini ispatlamaya çalışıyorlar. Onlar da anne babadan sevgi alamamışlar. Ama aynı yaştaki çocuğunuz zannediyor ki sigara ile her şeyi çözdüler. En asi, en özgüvenli görünenlerin maskelerinin altında büyük bir korkaklık yer alabiliyor. Maskesi olan gençleri diğer çocuklar örnek almaya başlıyor. Anne baba bunalımda, çocukla gerekli iletişim kurulamamış zaten... Anne babasına ya da eşine yirmi sene önce kızmış, yirmi senedir devam ediyor kızgınlığı. Onu şifalandırıp, geride bırakamamış. Baba da kendi babasına veya annesine kırgın. O da eski defterler ile yaşayıp duruyor. Yükü atmadan ailemizi toparlamaya çalışıyoruz. Bir de dünyayı yöneten sistemler. Tam da bunları yaşarken bu akşam dizi var. Acaba genç delikanlı hangi kızı seçecek? Diğer kız üzülecek mi? Bugün derdimiz yokmuş gibi akşamki dizinin derdi de sizde.

ALLAHIM İLMİMİ ARTIR

Birçok kişinin soruları:

"Hangi olumlamayı yapayım da iyi bir sevgili ile tanışayım?"

"Hangi olumlamayı yapayım da çocuk sınıfını geçsin?"

"Hangi olumlamayı yapayım da maaşa zam gelsin?"

"Hangi olumlamayı yapayım da piyangoyu kazanayım?"

Yıllarca süre bozduğumuz hayatımızı bir iki olumlama ile hemen düzeltmek ve rahata ermek istiyoruz.

Hayattaki her zorluk bize bir ders vermek için var. Hislerimize güvenme vaktimiz geldi. Gönül gözünüzü açmak için adım atın. İlk adım imanınızı güçlendireceksiniz. "Rabbim, ilmimi artır..." diye dua edeceksiniz. Ben her gün bu duayı ediyorum. "Bana Ahmet'in Mehmet'in doğrusunu değil, senin hakikatini algılamayı nasip et... İçimdeki nefsin oyununu ve dışımdaki derin sistemlerin oyunlarını görebilmeyi nasip eyle..."

Şu anki dünya düzeninde, paranız, malınız olursa önemlisiniz, hele de ünlü, şöhretli makam veya mevkiniz varsa bu durum da sizi ayrıcalıklı yapıyor. Bunlar yoksa pek bir öneminiz yok, önemsizsiniz.

Birileri bunları elde etmiş, mutlular ve başarmışlar imajını toplumda sosyal medya aracılığı ile bizlere gösteriyorlar. İnsanlara verilen mesaj bu. Peki, bunun için ne yapacak insanlar? Para harcayacaklar. Uygun taksit oranları ile başlayan alışverişler gittikçe sıklaşmaya başlıyor. Adım adım paranızı ele geçiriyorlar. Maddi kaygılardan sonra ister istemez bunalıma sokuyorlar, daha fazla depresyon yaşatıyorlar. Gelsin depresyon ilaçları...

Çocuğun okul taksitini ödeyemediğinizde, cebine harçlık koyamadığınızda, hastane için para denkleşmediğinde veya almak istediğiniz bir şeyi çok isteyip de parasızlıktan dolayı kendinize veya sevdiğinize alamadığınızda nasıl içsel olarak daraldığınızı hatırlayın.

Bir nevi robotlaştırıldık ve insanlığımızdan uzaklaştırılmaya çalışılıyoruz. Hormonlu gıdalar, polyester kıyafetler, gece yarısı diziler, sabah uykumuzdan alarmı sürekli erteleyerek beş dakika daha deyip sonra zar zor uyanmalar. Aşırı alkol, sigara ve karbonhidratlı gıda tüketimi. Rutinin içerisinde bizi tüketen bir hayat... Sadece büyük bir telaşe ile hayatı yetiştirmeye çalışıyoruz. Zamanında, birini mutlu edeceğim diye kullandığın kredi kartlarının asgarilerini ödemekle uğraş! Asgariye düştüyseniz, yakında iflas bayrağı çekebilirsiniz. Faiz artık evinizde bir birey. Hem de en masraflı ve kaprisli olanı. Allah hepimizin yardımcısı olsun.

Eskiden az çok dünyayı takip ediyordunuz, kendinizi geliştiriyordunuz. Bir yerlere tatile gidebiliyordunuz. Hafta sonu piknik yapabilme şansınız vardı. Şimdi eliniz ayağınız titriyor, "Nasıl ödeyeceğim, nasıl yetiştireceğim?" diye. Yoksa hacze gelecekler. Faizin anaparayı aştığı her ülkede, halk kara deliğe sürüklenen bir gezegen gibi önce bocalar, sonra içsel parçalanır. Ardından yuvası gelir. Ve sistem ülkeden bir yuvayı daha işgal etmiş olur. İçindeki tüm bireyler birbirine küs, herkes kavga ve gerginlik içerisinde mutsuz geçen yaşamlar. En tehlikelisi de amaçsız geçen günler ve aylar...

Bir dönem uluslararası bankalar evlerin kapılarının altından kredi kartı atıyorlardı. AVM'ler de üç ay sonrasında asgariyi ödemedin diye mahkemeye veriyorlardı. Yirmi dört saat içinde itiraz etmediğiniz için, kartı kabul etmiş sayılıyorsunuz. Kredi kartımı teke indirdim, limiti de küçülttüm. Şimdi insanlar, bir bankanın kredi kartıyla diğer bankanın kredi kartının asgari borcunu ödemeye çalışıyor. Bir TL'yi sıkıntıdan yerde arayan insanlar var bitmeyen faizler yüzünden.

Kuran'da faiz lanetlenmiştir. İslam, faizi yasaklar, şeytanın oyunu olduğunu söyler. Faizin malı, imkânı artırmayacağını, azaltacağını bildirir.

Bana da haciz geldi. O günleri iyi hatırlarım. Ne sıkıntılı günlerdi. Hayatımın bu dipte dönemini Allah'ın yardımıyla nasıl düze çıkarabildiğimi *Evrenin İlahi Dili "Uyanış"* adlı kitabımda elimden geldiğince anlatmaya çalıştım. Niyet ederim size de yol gösterebilen bir rehbere dönüşebilsin.

KİŞİSEL EKLENTİ

Kişisel gelişim aslında kişisel eklentidir. Gelişim demek, ilerleme demektir, hayatı algılama demektir, kendini ve insanları anlayabilme demektir. Yaşam amacını bulmak ve bütüne hizmet edebilmektir.

Örneğin: Meditasyon yapmayı öğrendim, nefes çalışması öğrendim ve birçok kişisel gelişim adı altında eğitimlere katıldım diyelim. Ders almak kişisel gelişim değildir. Kişisel gelişim, aldığın dersleri "bilmekten, hale çevirmek"tir. Spritüellikteki adı da "bilmekten bilgeliğe geçmek"tir. O yüzden, benden ya da kimden hangi dersi alırsanız alın, bunlar eklentidir. Kişisel eklenti...

Bu eklentileri hayatınıza uygularsanız, kişisel gelişim olur. Kendi hayatınıza uyguladıklarınızı paylaşmaya başladığınızda ise toplumsal gelişime adım atarsınız.

AİLENİZLE BİRLİKTE VAKİT GEÇİREBİLMEYE GAYRET GÖSTERİN

Biz, kendi hayatımızda eve geldiğimizde, telefonları kenara, sessize alıp bırakıyoruz. Ailece birlikte vakit geçirmeye, muhabbet etmeye çalışıyoruz. Bir kahve ya da çay içmek ne güzel bir duygu. Film izleyeceğimizde ise bize sunulanı değil, seçtiğimiz bir filmi izlemeye çalışıyoruz.

Seçtiğimiz filmler de mümkün olduğunca farkındalık oluşturabilecek filmler oluyor. Filmleri siz seçiyorsanız güzel. Lakin dünyada halklara sunulan filmler gizli subliminal mesajlarla dolu. (Subliminal mesaj nedir merak ediyorsanız Youtube'dan araştırabilirsiniz.) Sizi bir hayal âlemine sürükleyip, satış yapmaya ya da moralinizle oynayıp yönetmeye doğru meylettiriyorlar.

Geçmişte bunu Batı ülkelerinde çok başarılı bir biçimde yaptılar. Şimdi Hindistan gibi kalabalık Asya ülkelerinde yapıyorlar. İnsanlara kadın erkek aşk hikâyesini göstertip, tüm hayatını âşık ol evlen, başka da bir şey yapma olarak düşündürtüp acaba neyi amaçlıyorlar? Hiç düşündünüz mü?

Tek amaç evlen, çocuk yap. Okumadan, hayatı tanımadan kurulan yuvaların durumları acaba nasıl?

Gönül gözünüz açılırsa, yayınlanan programlardan, küresel güçlerin o ülke ile ilgili stratejisini anlıyorsunuz. Filmi, diziyi, programı, haberi izliyorsunuz ve gerçek mi yalan mı olduğunu hemen çözüyorsunuz. Altındaki amacın ne olduğunu fark ediyorsunuz.

Uyanın lütfen! Nasıl besleneceğinize, ne yiyeceğinize bile artık başkaları karar veriyor. Nasıl mı? Bilinçaltınıza eklenen subliminal mesajlarla. Hazır "fast food"lar tam bir karbonhidrat bombardımanıdır. Ben de çok severdim hazır tavuk kızartması, hamburgerler... Bilim insanları çok bağırdı, "Fast food yemeyin, endüstriyel şeker tüketmeyin!" diye ama kimse dinlemedi. Şimdi birçok insanda obezite başladı. Daha da tehlikelisi ensülin direnci oluşmaya başladı.

Şu anda dünyadaki tohumların hemen hepsinin kısırlaştırıldığını biliyorsunuz. Kendi adıma yıllardır tohum topluyorum. Niyet ediyorum:

"Üniversitelerde orijinal tohum bankaları açılsın, bu konularda daha yaygın merkezler oluşturulsun."

Bazı ülkeler, çok daha verimli karpuzlar, domatesler için tohum satıyorlar ama bu tohumlar kısır. Ekip, bol ürün alabiliyorsunuz ama tohum alamıyorsunuz. Onu yiyen insanlar da zaman içinde kısırlaşıyor. Tohum satan firmaların sahipleri ise organik besleniyorlar.

Avrupa'nın bir ucunda da benzer anlayışa sahip ülkeler, organik bir hayat sürdürüyor halkına ve tohumlar üzerine çalışmalar yapıyor. Büyük ülkelerin, gelişmiş medeniyetlerin uzun vadeli planları olur. Bizim de artık yüz yıllık, üç yüz yıllık ülkesel planları oluşturmamız lazım. Bu çok önemli! Oysa toplum olarak "Ay sonu faturayı nasıl ödeyeceğiz? Kart limiti bitti" gibi sorunlarla uğraşıyoruz. Bir de bu akşam dizimiz var... Acaba dizinin kahramanı aşkını açıklayacak mı? Günlük olaylarda sıkışıp kaldık.

BİLİNÇ FARKI

İnsanlar birbirlerini tanımadan evleniyorlar. Özellikle görücü usulü evliliklerde kişiler birbirini tanımıyor fakat ilginçtir ki evlilikleri daha uzun sürüyor. Genelde görücü usulü evliliklerde "Bu kişiyle evleneceksin, yaşayacaksın, evden gelinlikle çıkar kefenle dönersin" dendiği için, denen kişi zaten bunu kabul ediyorsa, sesini çıkaramayan bir kişidir. Evlilik uzun sürüyor ama onun içdünyası ne durumda? O evlilik evcilik midir, birliktelik midir? Orasını Allah bilir.

Evcilikte, kadın yemeğini yapar, çocuklara bakar. Aralarında saygı vardır lakin sevgi pek yoktur. Ev arkadaşlığı gibi zorunlu ihtiyaçlardan ibarettir evlilik. Adam eve ekmek getirir, kadın ev işlerini yapar. Yaşarlar giderler.

Fakat insanın fıtratı sevgi üzerinedir. İletişim üzerinedir. İster ki başını eşine yaslayabilsin, sevgiyle iletişim kurabilsin, konuşabilsin, sohbet edebilsin... Bir sanat eseri üzerine, bir ayet üzerine, spor turnuvası üzerine bir fikir alışverişi yapabilsin. "Canım, bak bir roman okuyorum, sana anlatmak istediklerim var içinde..." diyebilsin. Eşi de heyecanla dinlemek istediğini ve kendi fikirlerini de sevgiyle paylaşmak istediğini söylesin.

Oysa, "Sen delisin zaten. Bir de para mı verdin o kitaba? İşin gücün yok, böyle şeylerle uğraşıyorsun!" diyen eşler de var.

Genç yaşta evlenenler aşk arar veya anne babasının evinden kaçtıysa güvenceye kaçar. Sonra o evlendiği kişiden de kendini kaçar bulur. Lakin çocuklar tam da eşinin kötü huyları gibi olmuştur. (Buna benzer durumlar yaşadıysanız, *Kadın Olmayı Hatırlamak* adlı kitabımızda epeyce bilgi bulabilirsiniz.)

Yanlış bir evlilik, ömrünüzden yirmi yıl götürür. Fakat evlendiyseniz yuvanızı devam ettirin çünkü kişi kendini çözmediği sürece kiminle evlenirse evlensin aynı arızayı yaşayacaktır. Hayat değişmeyenler için bir tekrardır çünkü. Bu sebeple boşanmak da bir çözüm değildir.

Subliminal mesajlar, dizilerle, filmlerle, reklamlarla bilinçaltınıza ulaşır. Kahve reklamı yapılırken bile size bir sarılma arzusu verilir. Kahve ile aroma kokusu ile sarılma arzusu aşılanıyor. Televizyonda bu reklamı yayınlayanlar, sizin evinizde birine sarılamadığınızı iyi biliyor. Cep telefonundan takip ediyor. Kime ne yazdığınızı, kiminle ne kavgası yaptığınızı, ses tonunuz telefonda yükseldiği zaman kavga ettiğinizi biliyor. İstediğiniz kadar telefonu değiştirin. Hepinizin ses tınısı süper bilgisayarlara kaydedildi ve tanınıyor. Şarkının bir kısmını dinleyip, hakkındaki bütün bilgiyi önünüze getiren programlar varken, sesinizi tanıyıp, bütün bilgilerinize ulaşan programlar yok mu sanıyorsunuz?

2000'li yılların başında Avrupa'da bir teknoloji fuarına gitmek nasip oldu. Bir kamera tanıtımı yapılıyordu. Yüksek çözünürlüklü bir kamerayı çok kalabalık bir yere koyuyorsunuz. Bir kamera da ters yöne koyuyorsunuz. Yürüyüş yolu olan işlek bir trafiğe kapalı caddede aynı anda binlerce kişinin yüz profilini kaydedip, uluslararası veritabanlarından aratıp, bilgi elde edebiliyorlardı. Bizim bir fotoğrafı dört dakikada tarattığımız bir dönemde, dakikada binlerce kişinin yüz fotoğrafını tarayabiliyordu.

Biz telsiz telefonları yeni kullanırken, onlar dakikada iki bin yüz tarayıp ayırabilecek teknolojiyi üretmişlerdi. Bunu neden söylüyorum. Elinizdeki cihaz son model diye size satılmış olabilir. Lakin bilginiz olsun, yıllar öncesine ait bir teknolojiyi son model diye satın almış olabilirsiniz. Reklamlardaki son model, en hızlı, en iyi gibi sloganlar sizin bilinçaltınıza yazıldığından dolayı, bu fikri bile kabullenebilmeniz biraz zaman alabilir.

Şunu fark ettim, herhangi bir şeye karşı eğer içimde eksik duygularım varsa, o duygumu tamamlayacak reklamlar sanki sosyal medyada benim ihtiyaçlarıma göre sürekli dönüşüyor ve hareket ediyordu. Sanki beni takip eden akıllı bir sistem var ve her hareketime göre o sistem kendini güncelliyordu. Ben de "Ne kadar şanslıyım, tam da aradığım şey burada" diyerek alışveriş yapıyordum.

Hepimiz duygusal boşluklarımıza göre hareket ettik. Şu an çözmemiz gereken nokta budur.

Elinize bir kâğıt kalem alın ve hangi konularda, hangi duygularda kendinizi boşlukta hissettiğinizi yazın.

Bu boşluğu nasıl doldurmaya çalışıyorsunuz? Alışveriş mi yapıyorsunuz? Birilerine hediye verip, onları mutlu görüp, onların mutluluğundan mı besleniyorsunuz? Sürekli çikolata, tatlı mı yiyorsunuz? Alkol ya da sigara mı tüketiyorsunuz?

Öncelikle, içinizdeki duygusal boşluğu neyle kapattığınıza bakın. Tamamlayamadığımız bir sürü duyguyu dünyasal bir şeyler ile tamamlamaya çalışıyoruz... Bazen bunun farkındayız lakin görmezden gelip kaçıyoruz.

İçimizdeki her eksikliği hayatımıza o eksikliği tamamlayacak kişiler çekerek farkına varmadan şifalandırıyoruz. Bu şifalandırmaya biz kavga, uyumsuzluk, anlaşmazlık da diyoruz. Bazen de öyle biriyle evleniyorsunuz ki kaçtığınız her şeyi size aynalayarak gösteriyor. Gün gelip en sonunda sizi çıldırtıyor. "Nasıl böyle yapar? Ben neden evlendim bu kişiyle?" diye.

Her ilişki farkına varırsak aslında bir nevi şifadır. Görmezden gelmek, bugün çok sorun olmayabilir ama ilerleyen yaşlarda çok daha probleme yol açabiliyor. "Nasıl bu insanı hayatıma çektim?" diye isyan ediyorsunuz.

Önce problemleri çözün, sonra hayatınıza birini çekmeyi deneyin.

İlişkiler ile ilgili bu tür sınavların içerisinde olduğunuzu düşünüyorsanız, "Nasıl tam ve bütün olabilirim, kendimi nasıl dengeye alabilirim?" diyorsanız, *2 Tam Bir Tek* adlı kitabımızdan bu konuda oldukça bilgi temin edebilirsiniz. Şimdiden niyet ediyorum, şifa olsun.

NEFES ÇALIŞMASI

Gözlerinizi kapatın.

Burnunuzdan yavaşça derin bir nefes alın ve yavaşça verin.

Derin bir nefes alın ve yavaşça verin.

Derin bir nefes alın ve daha yavaş verin. Sakinleşmek için altı yedi nefes yeterli.

Önünüzde kâğıt ve kalem hazır olsun. Normal nefesinize geçebilirsiniz.

Şimdi çok ilginç bir çalışma yapacaksınız. On dakika boyunca hiçbir şey yapmayın. Elinizde kâğıt ve kalem hazır olsun. Zihninizi serbest bırakın. Aklınıza gelen düşünceleri engellemeyin. Tamamen serbest olsunlar. Bırakın gelsin, ondan sonrakine geçsin. İzin verin. Zihniniz sizi nereye götürecek, görün.

Hayatınızın en uzun on dakikası olacak; size bir yıl gibi gelecek. Bu on dakika içinde zihninizden geçen düşüncelerin konu başlıklarını yazın.

Derin bir nefes alın ve yavaşça verin.

Derin bir nefes alın ve verin.

Zihninize gelen düşünceler aslında gün içinde sizin enerjinizi sizden çalan olaylardan başka bir şey değil.

Niyetimiz bunu fark etmenizi sağlamaktı.

ANNE KARNINDA
BAŞLAYAN MÜCADELE

Varsayın ki bir eve bir bebek gelecek. O bebek ileride insanlara faydalı olacak. Belki iyi bir bilim insanı, belki öğretmen, belki hemşire, belki kasiyer... Ama severek yapacak işini ve hayırlı bir kişi olacak.

Karanlık bir boyut, huzurlu ortamlarda büyüyecek yeni nesillerin, ileride faydalı olabileceğini düşünüyor olabilir. (Bırakın klasik bakış açınızı ve farklı bir bakış açısıyla bakın olaya. Bu bölümde anlatacaklarımı sadece metafizikle ilgilenenler anlayabilir. Konu hakkında bilgisi olmayanlar için hiçbir mantığa sığmayacaktır.)

Karanlık boyut, o çocuğun annesinin karnında olduğu dönemden itibaren, anneye gidip vesvese verir. "Kocan artık seni sevmez. Zaten kilo aldın, niye seni sevsin ki? Seni büyük ihtimalle aldatıyordur. Bu çocuğa nasıl bakacaksın?" Bunun gibi anneyi huzursuz edecek, içerisinde korku ve gelecek endişesi yaratacak birçok konuşma yapmaya çalışır.

Anneye korkular verir ve annenin bir müddet sonra yetersizlik korkusu, aldatılma korkusu, yalnız kalma korkusu, başaramama korkusu ve daha birçok korkusu artmaya başlar. Ne kadar korkusu varsa ortaya çıkar. Anne istem dışı yakınındakilere içsel karışıklığının yansıması olarak çatmaya başlar. Özellikle de babaya çarpar sürekli. Gerginlik yaratır ve evin içi adım adım huzursuz bir ortama dönmeye başlar. (Korkular ve endişeler ile ilgili bilgilerimizi elimizden geldiğince *Her Şey Hakikati Görmekle Başlar* adlı kitabımızda paylaştık.

Baba bir dayanır, iki dayanır, sonunda onun da kafasının içine vesvese girer, "Eşin böyle, eşin şöyle, sen evin için elinden geleni yapıyorsun ama eşin senin kıymetini bilmiyor..." diye başlar konuşmaya. Böylelikle stresli bir annenin rahminde, bütüne hizmet için dünyaya gelecek çocuk bir şekilde büyümeye başlar. Baba ile annenin arasının açılması için vesvese gece gündüz çalışır. Amaç yuvayı yıkmak, o çocuğa kaybettireceği kadar zaman kaybettirmektir.

Böyle bir durumda, Allah'tan yardım istememiz gerekiyor ama istemiyoruz. Onun yerine, "Bıktım bu kadından!", "Bıktım bu adamdan. Kurtar beni..." demeye başlıyoruz. İsyan ediyoruz.

Vesvese içimizi öyle bir dolduruyor ki, iyi bir şey düşünemez hale geliyoruz. "Mutlu bir yuvada birlikte olalım..." demek sanki gittikçe uzaklaşıyor.

Zihninizde vesvese ve karşınızda da size bağıran biri varken, kendinizi değersiz düşünüyorsunuz, mutsuz hissediyorsunuz.

Çocuk kavgalı bir ortamda dünyaya geliyor. Anne baba da çoğu zaman boşanıyor. Çocuk rotası olmayan bir gemiye dönüyor.

Sonra o çocuk yavaş yavaş büyüyor. Sizde de böyle bir durum yaşandıysa *Her Şey Hakikati Görmekle Başlar* adlı kitabımızda "Çocukların Dengesini Bozmayın" bölümünü mutlaka okuyun.

Bu tür çocuklar, aklınızın alamayacağı kadar yetenekli çocuklardır. Bir konuda genellikle inanılmaz yetenekli olurlar. Fakat evdeki kaos ortamında dünyaya geldiler.

Bu yetenekli çocukların içinde ne kadar büyük bir ışık varsa, o denli de karanlık bir sistem o çocukların bütün hayatları boyunca onlara vesvese vermeye çalışacaktır.

Albert Einstein'ın çok sevdiğim bir sözü var: "Balığı ağaca tırmanma performansıyla değerlendirmeyin."

Çocuğunuz her zaman yeteneklidir. İçinde bir cevher var. İnanılmaz bir hareketlilik, enerji var. Hisleri güçlüdür. Her iki tarafı da hisseder. Hem ışığı hem de karanlığı. Etrafında yol gösterici sevgi dolu insanlar yoksa, o çocuk yavaş yavaş karanlığa gidebilir. Allah korusun.

Huzursuz bir ortamda dünyaya gelen çocuğun zihninde vesvese sürekli konuşur:

"Seni sevmiyorlar. Bunu yaptırmazlar, sen yapamazsın, para vererek annelik babalık mı yaptıklarını zannediyorlar? Kardeşini daha çok seviyorlar. Sen değersizsin, işe yaramazsın" gibi birçok konuşma, çocuğun ergenliğe giderkenki sürecinde sanki tek yol arkadaşı kalmıştır. Diğer iyi olan her şey yavaş yavaş sanki uzaklaşıyor gibi.

Böyle bir durumda o çocuğun ailesi vesvesenin oyununa geldi. O güzelim çocuk bu oyunun farkına varamaz ve öfkeyle yaşamaya devam ederse, en az otuz yıl kaybedecekler hayatlarından. Kırgınlıklarla dolu bir kalp, nasıl üretir, hayal kurar, sevgiye odaklanabilir? Nereye gitse, herkes birilerini kötülüyor ya da ona değer vermiyor.

Hayatlarının en verimli oldukları dönemi boşa gidebilir. Annesi ile babasından kurtulmak için ilk mantığına yatan kişiye âşık olduğunu zannedip, onunla bir yuva kurmayı dener. Babadan ve anneden sevgiyi alamadıkları için kendilerinden yaşça büyük kişilere yönelirler. Çoğu zaman uzun süreli ilişki kuramaz. Kısa bir süre sonra başkasıyla arkadaş olur, aradığını onlarda da bulamaz. İçlerinde aradıkları anne veya baba sevgisidir ama vesvese, onu duymaması için daha yüksek bağırır kafasında. Bu insanlar yavaş yavaş sigara, alkol ve uyuşturucuya meyletmeye başlarlar. Uyuşturucu kullanan gençlerin çoğunda his gücü yüksektir ama ışığa gitmenin yolunu bulamamıştır. Anne baba birbirini kötüledi, mutsuz bir ortamda atalarından almaları gereken enformasyonu alamadılar.

Bir lambaya sadece kelebek gelmez. Her türlü böcek gelir. Bu kişiler kendilerini yalnız hissettikleri için gelen böcekleri arkadaş zannederler. Böcekler onların her yerini kemirir. Zamanını, parasını, sevgisini, enerjisini yiyip bitirirler. Onlar da öfke ile kızgınlıkla pişerler ve karanlığa doğru çekilebilirler. Karanlığa doğru çekilen kişi her zaman kendini haklı, kurban, yaşadıklarının sebebini hep bir başkası olarak görürler.

Bu yola, yani batıla doğru kaymaya başlayan kişilere nasihatle ulaşamazsınız. Ancak sevgi, empati, hoşgörü ile onları anlamaya, daha da önemlisi içdünyalarında kaybolup gitmeye başlamış olan o küçük çocuğu hissederek ulaşabilirsiniz.

Nasihat herkeste var. Önemli olan bir insanı anladığını hissettirmektir. "Bunu yap, onu yap, şunu getir, bunu götür, bu tekniği uygula..." Bu tür durumlarda laflar sadece anlamsız sözlerdir. O bedenin içindeki yıllarca yorulmuş olan canı hissetmektir. En önemlisi bir cana baktığınızda onu ışık olarak görebilmektir.

Bugüne kadar yaptığım bireysel görüşmelerde, karşımdaki kişinin içdünyasındaki ışık bir mum kadar küçülse bile, biz o kişiye inandığımızda içindeki ışık güneş gibi parlamaya başlıyor. Yeter ki karşınızdaki kişinin başarabileceğine inanın.

Gönül gözümüz açıldığında insanların dini, dili, ırkı, cinsiyetiyle ilgilenmiyorsunuz. Herkes senin yol arkadaşın.

Herkes dışarıyla uğraşmayı bir bıraksın ve kendi içlerindeki karanlığı bulup şifalandırmaya niyet etsinler. Işığı arayanların karanlık taraflarını bulmaları gerekir.

Hayatı domino taşı dizisi gibi düşünün. Yaşadığımız olaylar ve seçimlerimiz bir sonraki taşa nasıl çarpacağımızı belirliyor.

Örneğin: Kişi huzursuz bir ortamda dünyaya gelir. O kadar öfkelidir ki hayata, hiç düşünmeden biriyle evlenir. Amacı anne baba evinden kaçmak, kurtulmaktır. Bunu yaparak kısa süreli de olsa bir rahatlama yaşar. Daha sonra uzun yıllar eşinin zulmüyle uğraşır. Üzerine bir de çocuk yapar. Belki yuva kurtulur ümidiyle. Anne babadan kaçar, beteriyle hayatına devam ettiğini uzun yıllar sonra fark eder. Yıllarca evlendiği kişiyle çarpışır, çarpışır... Olmadı etrafıyla, işyerindekilerle çarpışır.

Sizin de hayatınızda veya bir sevdiğinizin hayatında bu tür durumlar olmuşsa, *2 Tam Bir Tek* adlı kitapta ilişkiler ile ilgili her türlü iletişim sorunlarını elimizden geldiğince paylaşmaya çalıştık.

HAK İLE BATILI AYIRMAK

Hiç hayatınızı sorguladınız mı? Gerçek olan ne? Batıl ne? Hak ne?

Hayatımdaki bazı olayların tekrara girmesi kendi içimde sorgular yapmama sebep olmuştu. Bu tekrarların neden olduğunu sorgularken, karşıma şu dua çıktı.

Hz. Süleyman, "Allahım, bana Hak ile batılı ayırma yetisi ver..." diye dua etmiş. Ben de yıllarca bu duayı ettim. Hak ile batıl arasındaki farkı ayırabilecek iradeye sahip olmayı diledim. İlk başlarda çok da ne anlama geldiğini anlamasam da yine de duayı tüm kalbimle Allah'tan diledim.

Hayatınızın gidişatında irade çok önemlidir. İradeniz zayıfsa deli gibi yemek yersiniz, deli gibi alışveriş yaparsınız, "hayır" demeniz gereken yerde diyemezsiniz. Korkular, endişeler sizi yönetir. Anlamsız bir aşkın peşinde, anlamsız olduğunu bildiğiniz halde gidersiniz. Kendi hayatınızı değil, başkalarının çizdiği hayatı yaşarsınız. Birçok olayda Hak yerine batıla kaydığınızı fark etmezsiniz bile.

Yaratıcı, insanoğluna irade verdi. "İsyan da edebilirsin, tövbe edip dua da edebilirsin..." Seçimi bize bıraktı.

Şimdi sokağa çıkıp birini de vurabilirsiniz, birine yardım da edebilirsiniz.

Kişisel gelişime giren birçok kişi neredeyse önce batıl yola adım atar. Kısmeti olanlar Hakk'a yönelirler.

Aradaki farkı anlatmaktan çok yaşayıp fark edebilmeyi niyet etmenizi öneririm. Kelimelerle pek ifade edilebilecek durum değildir. Çünkü batıldaki bir kişi, kendini aydınlıkta ve doğru yolda zanneder. Böyle bir durumda kendisine istediğiniz kadar konuşun, Hak yolunu pek anlatamazsınız. Direnecektir.

Nasip kısmet...

KURAN YOLUNUZU BULDURUR

Navigasyon cihazlarını herkes bilir. Gideceğiniz yerin adresini girersiniz. Arar, en kısa yolu bulur ve birkaç seçenek sunar. Sonrasında birini seçersiniz ve gideceğiniz yerin kapısına kadar size rehberlik eder.

İnsanlık için de Kuran bir navigasyondur. Geldiğimiz cennete geri dönüş navigasyonudur. Evrensel bir kitap olan Kuran'ı böyle anlamak ve okumak gerekir.

Siz arabada giderken, "On kere navi dersem, ilk benzinciden yüzde 50 indirimli benzin alabilir miyim?" diye düşünüp uğraşıyor musunuz? Elbette bu saçma geliyor. Çünkü navigasyonun görevi size yolu göstermek; sizin dileklerinizi, siparişlerinizi gerçekleştirmek değil.

İÇİMİZ DIŞIMIZ BİR OLMALI

Dışınızda çok düzgünsünüz ama içinizde bambaşka biri yatıyor olabilir! Bazen çok mutlu bir evliliği olduğunu söyleyen insanlara soruyorum:

"Kaç yıllık evlisiniz?"

"Otuz yıl."

"Peki, bu otuz yılda, eşinize hiçbir an kötülük yapmak isteği içinizde oldu mu?"

Gelen cevaplar ilginçti. "Hem de kaç kere! Balta ile parçalamak istediğim bile oldu!" diyenler oldu.

Demek ki dışımız yanıltıcı olabilir. İçimizde aynı samimiyeti duymak önemli...

Müslümanlığı da bir etiket gibi dışarıda taşımak değil, içimizde samimi olarak hissetmek önemlidir. İslam'ı dışınızda bir etiket olarak kullanmak tehlikelidir. Gerçek Müslüman'ın yaptığı iyilik gizlidir. Sağ elin verdiğini sol el bilmez. Amaç insanların değil, Allah'ın rızasını kazanmaktır. Bu dünyada değil, buraya geldiğimiz yere döndüğümüzde karşılığını alabilmektir.

İYİLİKLERİ NASIL YAPIYORUZ?

Birçok kişi kendisini hayatında iyi kişi olarak tanımlar. Yani bir insana ya da bir canlıya yardımcı olmaya çalışır. Buraya kadar güzel. Lakin bazen öyle bir an olur ki, yaptığımız iyilikleri düşünmeye başlarız. Peki hangi zamanlarda düşünürüz? İyilik yaptığımız kişiden bir yanlış gördüğümüzde veya bir beklentimiz olduğunda. Ardından içimizi bir kızgınlık, öfke kaplamaya başlar. En yakınımızdaki kişiler bile olabilir. Biz kızdık mı çocuğumuza ya da eşimize, "Ben senin için şunu yaptım, bunu yaptım! Yirmi senemi sana verdim!" diye başlarız. Art arda yaptığımız iyilikleri ya içimizden ya da dışımızdan o kişilere, olmadı etrafımızdakilere sıralar dururuz. Hayatımızın bu dönemi kendimizi kullanılmış ve haksızlığa uğramış gördüğümüz bir dönemdir.

Peki yaptığımız iyilikleri durmadan sıralarsak bu ne gibi olaylara sebebiyet verir? Bize fayda ya da zararı var mıdır?

Evet, verdiniz ama yaptığınız iyilikleri söyleyerek topladığınız enerjiyi çöpe attınız. Biriktirdiğiniz enerjiyi, öfkenize kullandınız. Oysa iyilik yapıp, denize atmanız gerekirdi. Yapılan iyilikleri unutmanız gerekiyordu. Allah rızası için yapılan bir iyilikte, karşı taraf ne yaparsa yapsın, bundan üzülmemeniz gerekiyordu. Lakin biz iyilikleri yaptık ve karşılığını alamadığımızda kendimizi ya da onları perişan etmeye başlıyoruz.

Bir iyilik yapacaksan Allah rızası için yap! Ve unutmayı seç. Kafan da rahat olur, ruhun da...

BÜTÜNE HİZMET,
ESKİ VE YENİ KUŞAKLAR...

Çoğumuzun içinde bütüne hizmet etme ile ilgili istek vardır. Bütüne hizmet etme durumu, anne karnından itibaren, hayatın kaosları içinde başlıyor. Herkes hayata farklı noktalarda, farklı imkânlar ve ailelerde geliyor. Herkesin başlangıçtaki durumu eşit olmayabilir. Lakin enteresan bir durum var ki, genellikle dünyada isim bırakmış insanlar, ya ailesiz insanlardır, ya çöpe bırakılmış çocuklar ya da sıkıntıda büyümüş olanlar. Her türlü imkânı hiç uğraşmadan önünde bulan çocukların tek amacı, ailenin imkânlarını kullanmak olur.

Çok şükrediyorum: İyi ki çok rahat bir ailede doğmadım, her şeyin dört dörtlük olduğu bir ülkede doğmadım! Böylece uyanma ve bir şeyleri görme şansım oldu.

Oysa televizyonda bize hep Amerika'daki rahat yaşamlar gösterildi. "Akşama bu smokini mi giyeyim, diğerini mi? Yarın o partiye mi gideyim, bu partiye mi?" diye düşünen insanların hikâyesi anlatıldı. Oysa her şeye sahip olmak, tükenmişliğin başladığı noktadır. Gelişmiş ülkelerde gençlerin depresyonu, gelişmemiş ülkelerdeki gençlerden daha fazladır. Onların başarma hedefi yok. "Nerede eğleniriz, nerede para harcar, nerede kafayı çekeriz?" diye düşünüyorlar.

Almanya'daki dostlarım, "Biz iki üç nesil, Almanya'yı 2. Dünya Savaşı etkisinden çıkarmak için deli gibi çalıştık. Oldukça disiplinli ve çalışkandık. Bizden sonra farklı bir nesil geldi. Yeni nesil bizim gibi disiplinli, çalışkan, üretken ve faydalı olmak yerine, hayatını bilgisayar, telefon, TV başında geçirmek istiyor. Bazılarının da amaçları eğlence... Kendilerine bir faydanız varsa, sizinle iyi geçiniyorlar. Kısacası çalışmak ve üretmek istemiyorlar..." şikâyetini dile getiriyor. İlginç bir durum. Aşırı çalışkan ve hayatlarını üretime adamış birkaç nesilden sonra tembel ve üretmek istemeyen yeni ve farklı bir nesil geldi.

Aklınızda bulunsun, aşırı disiplinli olursanız, dağınık bir evladınız veya eşiniz olabilir. Aşırı dağınık olursanız disiplinli, titiz ve tertipli biri size sürekli söylenebilir. Genelde bunun ismine denge diyoruz. Bu yüzden denge önemlidir. Her zaman dengenin önemini hatırlayın. Bir şeyin enerjisini kendinize çekerseniz, etrafınızdaki birilerinden bu enerjiyi almış olabilirsiniz. Büyük ihtimalle onlarda bu enerji eksildiğinde, sizin tersiniz davranışında bireylerin arasında kalabilirsiniz. *2 Tam Bir Tek* ve *Her Şey Hakikati Görmekle Başlar* adlı kitaplarımızda bu konuları elimizden geldiğince incelemeye ve paylaşmaya çalıştık. Kendi hayatımda da bunu gözlemledim. Annemle aşırı ilgilendiğimde, kardeşlerim geri çekiliyor, ben geri çekildiğimde, kardeşlerim annemle ilgileniyordu.

Siz bütün bunları deneyimlerken, vesvese kafanızda konuşup duracak, sizi inanılmaz derecede ya yolunuzdan çıkarmaya çalışacak ya da etrafınızdaki birileriyle çatışmaya sokmaya çalışacak. Ömrünüzden çalabildiği kadar çalacak, oyalayabildiği kadar oyalayacak.

Hiç dikkat ettiniz mi? Siz dengedeyken, keyfiniz yerindeyken, mutluyken, acaba bu ne kadar sürdü? Bu mutlu anı siz mi bozdunuz? Yoksa tam da o anda biri çıkageldi ve dengenizi mi bozdu?

Örneğin: Siz bir nefes çalışması yapıyorsunuz veya yaptınız. Enerjiniz yükseldi. Tam da o esnada çocuğunuz, eşiniz, anne babanız veya bir tanıdığınız sizi arayıp gerginlik yarattı mı? Kendinizi bir anda sinirlenmiş, kavgaya sürüklenmiş olarak hissettiniz mi? Mutlu olduğunuz bir anda, sevdiğiniz birinden telefon geldiği oldu mu? Tam da şu şekilde "Sen neredesin? Sen ne biçim bir insansın? Allah bilir ne yapıyorsun?" diye gerginlik yarattığı oldu mu?

Böyle durumlar yaşıyorsanız, vesvesenin amacı sizi yuvanızdan, sevdiklerinizden koparmak olabilir.

Sizin mutlu olduğunuz anda vesvese diyecek ki:

"Burası senin yerin değil. Çık git evinden. Ayrıl. Boşan." Bunun gibi sizi yalnızlığa sürükleyecek birçok oyun kurabilir. Duygusal boşluk içindeyseniz, büyük ihtimalle bu oyuna gelebilirsiniz. Bin bir emekle kurduğunuz birçok şeyi bir de bakmışsınız ki kendi ellerinizle bozmuşsunuz. Tabii kendi ellerinizle bozduğunuzu yıllar sonra fark edeceksiniz. İlk başlarda onların yüzünden oldu deyip, büyük ihtimalle kurbana yatıp uzun bir zamanı söylenerek, üretmeyerek ve şikâyet ederek geçirebilirsiniz.

Yuvanızdan kaçmayın. Bir insanın en doğru yeri evidir. Evinizden kaçıyorsanız, aslında kendinizden kaçıyorsunuz. Sürüden ayrılanı genelde kurt kapar.

Şu soruyu daima sorun:

"Ben bütüne nasıl hep hizmet edebilirim? Kendimden başlayarak bütüne nasıl faydalı olabilirim?"

Kendine faydası olmayanın başkasına faydası olmaz. Kendi hakkını koruyamayan bir anne baba, kendi hakkını koruyamayan bir evlat yetiştirir.

Kader vardır. Kuran bunu size hatırlatır. Lakin birçok aşamada seçim şansınız da vardır. Örneğin bir iş görüşmesine gidiyorsunuz veya evlenmek üzeresiniz. Son anda kararınızı değiştirebilirsiniz! Değiştirmeyebilirsiniz de... Bazı şeyler sizin iradenizle, hayat tecrübenizle oluyor. Bazıları ise yazgı. Ne yaparsanız yapın, sonuç Allah'ın dilediği gibi oluyor. Sonuçta bin türlü seçim de yapsanız, kadiri mutlak olan Allah, hepsini bilmektedir.

İnsanları yargılamayı, eleştirmeyi, kendi doğruluk terazinize göre onları tartmayı bırakın. Herkesin eğrisi doğrusu kendi seçimidir. Siz kendi çadırınıza bakın... Herkes hesabını kendisi verecek...

Önemli olan sizden başlayarak tüm kuşaklar boyu bütüne hizmet edebilmek aşkıyla yanmak...

"Allahım, beni ve soyumu senin yolunda hizmet edenlerden, faydalı insanlardan nasip eyle..."

KELEBEK ETKİSİ

Uzun zamandır, özüme olan yolculukta, yaşadıklarımı, gözlemlediklerimi, vesvesenin benimle oynamaya çalıştığı oyunları, tecrübelerimi elimden geldiğince paylaşmaya çalışıyorum. Siz de söylenmeyi, arızayı, kurbana yatmayı bırakın, yuvanızda olana şükredin, yuvanızdan başlayarak insanlara yardımcı olun... Genelde farkındalığı yakalayanların ilk yaptığı, eşinden ayrılmak. Tam tersi. Farkındalığı yakalayanların ilk adımı, yuvalarına ışık olmak. Bu zaman alabilir. Evdekiler size direnç gösterebilir. Deli olduğunuzu, saçmaladığınızı söyleyebilirler. Her şey adım adım. Siz Allah'a yönelin ve hizmetinize devam edin. Kendinizi dengeye aldıkça, evdekiler de dengeye gelmeye başlayacaktır. Kaçmayın!

Bir gün, bir kasiyer geldi ve büyük bir süpermarkette çalıştığını söyledi. Nasıl bir yaşam amacı olabileceğini sordu.

"Çok güzel bir işin içindesin..." dedim.

"Neden güzel olsun? Yetmiş kasiyerden biriyim, o kadar..." diye yanıt verdi.

Kelebek etkisi diye bir şey duydunuz mu?

Çin'de kanatlarını çırpan bir kelebek, New York'ta bir fırtınaya sebep olabilir.

Size ilginç bir örnek vereyim: Hitler, öğrencilik yıllarında güzel sanatlar fakültesine gittiğinde, oradaki öğretim görevlileri onun çizimleri ile alay etmişler ve okula öğrenci olarak kabul etmemişler. Eğer okula kabul edilmiş olsaydı, tarihte adı yeteneksiz bir öğrenci olarak kalacaktı. "Senden ressam olmaz!" diye alay etmişler. Onun da ilk işi, eline gücü aldığında, o üniversiteyi bombalamak olmuş. (Tabii bu bilgilerin en doğrusunu tarihçilere sormak lazım.)

Şimdi bu olaya kelebek etkisi gözüyle bir bakalım. Bir çocuğa "yapamazsın" lafı nasıl Hitler'in milyonlarca insana zulmüne sebep olduysa, bir de bunun iyi tarafını düşünün.

Sizin bir insana iyi ve örnek bir davranışla yaklaşımınız, motive edici bir sözünüzün o kişide açılım sağlama ihtimali yüksektir. Sizin bu davranışınız o kişide iyiye doğru hareket başlattığında zaman içinde o kişide belki yüzlerce insan için olumlu bir şeyi başlatacaktır. Dokunduğunuz her insan bir başka insana dokunacaktır.

Kasiyer arkadaşıma verdiğim örneği sizinle paylaşmak istiyorum:

"Bir müşteri alışveriş yaptı ve sıkıntılı. O an sen dengedeysen, etrafındaki sıkıntılı insanları genelde fark eder ve hissedersin. Bu dönem insanların çoğu bunalımda ve neredeyse tamamı da bunun farkında değiller. Kapitalist sistemin kurucularının istediği de bu. Herkesi bunalıma sokmak ve kısa mutluluklarla onları uyuşturmak. Nedir bu kısa mutluluklar? Reklamlarda gördüklerini satın al ve mutlu ol. Reklamlardaki kişiler gibi ol. Bu sebeple alışveriş merkezleri boş gezen ya da anlamsız ürünlere deli gibi para verenlerle dolup taşıyor. Size alışveriş yapmayın demiyorum. İhtiyacınız olanı alın. Bunun üzerine yaptığınız her alışveriş duygusal boşluklarınızı gidermek için yaptığınız alışverişlerdir. Sistem de tam bunu istiyor. Bize eksik olduğumuzu hissettirip, para vererek bu eksikliklerimizi tamamlamamızı... Biz de bilinçaltları programlanmış bireyler olarak hipnotize şekilde bunu yapıyoruz. Lakin gönül gözü açılmış bir kişi, dünya malı ile eksikliklerini gidermek yerine, Allah'a ibadet ve bütüne hizmet ederek tam ve bütün olma yolunda ilerler" dedim.

Arkadaşım ise, "Peki ben bir kasiyerim, bu durum karşısında ne yapabilirim?" diye sordu.

Cevabım şu oldu:

"Paranın üstünü ona verirken, 'Şifa olsun' de. Kesinlikle müşteri o an senin deli olduğunu düşünüp, 'Ne saçmalıyor?' diye kafasından geçirecek. İçinde bulunduğu depresyondan kısa bir an çıkacak ve seni düşünecek. Geçici olarak depresyondan aldın mı onu? Aldın... Onun bilinçaltına 'şifa' kelimesini gönderdin mi? Gönderdin... Şifa Allah'ın 'Şafi' isminin açılımıdır. Bütün gün aklında zikredecek. Tabii bunları yaparken, senin dengede olman gerekli. Gergin, yorgun, sinirliyken yaparsan işini, o da oradan öfkeli çıkacak ve başka insanlara çatacak."

İşin özeti kısaca şu: *Ne iş yaparsanız yapın, insanlara Allah'ı güzelliklerle hatırlatın. Gerisi kendiliğinden geliyor...*

Şimdi kelebek etkisiyle uzun vadeli bir hareket düşünelim. Örneğin: 2018 yılında oluşturduğum bir dokunuş, acaba 2300 yılında nasıl bir etki yapıyor olabilir?

Dünyayı yöneten sistemler korku ekip, ileriki kuşakların dengesini, ayarlarını bozmaya çalışıyor. Bizim bu insanları bulma veya durdurma şansımız yoksa bile, biz de yerine sevgi, merhamet, hoşgörü, yardımlaşma ve en önemlisi Allah aşkı tohumlarını ekelim. Hak ve batıl böylelikle mücadelesini yapmış, bize düşeni de yerine getirmiş oluruz.

O zaman insanların moral ve motivasyonlarını yükselten, onları iyi ameller yapmaları için teşvik eden insanlar olmamız lazım.

İnsanları iyiliğe ve sabra yönlendiren insanlar, iyi insanlardır.

İyi olmakla iyiliğe vesile olmak aynı şey değildir. Farkını küçük bir hikâye ile anlatalım.

Çoğu insanın bildiği bir yoğurtçu hikâyesi vardır.

Adam pencerenin kenarında oturuyor, sokaktan da yoğurtçu geçiyor. Eşine diyor ki: "Tencereyi getir, yoğurt alalım."

Eşi karşı çıkıyor, "Evde yoğurt var. İhtiyacımız yok" diyor.

Adam, "Bizim ihtiyacımız yok ama yoğurtçunun ihtiyacı var. Bu soğukta üçüncü kez sokaktan geçiyor" diye karşılık veriyor.

Adamın yoğurt satmaya çalıştığının mücadelesini görmüş ve ihtiyacı olmadığı halde ona destek çıkmış. Bu iyiliğe vesile olmaktır, harekete geçmektir.

İyiler artık yerlerinde oturmasınlar. Hareket etsinler!

Artık iyiliğe vesile olun. Ne diyor hadiste: *"Paran varsa para ver. Yoksa emeğinle yardım et. O da yoksa güler yüz göster, selam ver."*

Demek ki birbirimizle en azından selamlaşmamız lazım.

Selam Allah'ın isimlerinden biridir.

İÇSESİ DUYMA ÇALIŞMASI YAPALIM

(Not: Bu çalışmada gözlerinizi kapatmanız gerekecek. Size tavsiyemiz bu çalışmayı ses kayıt cihazınıza [cep telefonu da olabilir] sesli olarak okuyun. Ve daha sonra dinleyin. İlk dinlemelerinizde sesiniz size garip gelebilir. Doğaldır. Herkese böyle oluyor. Daha sonra bu ses çalışmasını arkadaşlarınıza da gönderin. Size iyi yorumlarla geri dönmeye başladıklarını göreceksiniz. Anlamayanlar ise size en fazla deli diyeceklerdir. Dert etmeyin. Siz böylelikle kendi sesinizden ilk nefes çalışmanızı yapmaya başlamış oluyorsunuz. Şifa olsun.)

Sessiz bir ortamda dik oturun.
Burnunuzdan yavaşça nefes alıp verin.
Burnunuzdan bir daha yavaşça nefes alıp verin.
Yavaşça bir nefes daha alın ve daha yavaş verin.

Şu an, gözleriniz kapalı, çok güzel, yeşil, çimenli bir bahçedesiniz. Çimenlerin üstüne bağdaş kurup oturduğunuzu hissedin. Çok güzel bir gökyüzü, pırıl pırıl, tertemiz bir ortam... Kadife gibi çimenlerin üzerinde bağdaş kurup oturuyorsunuz.

Yavaşça avuç içlerinizi çimlere götürün ve parmaklarınızla çimlere dokunun.

"Şükürler olsun Allahım! Ne kadar güzel bir doğanın içindeyim..."

Huzurlu ve dingin olduğunuzu hissedin.

Derin bir nefes alın.

"Huzurluyum ve dinginim."

Şimdi başınızı, sağa doğru çevirin. Gözleriniz yine kapalı. Çimenlerde yanınızda oturan yaşlı bir evliya var. Tatlı, nur yüzlü... Sizinle birlikte oturuyor. Bembeyaz giyinmiş... Ona deyin ki:

"Bana bir nasihatin var mı? Bana ne söylemek istersin?"

Şimdi o evliyayı sakince dinleyin.

Derin bir nefes alın ve yavaşça verin.

Derin bir nefes daha alın ve yavaşça verin.

Size hayatınızla ilgili güzel nasihatler verdiğini hissedin. Duyamasanız bile hissedin. Sorun ona:

"Benim yaşam amacım ne olabilir? Hayatımda ne gibi işler yapmamda fayda var? Bana ne tavsiye edersin?"

Derin bir nefes alın ve teşekkür edin.

Çimenlerden yavaşça kalkıyorsunuz, odanıza dönüyorsunuz.

Elinize kalemi alın ve size verilen nasihatleri, sakin ve dingin bir şekilde, duygu katmadan yazın.

Sonra sakince size verilen nasihatleri düşünün.

Derin bir nefes alın ve yavaşça verin.

"Allahım, sana sığındım ve sana güvendim. Hak ile batılı, kolaylıkla ve sağlıkla ayırt edebilmeye niyet ediyorum. Hayatımdaki batıl olanları, teşekkür ediyor, sevgiyle gönderiyorum. Hakk'a yönelecek irademin kolaylıkla ve sağlıkla güçlenmesine niyet ediyorum. Kendimi ve insanları kolaylıkla anlamaya niyet ediyorum. Kendimle barış içindeyim, herkesle barış içindeyim."

İlk seferde dikkatiniz dağılabilir. Birkaç sefer deneyin. Başarılı olduğunuzu hissedeceksiniz.

YİRMİ YIL ÖNCEYE, SONRAYA VE YİRMİ YIL ÖNCEDEN BUGÜNE MEKTUP

Elinize bir kâğıt kalem alın ve yazın. Geçmişte yaşadığınız bir olay, bir trafik kazası olabilir, sevdiğini kaybetme olabilir, hastalık olabilir. O an, en çıkmazda olduğunuz anda ne düşündünüz?

Hayatınızdaki en büyük pişmanlıklarınız nelerdir? Mesela, "Keşke bu şehre gelmeseydim! Keşke bu olmasaydı! Keşke başka bir okul okusaydım!" ya da "Şu kişiyle hiç tanışmasaydım!" mı diyorsunuz?

Bunları yazın ve üzerinde düşünün.

Sonra bugünkü halinizle yirmi yıl sonraki halinize bir mektup yazın. Yirmi yıl sonraki size, neler söylemek istersiniz? Hangi nasihatleri verirsiniz? Allah nasip ederse de görürseniz o günü, bugünkü nasihatiniz, o güne ne olurdu?

Neler sormak istersiniz yirmi yıl sonraki size? Mesela hayat amacını dilediği gibi gerçekleştirebilmiş mi? Üretken olabilmiş mi? Dünyayı gezmiş mi? Kampa gitmiş mi, çadır kurmuş mu? Doğaya çıkmış mı, sevdikleriyle vakit geçirmiş mi? Dilediği gibi sosyal olabilmiş mi?

Yoksa ömrünü börek çörek açarak, dolmaları ince sararak, onu bunu alttan alarak, hep idare ederek, kendini erteleyip hep başkalarının mutlu olmasını sağlayarak, dip bucak temizlik yaparak mı geçirdi? Pişmanlıklarla dolu bir hayat mı yaşadı? Neler sormak istiyorsanız, hepsini yazın.

Yazarken, nerelerde tıkandığınıza dikkat edin.

Sonra, yirmi yıl önceki halinize bir mektup yazın. Ona neler söylemek isterdiniz? Yirmi yıl öncesindeki size tavsiyeleriniz neler olurdu? Ondan neler yapmasını isterdiniz bugünkü aklınızla?

Sonra da yirmi yıl öncesine gidin ve o günkü haliniz ile bugünkü halinize bir mektup yazın. O günkü haliniz, bugünkü halinize neler söylerdi? Neler tavsiye eder, neleri yapmanızı isterdi?

Şimdi de yirmi yıl sonraki halinize gidin ve o günden bugüne mektup yazın. Yirmi yıl sonraki haliniz, bugünkü halinize neler sorar, neler tavsiye ederdi?

Toplam üç mektup yazıyorsunuz:

1. Bugünden 20 yıl öncesine
2. Bugünden 20 yıl sonrasına
3. 20 yıl önceden, bugünkü halinize

Evet, şu an her ne yapıyorsanız mola verin ve 3 mektubu yazmaya başlayın. Bu sefer kendinizi ertelemeyin ve adım atın. Şifa olsun.

KAFADA BAŞLAR, KAFADA BİTER

İnsanların hayatta yapmak istedikleri şeyler vardır. Bunları ise çeşitli bahanelerle ertelemeyi tercih ederler.

"Eşim kesinlikle izin vermez!"

"Babamdan izin çıkmaz!"

"O kadar parayı nereden bulacağım?"

"Çoluk çocuk varken yapamam zaten!"

Bahaneler bitmek bilmez...

2009 yılında bireysel görüşmek için bir hanım geldi.

"Çok çalışıyor. Gece gündüz, deli gibi çalışıyor" dedi.

"En büyük hayalin nedir?" diye sordum.

"Dünyayı gezmek..." dedi.

"Gez o halde..." dedim.

"Saçmalama! Mümkün değil. Ben bekâr bir insanım, nasıl dünyayı gezerim? Babam hayatta izin vermez. Birçok insanı, başta babamı kırmam gerekir. Ayrıca param yok."

"Tekrar soruyorum: Senin yüreğinde ne yapmak var? Senin yüreğinde yapacağın helal yoldansa, bir başka canlıya zarar vermeyecekse, senin yürekten istediğin güzel bir durum için belki de ilahi sistem bir araya gelir ve kendiliğinden olur. Tabii nasibinde varsa ve vakti geldiyse" dedim.

Yeter ki iyi olanı gönülden iste...

"Uzakdoğu'ya özellikle de Çin'e gitmek istiyorum. Tabii ki bu mümkün değil, gerçekçi ol" dedi.

Sakin bir şekilde kendisine, "Dua et, inan, adım at ve yola çık" dedim.

"Çin'e gitmek kaç para? Sadece bilet parası bile binlerce lira. Üstelik koskoca ülke! Gittin mi en az on beş gün gezmek zorundasın. Yok öyle bir param!" dedi üzgün bir şekilde.

Birçok insan bu durumda. İnsanlar daha hayal kuramadan, daha niyeti yapamadan kendi kendini bloke ediyorlar.

Buradaki ince nokta aslında şu. Bir saatin dişlilerini düşünün. Birçok dişli gayet muntazam şekilde dönüyor. İlahi sistemde eksiklerini tamamlamış birçok olay ve durum var. İyi ya da kötü çalışıyor. Yani bu anlatacağım iyi bir şeyi dilemekle, korktuğunuzu başınıza getirmek yani kötü bir olayla eşleşmeyi de kapsıyor. Şimdi örneğe devam edelim. Bir saat fabrikasında sadece bir saat mi üretiliyor? Yoksa her gün binlerce saat mi üretiliyor?

Tabii ki her gün binlerce saat üretiliyor. Bu saatler için dişli lazım değil mi? Ya mekanizmalar? Tabii ki lazım!

Peki bunun bizimle ne alakası var?

İşte püf noktası burası: Hepimiz ilahi sistemin içinde oluşan ya da oluşmakta olan olayların içerisindeki dişli mekanizmalarıyız. Sadece farkında değiliz.

Peki iyi olay ile kötü olayın farkı nedir?

Çok basit!

Siz olumsuz ve her zaman karamsar düşünen biriyseniz, olumsuzluk saatlerinin üretiminde kullanılan dişlilerden olursunuz. Yani, her olumsuzluk gerçekleşeceğinde size ihtiyaç vardır. Sistem sizinle eşleşecek birçok olumsuzluğu sizinle buluşturmak için gayret gösterir ve günün sonunda dersin ki, korktuklarım hep de benim başıma geliyor. Bu durumdan nasıl çıkacağınızı ve korkularınızı nasıl şifalandıracağınızı *Evrenin İlahi Dili* ve *Her Şey Hakikati Görmekle Başlar* adlı kitaplarımızda zaten paylaşmıştık.

Şimdi iyi olaylara gelelim. Siz Allah'a teslim olmuş, ilahi akışa güvenen, dua edip akışına bırakan ve gün içinde yapması gereken işlerini yapan sevgi dolu biriyseniz, şimdi sıkı durun! İyilikler saati üreten fabrikadan size sürekli talep gelmeye başlar. Yani her iyilik saati üretileceğinde dişlileri arasında siz de yer almaya başlarsınız. Bir de baktınız ki hayatınızdaki olaylar rast gitmeye başlamış, kalbinizden geçen güzellikler oluşmaya başlamış. Hangi frekanstaysanız, sistem sizi o fabrikaya yedek parça olarak kullanır. Bu her zaman aklınızda bulunsun.

Bu örneği gelen hanıma anlattım. Bir de Nasrettin Hoca'dan bir hikâye ekledim:

"Nasrettin Hoca göle maya çalarken, köylüler 'Olmaz' demişler ama 'Ya tutarsa...' diye karşılık vermiş hoca."

Akışa girmek aynen şöyle bir şey. Büyük bir okyanus dalgasında sörf yapmak gibidir. Sörfçünün o büyük dalga üzerinde muhteşem bir güzellikle kayarken, kaynanasını, geçmişte onu üzenleri, kimleri Allah'a havale edip de halen daha ceza neden görmediklerini, "Hani ilahi adalet? Ben ağlarken onlar neden gülüyor?" diye düşündüğünü zannetmiyorum. Sadece "an"dadır. Her ne yapıyorsa, sadece yaptığıyla o an vardır. Zaten bir başka şey düşündüğü anda, dalgadaki konsantrasyonu bitecek ve dalganın içerisinde düşerek en başa geri dönecek. Tıpkı gerçek hayatta anlık yakaladığımız huzurun birkaç göz kırpması süreden sonra zihnimize gelen olumsuzluklarla bozulduğu gibi.

Yine yüz yüze konuştuğum kişiye bir seminerden örnek vermek istedim. Bir gün seminerde nefes çalışması yaparken, katılımcılara "Zihninizde nasıl bir evde yaşamak istiyorsunuz imgeleyin" dedim. Salondaki birçok kişi gözünde evini, bahçesini, ailesini imgeledi.

Lakin herkesin gözü kapalıyken bir hanım gözünü açtı ve yüksek sesle salonda bağırdı.

"Aman hoca, ben böyle büyük bir ev istemiyorum!" dedi. Ardından herkes koptu ve gözlerini açtılar. Yarıda kalan çalışma esnasında gözünü açıp yüksek sesle bağıran hanıma "Sebep?" diye sordum.

"Büyük ve güzel bir evin geleni gideni çok olur. Kim yıkayacak o kadar bulaşığı? Ben uğraşamam bu kadar misafirle. Bir de böyle büyük bir evin temizliği ayrı dert" dedi.

Herkes bir şeyi isterken, ardından kendi kendilerini kısa sürede sabote ediyorlar. Siz de hayallerinizde nerede tıkandığınızı bulun ve yazın.

Babamın sesi çok güzeldi. Münir Nurettin Selçuk gibi... Annem de demiş ki:

"Keşke evlatlarımdan biri şarkıcı olsa da onunla dünyayı gezsem!"

Annem bu niyeti otuz sene önce yaptı. Sesim babamınki kadar güzel olmasa da, seminerler yapıyoruz. Annem de benimle dünyanın dört bir tarafını geziyor. Ağzınızdan çıkanlar yani söylediğiniz sözler aslında kontrattır. Başınıza bir şekilde gelecektir.

Bu örnekleri anlattım ve genç hanımla konuşmamıza devam ettik:

"Niye zor?" diye sordum.

"Gerçekçi ol, param yok. Babam izin vermez. Ne işim var Çin'de?" sözünü tekrarladı.

"Denemedin ki..." dedim.

"Bir kere niyet et ve adım at..."

Bunca örnekten sonra "Peki, ediyorum ve adım atıyorum" dedi.

İki hafta sonra heyecanlı bir halde beni aradı.

"Üniversiteden yirmi kadar arkadaşım Çin'e on beş gün gezi düzenlemişler. Öğrenci paketi. Beni de davet ettiler. Bütçesi de tam benim cebimdeki para kadar!" dedi.

"Harika" dedim. "Niyetini koydun, Allah da nasip etti. Ne güzel işte..."

"Gidemem. Babam hayatta izin vermez" dedi.

"Hayat senin niyetini yavaş yavaş hazırlayıp önüne getirmiş sen hâlâ engeller koyuyorsun. Konuştun mu babanla?" dedim.

"Sen benim babamı tanımazsın. Dar görüşlüdür, yobazdır. Hayatta izin vermez!" dedi.

"Bu tur, bu kampanya tam da bütçen kadar, önüne gelmiş, sistem hazırlanmış. Anahtarı çevirip çalıştıracaksın. Hadi ona da bir niyet et. Önce içinden babanla konuş. Aile bireyleri, empati duyduğumuz insanlar ve sevemediklerinizle farkında olmadan telepati içerisinde olabilirsiniz."

Kendi kendimizi sürekli sabote ediyoruz. "Babam izin vermez", "Annem karşı çıkar", "Patron izin vermez..." Hep bir engel var içimizde.

"Sen engeli kaldır, içinden babana sevgi gönder. Bu hayal kurmak değildir. Gönülden istemektir. Her şey için 'istedim oldu' gibi bir durum olmaz ama hayrına ise olması için niyet et." Allah ilk adımı attırmış. Gerisi de gelir.

"Peki. Mademki bu kadar oldu, babamla konuşmayı deneyeceğim."

Babasına gitti, durumu anlattı. Babası da "Mademki arkadaşlarınla gideceksin. Olur kızım..." demiş.

Danışan hanım babası ile konuştuktan sonra yine arıyor ve telefonda oldukça şaşkındı. "Babam nasıl izin verdi hiç anlamadım!" dedi.

Hep olumsuz durumlara alıştığımız için, bazen de istediklerimiz olunca şaşırıyoruz.

Bu noktada unutmamanız gereken şudur: İsteğinizi gönderen evren değil. Niyet ediyorsun ve Allah'tan hayırlıysa olsun diyorsun.

Eğer o olması gereken durum için Allah'tan yardım geldiyse, ne annen, ne baban, ne de dağlar karşında durabilir. Her zaman derim. Doğru dua, doğru zamanda, doğru amaç için olmalı.

İki ay sonra aradı beni. Sosyal medyadan da gördüm fotoğrafları.

"Çok güzel geçti..." dedi.

Fotoğrafların altına da, "Bana moral veren, inandıran Bülent Hoca'ma teşekkür ederim..." diye yazdı.

"Şimdi ne düşünüyorsun?" diye sordum.

"Macaristan'a gitmeyi düşünüyorum."

Bir buçuk ay sonra Macaristan'dan fotoğraf paylaştı. Sonra uzun bir gölden fotoğraflar paylaştı. Dedim ki:

"Önündeki engelleri kaldırdı..."

En büyük engel sizsiniz. Kafanızdaki programdır. En kötü program da "Sen kız çocuğusun, yapamazsın, anan fakir, baban izin vermez, paran yok, imkânın yok, kim sana destek olsun ki?" şeklinde olanıdır. Ömür boyu kafestesiniz! Kafes de kafanızın içidir!

Kuran'daki Yusuf Suresi'ni anladığınız dilde defalarca okuyun. Orada inanılmaz örnekler var. Hz. Yusuf'un Allah ile olan diyaloğu. Bu sadece peygamber ve Yaratıcı arasında sır olsaydı, Kuran'a yazılmazdı. Kuran'da varsa, bize örnek olsun diye vardır.

Kafesten çıkmak, her dilediğini yapmak değildir. Kafesten çıkmak, markete gitmek değildir. Ayakkabı, çanta alabilmek değil, kuaföre gitmek değildir. Bunlar zaten hayatın içindeki rutinler. Günün içindeki olağan şeyler. Sizin içinizdeki hayaller nerede? Siz bu dünyaya ayakkabı almaya gelmediniz. Uzun topuktur, havalı tabandır, tasarımı farklıdır, beğendik ama yaşam amacımız ayakkabı, kuafördeki saç modeli değildir. Özgür olabilmek, içine doğan bütünün hayrına olan o fikri, projeyi, insanların hayrına olabilecek şeyi gidip yaparak hizmete sokabilmektir. Helal yoldan yaşayıp, üretken olabilmektir.

Boş duran insanı vesvese sarar ve onu bir kara delik gibi içine çeker.

"Babam izin vermez, param yok, insanlar güler bana..."

Başaran insanların hayat hikâyelerini okuduğunuzda ne gördünüz? Çoğu fakir, sıkıntılı ailelerden çıkan insanlardır. Çoğunun ağzından çıkan da şudur:

"Çocukluk hayalimdi, gerçek oldu."

Bugünden sonra kendi işinizi yaparken, yanınızda çocukluk hayalinizi de bulundurun.

Üretken olun. Adım atın ve sadece âlemlerin Rabbi olan Allah'tan isteyin. Nasipse öyle bir olur ki, siz bile durduramazsınız. Nasıl olduğunu da aklınız bile almaz.

KIRK SANİYEDE HAYALİNİZİ YIKMAYIN

Hayatımızın birçok döneminde fırsatlar, imkânlar önümüze çıkar. Tam da o dönemde zihniniz sizi öyle kısıtlıyor ki hiç imkânınız yokmuş gibi gösteriyor olabilir.

Bir üstadım bana derdi ki:

"İnsanlar niyeti kurar, kırk saniye içinde niyeti kendi bozar."

Kırk saniye içinde bozmazsanız, gerçek olacak. "Bunu yapmak istiyorum!" deyin. Gözünüzü kapatın ve "Oraya tatile gitmek istiyorum..." deyin. Sonra hayatınızı düşünün. "Mümkün değil. Param yok. Annem, babam..." derken, niyetinizi bozarsınız.

Allah, bu kâinatı bolluk üstüne yaratmıştır. Kıtlık bizim kafamızdadır. Biz toplum olarak son bin yıldır göç ettik. Anadolu insanı hep göç hikâyeleriyle yaşıyor. Osmanlı'dan bugüne kadar hep savaş gördük. Hiç rahat yüzü görmedik. O yüzden bu tempoya alışığız. Biz kaosun içinde normal yaşamı arıyoruz. Bir büyüğümüz, tansiyonu hep 18 gezerdi. Vücut ne kadar dayanabilir bu tansiyona? Onun tansiyonu 22'ye çıktığında tansiyonu yükseldi derdik. Bizim hayatımız hep krizin içinde, hep yüksek tansiyon... Kriz artınca ancak "arttı" diyoruz.

Kaçımızın Avrupalı bir arkadaşı var? Muhtemelen çok azımızın çünkü aramızda ciddi bir mantık farkı var. Biz hep dertliyiz. Alman arkadaşınla, keyfi yerinde, yürüyüşe çık, beş kilometre yürüyüş parkuru... Zaten yarısında nefes nefese kalırsın. Onun da yarısında "Eşim şunu yaptı, anam böyle yaptı..." diye anlatırsın. En sonunda Alman der ki:

"Yeter arkadaş! Yürüyüşe çıktık."

Bir düşünün bakalım, kaç keyfi yerinde arkadaşınız var? "Gideyim arkadaşıma da keyfim yerine gelsin..." diyebiliyor musunuz? Niçin hep siz vermek zorundasınız? Neden alamıyorsunuz? Niçin sizden daha başarılı arkadaşlarınız yok? Niçin sizden daha başarılı insanlarla tutunamıyorsunuz, onların yaşamına giremiyorsunuz? Niçin hep ağlayan, sızlayan, "terk edildim" diyen arkadaşlarınız var? Bu gezegende yok mu başarılı insanlar? Niye siz herkesin gönlünü hoş etmek zorundasınız?

Genişlememiz gerekiyor, yeni arkadaşlar edinmemiz gerekiyor, yeni insanlar tanımamız gerekiyor. Artık açılmanız gerek. Arkadaşlarınızı bırakmayın ama yeni arkadaşlar edinin. Mimar, tasarımcı, balerin, müzisyen, dansçı... Bir alanda kendini geliştirmiş, ilerleyen bir arkadaş edinin. Onun alanına bir girin bakalım, nasıl başarmış? Bir insan başardıysa, siz de başarabilirsiniz.

Oysa çoğu insan, başarılı insanları görünce, "Dört ayağının üstüne düştü. Hayat ona güzel. Biz de parayı vursaydık böyle yapardık. Kader bize gülmez..." demeyi tercih ediyor.

Halbuki "Vay be! Şans birine güldüyse, bana da güler!" diye düşünmek lazım.

İki yıl önce şöyle niyet etmişim:

"Allahım, seni arayanlarla ve bulanlarla buluşmayı nasip eyle. Senin sevdiğin kullarınla da buluşmayı nasip et. Senin sevdiğin kullar nasıl kullar, onları tanımak istiyorum."

Arayıştayız. Bir şeyi arıyoruz. Bulduk, bulmadık, bilmiyoruz. Var aramızda öyle insanlar ama kendilerini göstermezler. Onların ihtiyacı yoktur şana şöhrete. Biz, başarıyı zenginde, televizyona çıkanda arar olduk. Ünlü olmak hiçbir başarı değil, tam tersine kötü bir şey.

Nereye gitseniz, tanınırsınız. Alışverişe gidip, rahatça kot pantolon, ayakkabı almaya bile imkânınız olmaz. Sahilde simit bile yiyemezsiniz.

Yola birlikte çıktığın, hayata birlikte başladığın arkadaşların mutlaka vardır. Herkesin bereketi, üretkenliği ve performansı farklıdır. Bu grubun içinden bazıları yıllarca yerinde sayacak, bazıları biraz ilerleyecek, bazılarına ise Allah yürü ya kulum diyecek ve oldukça ilerleyecek. Sen başarmaya başlayınca seninle birlikte bazıları başarıyor, bazıları az başarıyor, bazıları başaramıyor. Başaramayanlar örnek almak yerine başlıyor kötü gözle bakmaya, kötülemeye.

"Ciple geziyor! Allah bilir hangi parayla aldı bunu? Bu kadar mal haramsız olmaz!"

Kim arkadan konuşur?

Tabii ki arkada kalan. Önde gidenin keyfi yerindedir. Kişilerle kafayı yormaz. İşini yapar.

Kim kötüler?

Kendi ayıbını örtmeye çalışan.

Kim dedikodu yapar ve kıskanır?

Başaramadığını fark edip, başaranın yerinde olmak isteyen.

Bu düşünce artık insanlarda "çekirdek inanç" haline gelmiş durumda. Bu sebeple kişilerin içdünyasını çözmek artık çok kolay. Sözlerine ve davranışlarına baktığınızda içdünyalarını zaten herkes ele veriyor. Bu sebeple kişinin söylediği siz değil, sizde gördüğü kendisidir.

Bu bilgileri paylaşmamın sebebi, kişilerin dediği olumsuz sözleri kafanıza takmayın diyeydi.

Şimdi biz kendimize bakalım. Herkes kendi çadırı ile ilgilensin. Kaç tane çekirdek inancınız olduğunu tespit edin ve yazın. İçinizde bir yerlerde, çocukluktan ekilen çekirdek inançlarınız olacaktır.

Kendinizde bulduğunuz çekirdek inançlarınızı şifalandırmak için nefes21.com web sitemizdeki sesli çalışmalardan destek alabilirsiniz.

Kendimde çözebildiğim çekirdek inançlarımın, özüme olan yolculukta ve geçici dünya hayatındaki yapmak istediklerimde büyük engel olduğunu fark etmiştim.

Fikir üretme kısmında iyiydim lakin üretime geçme kısmında kırk saniye dolmadan kendi kendimi sabote ediyordum. "Yapamam... Mümkün değil... Kim beğenecek ki? Saçmalama... Paran yok... Kimse sana inanmaz..." Bu çekirdek inançları ve korkuları kendimde çözümledikçe, danışmaya gelen insanların hayatlarında gözlemledim. Siz özünüze ulaşabildiğiniz kadarıyla, başkalarına ulaşabilirsiniz.

GERİ DÖNÜŞ TEHLİKELİDİR

Kuran'da ilim verilen, gönülleri açılan insanların, olayın ne olduğunu anladıktan sonra geri dönmeleri eleştirilir ve "Vay hallerine!" denilir. Geri dönüş tehlikelidir. Bugüne kadar hayatımızı ziyan ettik, ona sinir olduk, bir başkasına kızdık, olaylar yaşadık, enerjimizi çoğu yerde boşa harcadık...

Olaydan dışarıya kendinizi çekip, yaşadığınız olayları dönüştürmeniz gerekiyor. Kendinizi dönüştürmeniz gerekiyor. İyi bir kula, iyi bir insana dönüştürmeniz gerekiyor. Buradaki dönüşümden kasıt zengin olmak değildir. Bolluk içinde yaşamayı zaten herkes hak ediyor ama bunu yaparken, huzurlu musunuz? Lokmanızı yerken keyfiniz yerinde mi? Yoksa yiyip içtiğinizin farkında bile değil misiniz?

Hayatınızı sorgulayın. Niyetinizi ortaya koyun:

"Namaz kılacağım, Kuran okuyacağım ama anlayacağım şekilde." Bir rekâttan ötekine geçerken zihnin mi karışıyor? Namazdan önce veya hangi işi yapacaksanız ondan önce biraz nefes çalışması yapın. Size iyi gelecektir. Web sitemizde birçok nefes çalışması var. Katılıp yapabilirsiniz.

Kendinizi bir gözden geçirin. Son bir aydır yemek yerken, su içerken zihniniz nerelere kayıyor? Yediğin yemeğin tadını alabiliyor musun? Yoksa yemeğe başladın ve birden yemek bitti mi? Araba kullanırken ve bir yerden bir yere giderken de yine bu durumu gözden geçirin. Yola çıktın ve bir baktın ki birden varmışsın. Kafanız başka yere kaydığı anda kapanıp kalıyorsunuz. Elbette yemek yerken de bir şey düşünebilirsiniz ama yediğiniz yemekten tat alamayacak duruma düştüyseniz, bir sorun var demektir. Yemeğe başladınız, bitirdiniz ama ne yediğinizin farkındasınız ne de tadının. O halde bunu çözmeniz gerekiyor.

Bu durumları yaşıyorsanız, zihniniz çok dolu demektir. Bu konu ile ilgili *Evrenin İlahi Dili* adlı kitabımızda "yaz, yırt ve at" tekniğini anlattık. Mutlaka bir ay boyunca uygulayın. Bir de web sitemizdeki 21 günde düşünce detoksuna mutlaka katılın. Zihninizi boşaltmada size iyi gelecektir.

Biriyle konuşurken içinizde hangi duygular kabarıyor? Sinirleniyor musunuz, kaçmaya mı çalışıyorsunuz? O kişi ile bu konuyu konuşurken, ne elde etmeye çalışıyorsunuz, amacınız ne?

Bu kişi sizin çocuğunuz da olabilir, eşiniz de, anne babanız da...

Biz hedef odaklı yaşıyoruz. Sonuç odaklıyız. Çoğu zaman da sonuca varıyoruz. İstediğimiz gibi olsa bile yine mutlu değiliz. Bilmediğimiz şu ki, sonuç sadece bir bitiş halidir. Önemli olan yolculuktur. Sonuca ulaşırken yaşadığınız iniş ve çıkışlardır.

Şu andan itibaren, farkındalığınıza adım attınız. Bu kitap ve diğer kitaplar özünüze olan yolculukta gönül gözünüzü açmanız için birer farkındalık kitabı. Siz fark ettikçe, edindiğiniz bilgileri paylaşmanız gerekiyor. Siz paylaştıkça size akıp gelen farkındalığın da arttığını fark edeceksiniz. Bu sebeple iyiye adım attıkça geriye dönmek doğru olmaz.

YAŞAM AMACI BULUNMAZ

Yaşam amacı bulunmaz. Yaşam amacı şu an neyin içindeysen, onun anlamını bilip, onun dersini alarak yaşamaktır.

Çocuğun biri bana gelip dedi ki:

"Aşk yarası var içimde... Sevgilim beni terk etti."

İnsan her gün aşk yarası yaşar mı? Bu da başınıza nadir gelecek olaylardandır.

"Daha önce böyle bir şey yaşadın mı?" dedim.

"Yok, ilk kez oldu. İçim yanıyor. Ateşim çıkıyor. Hiç keyfim yok. Onu kaybettim diye perişanım" dedi.

"Ne güzel, hayatına seni tamamladığını düşündüğün biri geldi ve sana eksiklerini gösterdi. Kaybetme ve terk edilme korkun ortaya çıktı ki şifalandırasın. Biz hayatımıza gelen ve âşık olduğumuz kişiyle anında evlenmek ve yuva kurmak isteriz. Belki de onun amacı bizim sert kabuğumuza daha sert bir şekilde vurmak ve bizi derin uykudan uyandırmaktır. Şu an çektiğin acının bile keyfini sür çünkü geçecek" dedim. Her zaman sizi böyle güzelliklerle uyandıracak bir çalar saat bulamazsınız. Sizden daha şanssız olanlar da var, sağlığını kaybedenler, kaza geçirenler, elindeki malı mülkü yani güç alıp tutunduklarını kaybedenlerden de olabilirdiniz. Bu yüzden aşk yarasıyla eksiklikleri çözmek bunların içerisinde en tatlısı olsun. Tabii ateş düştüğü yeri yakar. Terk edilen ya da sevgilisinden ayrılıp, tekrar geri dönmesini isteyenler şimdi falcı falcı geziyordur. Hayatın en sallantılı dönemleri gibidir. Yere sağlam basamadığın, geleceği illa bilmek istediğin zamanlardır. Herkes yaşar, geçer ve biter. Böyle bir dönem içerisindeysen *2 Tam Bir Tek* adlı kitabımızı okumanda fayda olabilir. Şimdiden şifa olsun.

Hayatın içindeki işaretleri görmeyi denediniz mi? Genelde bakıyoruz. Görmüyoruz. Bakmak ile görmek apayrı şeyler. Yürürken farkında değiliz, otobüse binerken farkında değiliz. Hayatın içerisinde o kadar çok anlık mesajlar var ki. Anlamak aslında çok basit. Yeter ki var olduklarına inanalım. *(Tabii takıntıya çevirmeden.)*

DÖNÜŞTÜRMEMEM GEREKEN OLAYLAR

Bir kâğıt kalem alın ve hayatınızda dönüştürmeniz gereken üç olayı yazın.

Örneğin alıngansınız. Artık farkındasınız alıngan olduğunuzun ya da fark ettiniz ki gerçekten insanları yanlış anlıyorsunuz. Kendinizdeki arızayı görmeye başladınız.

"Eskiden alıngandım ama alıngan olduğumun farkında değildim."

"Ne kadar kötü insanlar! Bana niye böyle yaptılar?"

"Başarısızlığımın bahanesini dışarıda arıyordum. Şimdi kendimdeki arızaların farkındayım."

"İkinci değiştirmem gereken ne?"

"Mesela insanlar ne der, el âlem ne der diye kafaya çok mu takıyorum?"

Siz hayatınızda en çok neyi değiştirmek istiyorsunuz?

"Çok müsrifim. Ay başında aldığım maaşım elimden hemen gidiyor. Müsrifliğimi değiştirmem lazım."

"Tatlının başına bir oturuyorum, farkına varmadan dünyanın tatlısını yiyorum!"

Yediğiniz tatlının farkına varıyorsanız, amenna. Ama farkında bile olmadan yiyorsanız, bu en tehlikeli beslenme şeklidir. Yemeğin, tatlının, çikolataların başına bir oturuyorsunuz, daha çiğnemeden lokmayı yuttunuz. Neredeyse doğrudan mideye gönderiyorsunuz...

Peki tadını aldınız mı?

Bir yemeği yavaş yemek, iyice çiğnemek önemli. Peki neden önemli? Niye ağzında tükürük bezi var? Niye enzimler var? Sindirim sistemi ağızdan başlıyor. Yediğimiz lokmaları iyice çiğnememiz gerek. Çiğnediğimizde iki şey iyi oluyor. Birincisi, yediğimizin tadına varıyoruz. İkincisi ise ağızda salgılanan enzimler ile sindirimi daha iyi oluyor ve erken doyuyoruz. Hızlı yemek her zaman sindirim sisteminizde gaz yapar, bir de kilo. Bu da stres oluşturur. Duygusal fırtınalarımız yine esti ve olanlar yine bedenimize oldu; bize emanet edilen bedenimize!

Demek ki yeme alışkanlığını dönüştürmeniz lazım. Beslenme şeklimiz oldukça önemli. İnadına dönüştürmeniz lazım! Çok hızlı yemek yiyorsanız onu dönüştürmeniz, tadına vararak, şükrederek yemeyi başarmanız lazım.

İşyerinde örneğin şunu diyorsanız:

"Herkes çok sakinken, ben deli gibi iş yapıyorum!"

Yavaşlayın biraz... Yetiştirmeye çalışmak enerjisi, hayatınıza yetiştiremeyeceğiniz olayları çeker. Daha çok paniğe kapılırsınız. On beş gün sonra daha da çok iş birikir hayatınızda.

Demek ki asıl soru şu olmalı:

"Benim hayatımda neleri dönüştürmem gerekiyor?"

Değiştirmeniz gereken üç önemli alışkanlığınızı yazın.

Bu alışkanlıklar herkese göre farklı olabilir. Yeme alışkanlığı, uyku alışkanlığı, eleştiri alışkanlığı, çikolata alışkanlığı, konuşma alışkanlığı vs...

Mesela evin içinde sürekli biri sizi eleştiriyor. Ağzınızı açmıyorsunuz. Açın ağzınızı! Tatlı tatlı konuşun. "Beni de bir ana doğurdu, seni de bir ana doğurdu. Neden beni ezmeye çalışıyorsun? Böyle davrandığında kendini daha mı iyi hissediyorsun? Beni ezmek sana iyi mi geliyor? Kendini sakinleşmiş ve güçlü mü hissediyorsun?" deyin.

Bunu söylemesini bilin.

Çok güzel bir söz var:

"Hepimiz hırsızız. Bu dünyaya birer kefen çalmaya geldik..."

Sanki hiç ölmeyecek gibi yaşıyor, günü ziyan ediyoruz. Şimdimizi de, yarını da, öbür günü de ziyan ediyoruz.

Demek ki kafaya takma olaylarını dönüştürmemiz lazım. Olaylara öfkeli tepki vermeyi dönüştürmemiz lazım.

Bir olaya neden öfkeleniriz? Çünkü altında suçlanma korkusu vardır.

Öfkelendiğinizde karşınızdaki kişiyle hemen savaşa girmek yerine, geri adım atın ve "Ben şimdi neden tepki veriyorum?" diye düşünün.

"Kendimi suçlanmış hissettim, sinir oldum, iftiraya uğradım, yanlış anlaşıldım gibi duygular mı içinizde kabardı?"

Sonra her hareket, o olayı tetikliyor bilinçaltınızda. Sürekli önünüze geliyor. Bilinçaltında, sizin farkında olmadığınız bir el o dosyaya uzanıyor, çekiyor, önünüze getiriyor. Altı yaşında suçlandınız. Belki çok basit bir olaydı ama bugün etkisi hâlâ devam ediyor. Sizi suçlayan iş arkadaşınızı neredeyse bir canavara dönüşüp, parçalayacaksınız!

Kuran'da, nefsini arındırıp temiz bir nefisle kulların cennete ulaşacağı anlatılıyor. Aslında hepimiz ruh halindeyken iyiyiz. Ama iyi olduğumuz nasıl sınanacak? Bazı olaylar başımıza gelecek ki o olaylara verdiğimiz tepkiler ile sınanalım.

Düşünsenize, bedeniniz ölümsüz olsaydı ya da yüz bin yıl yaşasaydınız, hayatın bir anlamı olur muydu? Demek ki ölüm, yaşamın ne kadar kıymetli olduğunu anlatıyor bize. Bir şeyin sonu olması, aslında ne kadar değerli olduğunu anlatıyor.

İnsan bütünlüğünde bedende ego ve iyi bir ruh var. Madem bu gezegene bir sınav için gönderildik, neyle sınanacağız? Benim içime öyle bir ego veriliyor ki, bana sürekli fısıldıyor. Biri beni suçlamışsa içimden başlıyor konuşmaya:

"Bana öyle mi yaptın? Sana neler edeceğim!"

Ancak bunu açıktan yapmaktan da korkuyoruz. Yüzüne, "Kardeşim nasılsın?" diyoruz.

İçimiz ve dışımız bir değil. Eğer içimizden bir kişi ile ilgili düşündüğümüzü dışımızdan farklı konuşuyorsak, demek ki ikiyüzlüyüz. O zaman kızdığımız insanlardan bir farkımız yok. Bunu fark ettikten sonra başka insanları eleştirmeye hakkımız yok. İçimiz ne diyorsa dışımız da aynı olmalı.

Özsaygımızı nerede kaybettiğimizi bulmak çok önemlidir.

"Artık yeme alışkanlığımı değiştirmeye çalışıyorum." Oturmuş bir yeme alışkanlığını değiştirmek çok zordur.

Peki, neden değiştiriyoruz? Bedeninize duyduğunuz saygıdan dolayı... Beden size Allah'ın bir emanetidir. Otur abur cuburları ye, kızartmaları ye, hormonlu gıdaları, GDO'lu gıdaları ye, zararlı yağları tüket, damarlarını tıka, taşıyabileceğinden fazla kiloyu yüklen... Buna hakkınız yok. Bugünden itibaren karar verin ve sağlıklı beslenin. Belki bir anda, bir günde olmayacak ama başaracağınıza inanıyorum.

Arabanıza kaliteli benzin koymak için genelde benzin istasyonu seçersiniz. Nerenin yakıtının iyi olduğunu arkadaşlarınıza sorarsınız. Test eder, aldığınız performansa göre seçimler yaparsınız. Arabanız için yakıtı seçerek alırken, bedeninizin yakıtı olan yemeği neden seçmiyorsunuz?

Hayvanlar bizden daha seçici. Onlar ihtiyacı olmayan şeyi yemiyor. Kendilerine zarar verecek şeyi yemiyor. Onlar kadar olamıyorsam, irade sahibi olmamın ne anlamı var?

Fast food yemek yerine salata yediğinizde zihniniz başlar: "Salata da yemek mi? Karnın doyacak mı salatayla?"

Ya da içindekine karşı koyarsan, dışarıdakiler gülerler sana.

"Yağlı yemek varken, salata mı yenir?"

Zordur ama sebat ederseniz, başarabilirsiniz.

21 GÜNLÜK ÖDEV

21 gün boyunca beslenme rejiminizi değiştirmek için şu çalışmayı yapın.

Doğru olan beslenme şekline geçin. Eğer çevrenizdeki lokantalarda bu tarz besinler yoksa evinizde yapıp, işyerinize götürün.

Başlangıçta sizi anlamayanlar, eski kafalı bulanlar, garip bulanlar olabilir. Aldırmayın. Sizin bu yemek taşıma hareketiniz, üç hafta sonra onların da aynısını yapmasına neden olacaktır. Hayatınızı dönüştürürken, hayatınızla da örnek olmanızı sağlar.

Çocukken, annem bize harika sandviçler yaparken, kantinde ise zararlı şeyler satılırdı. Arkadaşlarımdan utanırdım sandviç götürmeye. Halbuki çocukken annemin yaptığı sandviçin daha sağlıklı olduğunu büyüyünce anladım.

21 gün boyunca yemeğinizi hazırlayın, yanına elmanızı alın. Etraftan çekinmeyin ve üşenmeyin. Bunu başarı sayın. Yavaş yavaş diğer insanlar da sizi örnek alacak.

Unutmayın! Kanser vakaları dünyada en az İsrail, Güney Kore ve Meksika'da görülüyor. Yapılan incelemelerde, bu üç ülkede geleneksel beslenmenin ağırlıkta olduğu tespit edilmiştir. Biz de ekmek arası beslenmeden, evimizde pişmiş taze ve lezzetli gıdalara yönelelim.

Beyaz ekmeğin zararlı olduğu biliniyor. Hormonlu, içi boş domateslerin, diğer sebzelerin zararını artık herkes öğrendi. Ucuz beyaz et, protein kaynağı olarak sunulan, organik olmayan tavuklardan da uzak durun. Bu tavukların içinde göğüsleri şişirme hormonu vardır. Yirmi sene önce tavuğun budu büyüktü. Şimdi göğüs kısmı büyük... Bir tavuğun yenilebilir hale gelmesi için en az yetmiş gün gerekir. Oysa hiç yerinden hareket etmeyen hatta gözleri bile görmeyen tavuklar, önlerine konulan hormonlu yemlerle yirmi beş günde pişip yenilecek hale geliyor. Hem de sürekli ışık verilerek, hiç uyutulmadan işkence gören hayvanları yiyoruz. Onların ruh hali de bedenimize bir şekilde yansıyor. Tekâmül sadece insanda mı var? Hayvanların da bir şekilde tekâmülleri var. Onların da bu dünyada bir yaşam sürmeleri gerek. Doğada gezen tavuk ile adım atmaya yeri olmayan, ilaçlarla şişirilen bir tavuğun ruh hali sizce aynı mı?

Eskiden çok keskin olan tavuk kokusu artık yok. Bir tavuğu düdüklü tencerede kaynatırdık ve uzun sürede pişerdi. Kemikleri kırılmazdı. Şimdi ise, tavuğu sıcak suda çeşmenin altında yıkarken eti pişmeye başlıyor.

Genetiğiyle oynanmış, hormon takviyesi yapılmış gıdalardan 21 gün boyunca uzak durun. Bedeninizin nasıl güzel cevaplar verdiğini, daha az uyku bastırdığını, daha verimli olduğunuzu göreceksiniz. Nasıl ki arabanızın motoru için en iyi yağı ve yakıtı arıyorsanız, vücut için de en sağlıklı yağı ve yiyecekleri aramalısınız. Margarin, ayçiçeği yağı yerine, zeytinyağını tercih etmelisiniz. Vücudunuz, iki lira daha pahalı zeytinyağını hak ediyor. *(Tam da burada vesvese devreye girer ve işi bozmaya çalışabilir. "Kim kaybetti ki biz zeytinyağını bulalım... Hayat pahalı. Biz zeytinyağı alsak batarız" diye. Bir şeyin biraz daha pahalısı ya da iyisi sağlığınıza iyi geleceğinde, içsel olarak bahaneleriniz başladıysa, hak etmeme duygunuzu şifalandırmanız gerekiyor. Her Şey Hakikati Görmekle Başlar adlı kitabımızda bunu anlatmıştık. Bir de şöyle bir geçmişe bakın ve düşünün: "Başkalarına kaptırdığınız ve geri alamadığınız paralarınızı, duygusal iniş çıkışlar yüzünden kaçırdığınız imkânlarınızı, inat uğruna yaktığınız yorganları, susmanız gereken yerdeki bağırmalarınızı ya da ağzınızı açmanız gereken yerde susmanızı ve bunun gibi olayları hatırlamayı deneyin. Şu an parasız durumunuzun da bir şekilde sebebinin bir başkasından daha çok siz olduğunuzu belki fark edersiniz.)*

Çaba gösterin, yılmayın. Deyin ki:

"Ben yarınki yemeğimi hazırlıyorum. Sağlıklı beslenmeyi ben ve ailem hak ediyoruz. Emanet verilen bedenime iyi bakmaya niyet ediyorum..."

Hazırlayıp, işyerine götürün. İsteyen istediği lokantada yesin, siz kendi yemeğinizi yemeye devam edin. Sokakta pişen yemeğin yağını bilmiyorsunuz, içine ne kattıklarını bilmiyorsunuz. Severek dönerkebap yiyorsunuz ama aylar öncesinden derin dondurucuya girmiş etten yapılıyor, tabii şanslıysanız o da ettir.

Atalarım her zaman yemek pişen evde bereket olur derlerdi. Hakikaten de öyle. Evinizde temiz ve sağlıklı şeyler hazırlamaya devam edin.

21 gün boyunca beslenme alışkanlığınızı değiştirme çalışmasını sürdürün. Sebze alın. Turp, kereviz, maydanoz, roka alın. Bir saklama kabı edinin.

Akşam sekizden sonra yemek yememeye çalışın. Eskiden dokuz buçukta bile olsa ne varsa yerdim. Şimdi yedi buçuğa çekiyorum saati. Gün içinde su içmeye gayret ediyorum. On gibi yatmaya gayret gösteriyorum. Bir anda değiştiremezsiniz yaşam şeklinizi ama yeni bir insan oluşturmak kolay değildir.

"Erken yatmak, dinlenmek istiyorum ama dizi seyrediyorum. Çok sevdiğim ya da merak ettiğim bir film var..." Böyle bahaneleriniz varsa, merak etmeyin, artık bu dizi ve filmleri internetten izleme imkânınız da var. Üstelik çok uzun reklam aralarıyla kesilmeden... Gece on iki ile iki arasında izlemek yerine, hafta sonu, müsait olduğunuz bir saatte de izleyebilirsiniz. Hatta üçer bölüm izleyebilirsiniz.

Gece saat ondan sonra yattığımda, yüz kilo değil, beş yüz kilo hissediyorum kendimi. Ondan önce yatarken dua ediyorum:

"Allahım sabaha kadar bedenimi, ruhumu, aklımı sağlıklı bir şekilde şifalamanı niyet ediyorum..."

Gün içinde de ara ara şekerlemeler yapın. Özellikle öğlen uykusu çok faydalıdır. Öğlen beş dakika, on dakika uyumak bile vücudunuza çok iyi gelir.

ÖZENTİ, İMKÂNLARI ZORLUYOR

Şu andaki dünya düzeni size reklamlar gösteriyor.

"Daha büyük eve geç! Şu arabayı al! Çocuğuna bunu al!"

Sizin imkânınız yerli bir araba iken sizi yabancı ve pahalı arabaya özendiriyor. Sonra imkânlarınızı zorluyorsunuz, üstüne faiz biniyor...

Kendi hayatımda, önce faizi, borçları temizledim. Bir şey satın almadım. Gelen bolluğu borç kapatmakta kullandım. Kredi kartlarımı bir taneye düşürdüm ve limitini de azalttım. Onu da internetten alışveriş yapmam gerekirse diye bulunduruyorum.

Banka arıyor:

"Size kredi kartı verelim mi?" Daha önce bol bol kredi kartım oldu ve başıma gelmedik kalmadı. *Evrenin İlahi Dili* adlı kitabımızda Allah'ın yardımıyla nasıl toparladığımı anlatmıştım.

Kredi kartında asgari ödemeye düşürseniz, iki üç yıl içinde dibe vurabilirsiniz.

Dünya kapitalist sisteminin bizden istedikleri şu: Özgüveniniz düşük olsun, kendinizi zayıf hissedin hatta değersiz olduğunuza inanın. Özgüvenimiz zayıf olduğunda da dış görünüşümüzü güzelleştirmeye yatırım yaparız ki kendimizi daha iyi hissedelim.

"Daha iyi giyin, daha iyi yerlerde yemek ye, daha iyi arabaya bin..."

Sonra bir yükleniyorsunuz hesaplara, eksiye gitmeye başlamış!

Şimdi hayatın gerçekleriyle yüz yüzesiniz.

Niçin dünya sistemi akıllı insanları sevmez? Çünkü akıllı insanın aynı ayakkabıdan beş tane almaya ihtiyacı yoktur. Akıllı insanın iki bin liralık çanta almaya ihtiyacı yoktur. İç çamaşırı almaya parası yokken, lüks markaların sayfalarını takip etmekle ömrünü geçirmez.

Televizyon aracığıyla, "Marka giyersem, kendimi değerli hissederim, insanlar beni sever, saygı gösterir..." duygusu bilinçaltımıza programlanıyor.

Siz bilinçaltınızı programlayan bu kölelik sisteminin içinde yaşayıp, köle mi olacaksınız, yoksa özgürleşecek misiniz?

Bu tüketim oyununun içine bilinçaltları savunmasız çocuklarımızı da çektiler. Durduk yerde çocuğunuz da diyecek ki:

"Anne baba, arkadaşlarımın telefonları son model. Benimkisi eski."

Oysa sizin içinizde ukde varsa, "Benim çocuğum nasıl onların arasında ezilir?" diye garip düşüncelere inandırmışsanız kendinizi, gidip pahalısından bir telefon alıyorsunuz.

Bilinçaltımızı nasıl ele geçirebiliyorlar? Sizin içinizde açık bir kapı, pencere var ki bu mesajlar girip, ekilebiliyor.

Nerede açığınız varsa, hayatınızı da oradan ele geçirmeye başlıyorlar.

Yavaş yavaş toparlanırsak, bir süreç içinde hayatımız düzene girecektir. Hamburger yemeyin demiyorum ama ayda bir yiyin, iki ayda bir yiyin. Canınız çektiyse onu da yiyeceksiniz ancak yemenin yüzde 80'inin duygusal boşluktan kaynaklandığını bilin.

Gerçekten acıktığınız için mi yiyorsunuz, yoksa duygusal boşluk nedeniyle mi?

Beden çok çabuk doyar. Çok az bir yiyecek onu doyurmak için yeterlidir ama zihin her zaman açtır.

Gecenin bir vakti reklamlardan sonra kaç kere mutfağa gittiniz? O saatte ne işi var sucuklu yumurtanın, makarnanın, çikolatanın, cipsin? Çünkü reklamlarla canınızı çektirdiler.

Kendinize şu soruyu sorun:

"Ben mi hayatımı yönlendiriyorum, yoksa olaylar mı beni yönlendiriyor?"

Bir reklamda yemek gördünüz; o an canınız çektiği gibi mutfağa gidiyorsunuz. "Burada tatlı var, yemeyeceğim!" diyorsunuz lakin eliniz alıp ağzınıza götürüyor. Kendinize dur diyebiliyor musunuz?

İradenizi güçlendirmeniz gerek. Sizin bu gezegendeki en büyük sınavınız, irade sınavınızdır. Ego, tasavvuftaki adı nefis, deli gibi faydanıza olmayacak şeyler yaptırmaya çalışır. "Hayır" demeyi başarıyorsanız, irade sınavınızı kazanırsınız.

Nefsiniz diyor ki:

"Dua etme! Olmayacak... Niye olmadı ki bugüne kadar?"

İçinizden yürümek geliyor, nefsiniz direniyor:

"Asansörü kullan. Kendini yorma."

O an yürümek, iradedir.

Gece on birde karnınız acıktı; ılık bir süt içip yatmak iradedir. Bir ton yemeği yemek ise nefis...

En zor irade, sabah namazında kalkabilmektir. Kafanızdaki ses size milyon bahane uydurur:

"Hava serin, uyku tatlı, sonra kılarsın. Rabbin seni biliyor. Sen iyi birisin. Kalbin temiz. İhtiyacın yok..."

Yeni bir yaşam oluşturmak istiyorum. Ekmeği azaltmak istiyorum. Bilinçaltımda, "Ekmek yemezsem doymam! Yemeğin içinde et yoksa bir şey anlamam..." var. "Ziyan etme! Suyuna da bandır..." derseniz, bir de bakmışsınız ki yarım ekmeği yemişsiniz. Bunu değiştirmem gerekiyor. Bilinç üstünde başlıyorsunuz ve bilinçaltını değiştiriyorsunuz.

Nefis diyor ki:

"Hayatın gerçekleri var. Yemeden olmaz! Çok ye... Bol bol ye..."

Bir de bakmışız ki ihtiyacımızdan fazlasını yemişiz. "Sebze ile karın mı doyar?" diyerek sürekli stok yapıyoruz. Bir sonrakine aç kalmamak için.

Önce hayatımdan şekeri çıkardım, tuzu yüzde 80 azalttım. Şimdi başka biri yemek yaptığında bana çok tuzlu geliyor. Gürültülü ortamdan başka gürültülü bir ortama geçtiğinizde, rahatsızlık hissetmezsiniz. Sessiz bir ortamdan gürültülü bir ortama geçtiğinizde ne kadar rahatsız edici olduğunu hissedersiniz. Ne kadar gereksiz tuz kullandığımı, tuzu azaltınca fark ettim.

Su içmeyi öğrenmeniz gerekir. İçtiğiniz bir bardak kahve, vücuttan iki bardak su ile temizleniyor. Vücut kemiklerden su çekerse romatizma yapar, kandan su çekerse tansiyon yapar. Vücut ihtiyacı olan şeyi bir yerden çekecek. İçmediyseniz böbrekten, dalaktan çekecek.

Demek ki farkındalığa giden yolda düzenli uyku, düzenli beslenme, spor yapma, kendini bir düzene oturtmaya da ihtiyacınız var.

Amacımız rutine girmek değil, hayatımızı toparlamak. Nasıl ki aracınıza benzin seçiyorsunuz, bu bedenin de yakıtını artık seçiyorsunuz. Margarini, kızartmaları bırakıyorsunuz. Saklama kabınız var, sebzeniz var. Acıkınca yeşilliklerden yiyorsunuz. Deli gibi acıkma ihtiyacını gideriyorsunuz çünkü yarısı duygusallığa yarısı acıkmaya gidiyor yediklerinizin. Aslında dışarıdan alamadığınız sevgiyi, ilgiyi, değerlilik duygusunu, sürekli yiyerek gıda ile almaya çalışıyorsunuz.

Bir erkek günde yaklaşık iki bin kalori kullanır. Oysa ben altı bin kalori yemek yiyormuşum! Akıl var mantık var; girenle çıkan bir değil. Spor da yapmadık. Hep bilgisayar başındayız ya da oturuyoruz. Elbette vücut bu fazlalığı depolamak zorunda kalacak çünkü kullanamıyor. Vücudun depolama şekli yağa dönüştürmektir. Yediğiniz her fazla lokma, vücudunuzda yağ olarak depolanacak.

Mutfağımızda gram ölçen bir terazimiz var. Bir gün dedim ki tenekedeki satılan soğuk çayların ve asitli içeceklerin içindeki şeker oranını hesaplayayım. Bir kutu buzlu çayda 43,5 gram şeker var. Ama üzerine "100 mililitresinde bulunan şekeri" yazıyorlar. Bu ne demek? Bir kutu buzlu çayda 15-16 tane kesmeşeker var... Asitli içeceklerde 19 kesmeşeker... Büyük boyu ucuza aldığınız için seviniyorsunuz. Üstelik içine mis gibi de aroma katmışlar! Aroma nedir? Bir şeyin gerçeği değil, kimyasal kopyası demek. Aromalar sağlığımıza zararlı çünkü sahteler!

İki yıldır düzene sokmaya çalışıyorum kendimi. Altı aydır uyku düzenimi de ayarlıyorum. Dinlenmeye, eğlenmeye, gezmeye de zaman ayırmaya çalışıyorum. Unutmayın! Önce can...

Eskiden deli gibi çalışıyordum herkese ulaşmak için. Şimdi nasibi olan okusun, nasibi olan internetten ulaşsın istiyorum.

Uykudaki insanı uyandırmak gerekiyor. Önce farkına varacağız. Hayatımıza gelen olaylar, bizi uyandırmak için geliyor. Çünkü bu kafayla gidersek, doğru yaşayamayacağız.

Önce farkındalığım artmaya başladı. Sonra bilmekten hale geçme aşaması geldi.

Birçok kişiye diyorum ki:

"Kesinlikle benden daha iyi bildiğinizi kabul ediyorum. Ama uyguluyor musunuz?"

Kendinize söz geçirmeniz en zor olanıdır. Bunu sağlayınca özgüveniniz artar. Çeşitli mesleklerden insanlarla konuşuyorum. Kendi hayatında belli bir disiplini oturtabilen insanlar, başarılı olmaya da başlıyor. Çünkü hakkını aramayı öğreniyor. Demek ki bugünden itibaren düzenli yaşam şekli, düzenli beslenmeye başlıyorsunuz.

Mecbur kaldınız, yediniz karbonhidratları. Seyrek aralıklarla sorun değil. Sadece alışkanlıktan çıkartın.

Bir restorana gittiniz.

"Tabakta ne var?" diye sordun.

"Döner, salata, pilav ve patates..."

Pilav ve patatesi çok sevseniz bile siz salatayı seçin.

"O ikisini çıkar, oraya da salata koy..."

İçinizden bir ses, "Saçmalama! Pilav ve patates yenilmez mi?" derse kale almayın.

Siz et ve yeşilliğinizi yiyin. Karbonhidrattan mümkün oldukça uzak kalın.

HANGİ GIDALARDAN SONRA UYKU BASIYOR?

Hangi gıdaları yedikten sonra uyku basıyor? Bu gıdaların bir listesini çıkarın.

Mesela beni yoğurt yiyince uyku basıyordu, gündüz yemek yerine, akşamları yemeyi tercih ettim. Size hangi gıdalar ağırlık veriyor? Hangilerini yiyince dinçlik hissediyorsunuz?

A firmasından yakıt aldınız, araba daha iyi çalıştı; B firmasından yakıt aldınız, performans düştü, Motor teklemeye başladı. Bunu gördükten sonra siz B'ye gider misiniz? Aynı şekilde size iyi gelen ve gelmeyen gıdaları bir düşünün ve listesini yapın.

Bu dönem insanların üçte birinde ya obezite var ya ensülin direnci. Ensülin direnciniz varsa, sürekli kilo alır ve veremezsiniz. Her yemekten sonra (karbonhidrat, şekerli tatlılar yedikten sonra) size bir uyku hali geliyorsa büyük ihtimalle şekeriniz düşüyordur. Bunun da altında ensülin direnci yatıyor olabilir. Mutlaka doktora gidin. Yediğiniz gıdaları vücudunuz istemiyor, siz lezzetini beğenseniz de bedeniniz bunu beğenmiyor olabilir. Bu rahatsızlığın neredeyse insanların çoğu farkında bile değiller. Yemekten sonra beş dakika şekerleme deyip uykuya yatıp sonra dinç uyanıyorlar. Durumun geçtiğini düşünüyorlar.

Ensülin direnci en basit haliyle vücudunuzun karbonhidrat ve şekerden bıkmış durumda olması demektir. Bu sebeple gelen her karbonhidratı ve şekeri yağa çevirip kenara atıyor. Siz de su içsem yarıyor diyorsunuz. Biraz bedeninize vakit ayırın. Ekmeği, karbonhidratı, şekeri, mayalı gıdaları, makarna, pirinç ve unlu gıdaları hayatınızda oldukça azaltın. Geriye ne mi kaldı? Pek bir şey kalmadı lakin beslenme şeklinizi ciddi anlamda güncellemeniz gerekiyor. Ensülin direncinin doğru diyet ve beslenme ile doktor tarafından tedavisi yapılmazsa, şeker hastalığına kadar götürüyor. Bu konuda ensülin direnci ve şekerin de hangi duygu halleri, stres, beslenme ve yaşam tarzından dolayı olabileceğini *Mucize Şifa* adlı kitabımızda elimizden geldiğince anlatmaya çalıştık.

Arabaya beş bin, on bin kilometre bakımı yaptırırken, kendi bedeninize niye bakım yaptırmıyorsunuz? Kırk yaşından sonra her yıl çekap yaptırmayı ihmal etmeyin. Bedenimiz, arabamızdan daha mı az kıymetli? Arabayı düzenli bakıma götürürüz ama kendimiz hasta olmadıkça doktora gitmeyiz!

Kırk yaşın altındakiler de iki yılda bir çekap yaptırmalı. Özellikle düzensiz besleniyorsanız, yemeklerden sonra uyku basıyorsa, diyet yapıp kilo veremiyorsanız altında büyük ihtimalle ensülin direnci vardır. Çok yemek yiyip kilo alamıyorsanız, tiroidinizi kontrol ettirmenizde fayda vardır. Bunun da altında söylenmemiş, içe atılmış birçok söz olabilir. Tekrar söylüyorum, doktora bir gidin ve *Mucize Şifa* adlı kitabımıza da bir göz atın.

Beslenme şeklimizi nasıl değiştirebiliriz? Birçoğumuz inatçılığımız ile övünürüz. Bu sefer bu inatçılığı kendi iyiliğimiz için kullanalım. Sağlıklı beslenme için ısrarla adım atın. Olmuyorsa, bir daha deneyin. İçinizdeki ses size o ekmeği, tatlıyı, reçelleri, şekerli olan her şeyi yedirmek için çalışacak, siz direneceksiniz ve "Benim bugün yiyeceğim bu kadar..." deyip, fazlasını yemeyeceksiniz. Fazlasını yememek bile ilk başlarda büyük başarı. Bir günde kimse kırk yıllık yemek alışkanlığını değiştiremez. Adım atın. Tatlılıkla yaşımıza uygun beslenmeye adım atmamız gerekiyor.

İlkokulda, ortaokulda yediğiniz yemekle ve yaktığınız enerjiyle, tempoyla, otuz yaşınızda, kırk yaşınızda, elli, altmış yaşınızda yediğiniz yemek, hayat temponuz aynı olamaz. Metabolizmanız yaşlandıkça yavaşlıyor. O halde her on yılda bir, yapabiliyorsanız beş yılda bir yeni bir yaşam döngüsü, beslenme şekli oluşturmanız lazım. Şu anki yaşınızdan yirmi yıl önce yediğiniz yemek oranının belki de çok daha azı size yeterli. Masadan doymadan kalkmayı öğrenin. Bunu bir hafta yaptığınızda, daha dinç olduğunuzu fark edeceksiniz. Mümkün oldukça beyaz ekmekten (özellikle de maya ile yapılanlardan) uzak durmanızda fayda var.

Şahsen kendimi en iyi hissettiğim dönemlerin ramazan ayları olduğunu söyleyebilirim. Bedeni belli sürelerde aç bırakmak sağlığa iyi geliyor. Hücrelerin bedende temizlik yapmaya fırsatları oluyor. Bilim insanları da bu konuda hemfikir olmaya başladılar. Açlık vücuttaki toksinlerin atılmasında faydalı bir durum olarak yer alıyor. Bu konuda nefes21.com web sitemizde oruç tutmanın faydalarını anlatan videomuzu izleyebilirsiniz.

MUTLUYKEN SÖZ VERME, ÖFKELİYKEN KARAR ALMA!

Bana bir teklif geldiğinde, içdünyama dönüp bakıyorum. Eğer çok neşeliysem, çok öfkeliysem, "Ben sizi arayayım..." diyorum. Çünkü neşeliysem de öfkeliysem de vereceğim cevap daha sonraki yaşam döngümde ters bir olayla bana geri geliyor ve sıkıntıya dönüşebiliyor. Çok neşeliyken söz vermemeye, öfkeliyken karar almamaya çalışıyorum. Normale dönünceye kadar, vereceğim cevabı bekliyorum.

Geriye dönük yaşamıma baktığımda aldığım kararlara, verdiğim tepkilere bakıyorum. Birçoğunda o kararı verdikten sonraki süreçte sıkıntı yaşadığımı fark ettim. En doğru kararları genelde birkaç gün üzerinde düşündüğüm, acele etmediğim, akışına bıraktığım dönemlerde aldığımı fark ettim. Heyecanlıysam, içimde bir acelecilik duygusu varsa, hemen olsun istiyorsam, birkaç gün sakinleşene kadar bekliyorum. Ondan sonra verdiğim kararların daha iyi sonuçlarının artık farkındayım.

Bu arada bunları fark ettikçe, geçmişte verdiğim ve onlarca zamanıma mal olan kararlardan dolayı da geçmişteki halimi affettim. Bazen geçmişteki halimize de kızgın olabiliriz. Her insanın geçmişinde doğru bildiği ama yanlış olduğunu ileride anladığı bir dönemi olabilir.

Geçmişte her ne yaşandıysa, oldu ve bitti. Tövbemi ettim ve bugünden sonra yeni bir gelecek için adım atıyorum. Bütüne şifa olsun.

Muhittin Arabi'nin dediği gibi:

"Her iddia sınanır."

Bu nedenle iddiada bulunmuyorum. "Bundan sonra çok düzgün adam olacağım!" dersem, bu bir iddiadır, büyük ihtimalle sınanırım. Bunun yerine, "Bundan sonra düzgün bir kul gibi yaşamaya niyet ediyorum..." diyorum.

Kendi hayatınızı bir düşünün. Her iddia ettiğiniz olaydan sonra ne yaşadınız? Büyük konuştunuz ve ne yaşadınız? Bir daha asla dediniz ve acaba yine aynısını yaptınız mı? Bir başkasını kınadınız siz veya sevdiklerinizden birisi o kınadığınız şeyi yaptı mı? Sakin bir zamanda bunları bir düşünün.

Umutsuzluk, vesvesenin eşidir çünkü Allah'a olan inancınızı kaybetmeniz için çaba gösteren bir negatif enerjidir. O yüzden vesvese umutsuzluktan, kavgadan, açık aramadan beslenir. "Onun açığını bulayım! Onu alt edeyim, canına okuyayım!" Yani kavga etmeyi sever. Kavgacı bir yapınız varsa, büyük ihtimalle enerji alanınız kirlenmiş olabilir. Geçmişte beddua ettiniz mi? Birinin kötülüğünü dilediniz mi? Ya da helal olmayan bir harekette mi bulundunuz? Verdiğiniz bir sözü mü tutmadınız?" gibi düşüncelerden beslenir. Buna benzer durumlarda enerji alanınızın içerisine negatif enerjiler girebiliyor. Bunların hepsi düşük enerjidir. Huzurlu bir insan kavga ile beslenmez.

Huzuru arayan insan, kavga ile karşısındakinin enerjisini düşürüp onun enerjisinden beslenmez.

Enerjinizi yükselttiğiniz zaman, o enerjinin peşinde koşan insanlar bir anda ortaya çıkacaklar. "Keyfim yerinde, enerjim yüksek" dediğiniz bir anda, o enerjiye ihtiyacı olan (enerjisini Allah'tan alamayan) bir kişi sizi telefonla anında arayabilir, "Bir sıkıntım vardı, tam da aklıma sen geldin..." der.

Enerjiniz yükseldi ve telepatik olarak o kişinin aklına düştünüz. O da kendine enerji arıyordu. Size bir saat derdini anlatır ama amacı derdine derman değildir. O derdin iyileşmesini istemez. İyileşmesi işine bile gelmez. Çünkü o dert sayesinde başkalarından enerji beslenmektedir. Şimdi o derdi şifalanırsa, etrafı hangi konu ile rahatsız edebilecek? Amacı çözüm bulmak değil.

Her zaman kulağınıza küpe olsun. Amacı derdini çözmek değil, sürekli dert anlatmak olanları sevgiyle hayatınızdan uzaklaştırın. Diyeceksiniz ki bu kişi eşim, annem, babam, kardeşim ya da en yakın arkadaşım. Bu da bir nevi sizin denge sınavınızdır. Bu tür kişiler sizi gerip gerip delirtirler. Hiçbir zaman anlam veremediğiniz sebeplerden, ufacık bir olaydan, dünyayı başınıza yıkarlar. Hep de size hoşlanmadığınız sözleri söylerler. Siz de ani sinirlenirsiniz ve tüm enerjinizi o anda sizden çekerler. Kendi üstlerindeki korku, endişe, sinir enerjisini de anında size gönderirler. Böyle durumlarda karnınız şişmeye başlar. Siz kilo aldım zannedersiniz lakin karnınızın şişkinliği bazen, yanınızdaki insanların öfkesi de olabiliyor.

Atalarımız bize hep, "Çok çalışacaksın, ekmek aslanın ağzında, zenginler kötüdür, bu kadar mal haramsız olmaz, namusunla yaşayacaksın, hep vereceksin, istemeyeceksin, almak ayıptır..." demişler.

Rekabet dünyası anlatılmış; huzurlu bir hayat, ihtiyacımız olanın bize yetebileceği bir yaşam anlatılmamış. Çok çalışmak anlatılırken, nasıl mutlu olunur? Nasıl aile ile güzel ve neşeli vakit geçirilir? Aile içi bireylerin birbirleri ile geçirdikleri vakitle birlikte, ayrı ayrı kendilerine de zaman ayırıp kafa dinledikleri özel vakitlerinin de olabileceğini doğru dürüst ne anlattılar ne de kendi yaşamları ile göstererek örnek olabildiler.

Hayat çok ilginç. Binlerce kişi ile sohbet etme şansım oldu ve her geçen gün daha da artıyor. Bu sohbetlerde dinlediklerimi toparlamaya başladığımda, herkes bir arayış içerisinde. Herkes bir diğerinden şikâyetçi. Diğer kişilerdeki farklılıkları kabullenmekte zorlanıyorlar. Aile bireyleri içerisinde beş parmağın da bir olmadığını en sonunda anladım. Aileler arasında da birbirleriyle alakaları olmayabileceğini de kabullenmeye başladım. Yani iki kardeşin kurduğu yuvalardaki eş ve çocuklar da farklı huylarda, bakış açılarında yollarına devam edebiliyorlar. Yani hiç kimse tek model, tek bir davranışta değil. Sürekli değişen huyların, davranışların olduğu kuşaklar dünyaya geliyor. Burada en dikkatimi çeken durum şu. Anne baba deli gibi çalışıyor ve çocuklarını bir başkası büyütüyor. Herkes ekmek parası için bunu yaptığını söylüyor. Ya da mecburiyetten. Dünyaya gelen her çocuğun acaba kaçı olması gerektiği gibi yetiştirilme şansına sahip oluyor? Bu yetiştirilme içerisinde beslenme ve bilgisel olarak yetiştirilmeden bahsediyorum. Her çocuğun anne sütü ile beslenmesi gerekiyor. Lakin dünya anne sütü taklidi toz sütlerle dolu. Şimdi bir düşünelim. Annelerin çoğu sezaryen doğum yapıyor. Sezaryenden sonra sütün gelmesi neredeyse bir haftayı bulabiliyor. Çünkü doğum tarihi doğal süreç değil, siz belirlemiş oluyorsunuz. Doğal doğum yapıldığında anne sütü bebek doğduktan sonra hazır. Çünkü her şey akışında. Belki süt azdır, belki fazladır. Lakin her şey doğalında ilerliyor. Şimdi bu sistem içerisinde insanların dünyaya gelişi de değişti. Vaktimiz gelmeden doğuyoruz. Çocuk bir an önce büyüsün, konuşsun, yürüsün istiyoruz. Okul hayatıdır derken bir baktık ki, çocuk yarış atına döndü.

Bu yarış atı konusunda birçok kişi şikâyetçi. Lakin durumun biraz derinlerine bakacak olursak işin içinde aslında, çocuğu yarış atına sokan anne ve babanın kendi içsel dünyalarında başaramadığı olgular olduğunu fark ediyorsunuz. İçsel dünyasında eksiklik ya da tamamlayamadıkları olan kişilerin muhtemelen dış dünyaları da aynı şekilde eksikliklerle doludur. Bu eksiklikleri de genelde dünya malı, şan şöhret, makam mevki ve başarı ile gizlemeye çalışırız. İçsel olarak bu durumlarda kişiler kendilerini, eksiklerini gizlediklerini zannederek vicdanen rahat hissediyorlar. Bilmedikleri şu ki, devekuşu başını istediği kadar toprağa soksun, gönül gözü açık insanlar, maskeli kişileri çoğu zaman fark ediyorlar. Tabii bu nokta bir nevi Allah'ın takdiri ve nasibi de aynı zamanda...

Şimdi rekabete bakalım.

Küçükken "Kardeşin senden daha iyi! Komşu çocuğu senden daha iyi..." demişler.

Kıyaslamadan dolayı hep rekabet içine bizi sokmuş olabilirler...

Bu rekabetçi durum hayatımızın her alanında var. Farkına varmadan yemeği bile hızla bir yarış içerisinde yiyoruz.

Yarışı bırakmadığınız durumda huzuru yakalamanız çok zordur.

Niyet edin tüm kontrolcülükleri bırakıp, ilahi akışa güvenmeye.

ESKİDEN ENDİŞELİ DİNLERDİM

Eskiden insanları endişe ederek dinlerdim. Biri beni arardı:

"İyi değilim!" derdi.

Başkası arardı:

"Eşim şöyle yaptı, böyle yaptı..." , "Çocuklarla iletişim kuramıyorum..."

Düşünüp dururdum:

"Ne olacak bu kişilerin hali? Acaba nasıl yardımcı olabilirim? Ne yapsam, ne etsem?"

Bazen de farkında olmadan yargılardım:

"Bir insanın eşi böyle yapar mı? Ne biçim baba bu?"

Yargıladıktan sonra, benim enerjim de aşağı düşerdi. Çamura batmış bir arabayı, çamura batmış bir araba kurtaramaz.

İki türlü anlatıcı vardır. İlk gruptaki anlatıcı, seni arar, durmadan derdini anlatır:

"Eşim geç kaldı. Borcum var. O oldu, bu oldu... Ben çok iyi bir insanım. Etrafımdakiler kıymetimi bilmiyor, kendimi ya da insanları sevmiyorum."

Genelde o an iletişim kuran kişi kendini kurbana çeker: "Ben çok iyiydim, onlar bana kötü davrandı. Ben bütün gençliğimi verdim, onlar bana böyle yaptı."

Konuşmanın sonunda da şunu duymak ister:

"Haklı değil miyim?"

Haklı bulunmaya, pohpohlanmaya ihtiyacı var, ayrıcalıklı olmaya ihtiyacı var. Bu insana, "Haklısın..." dediğinizde ona en büyük zararı verirsiniz. Çünkü onun egosunu okşuyorsunuz. Etrafınızdaki insanların egolarını okşamayı bırakın. Tatlı söz söyleyin. Takdir etmeyi bilin. Ama egolarını okşamayın. Sürekli sizden takdir, onaylanma, ilgi, alaka bekleyen varsa, kendi içindeki öz değerlerini keşfedememiş demektir.

Çocuğunuza en basitinden "Aferin bunu yaptığın için..." dediğiniz zaman, bu aslında cezalandırmadır. "Aferin" bağımlısı olan çocuk, sirkte ödül için her numarayı yapan şempanzeye döner. Ödülle yarıştırmayın insanları.

Aferin yerine, yaptığı yardımın ya da iyi olan durumun size ve etrafındaki kişilere ne gibi fayda sağladığını anlatın ve teşekkür edin. Örneğin, "Teşekkür ediyorum sandalyeleri taşıdığın için. İşimiz daha çabuk bitti..." deyin. Bu ise bir açıklamadır. "Aferin, elli sandalye taşıdığın için!" derseniz, gelecek sefere altmış sandalye taşımayı deneyecektir. Kaldıramayacağı bir yükün altına girmek zorunda hissedecek kendini.

Biriyle görüşme yapacağımda ya da telefon geldiğinde içimden "Allahım şu an yapacağımız telefon konuşması, senin katında koruma altında olsun. O da ben de birbirimizi en güzel şekilde anlayalım" diyorum.

Bu duayı yaptığımda ilahi koruma altında olduğumu hissediyorum. Ta ki, egom devreye girip de, ona laf sokmak istiyorum veya kızmaya başlıyorum, kendi düşüncelerimi ona empoze etmeye çalışıyorum. İşte o zaman ilahi koruma alanından sanki ben dışarı çıkıyorum ve ardından o kişiyle aramızda iletişimde sorun yaşanmaya başlıyor. Birbirimizi aynı şeyi konuşsak bile anlayamıyoruz.

Kişileri dinlerken dengede dinlemeye gayret gösteriyorum. Yargılamadan, eleştirmeden. Derdini anlatana "Sana yardımcı olmamı istiyor musun?" diyorum.

"Evet..." diyorlar.

"Ama seni dinlersem, sonunda 'haklısın' diyeceğim ve sana bir faydası olmayacak. *(Bir kişiyi tek taraflı dinleyip haklısın dediğinizde, diğer taraftaki kişiye onu dinlemeden haksızsın ithamında bulunmuş oluyorsunuz. Bunun kul hakkına girebileceğini düşünüyorum.)* Sana haklısın deyip geçiştirmek yerine, gel bunu senin hayatına çağıran olayı bulalım. Yoksa üç gün, beş gün, bir ay sonra benzer olaylar yine tekrarlanacak. Hayatına aynı olay tekrar tekrar gelebilir. Hayatının tekrara girmesinden yorulmadın mı?" diyorum.

"Evet, doğru söylüyorsun, bugüne kadar hep derdimi anlattım ve haklı olduğumu duymak istedim. Bu sefer sebebini bulalım ve şifalansın, hayatımdan bu döngü gitsin" diyorlar.

Acı bedenden beslenenler, kurbana yatanlar genelde sebebin kendisi olduğunu kabullenemez. Her zaman içinde bulundukları durumun mutlaka bir suçlusu, kendileri dışında bir sebepleri vardır. Kısacası sorumluluk almak ve hayatlarına yön tayin etmek istemezler.

"Annem babam beni okutmadı... Beni sevdiğime vermediler... Kimse beni anlamadı... Çalışmalarımı takdir etmediler..." Bazıları da bedenlerine bahane bulup suçu kendi bedenlerinde ararlar. Böylelikle ellerinde her zaman bahaneleri hazırdır.

Bir bahane bulması lazım kendisine...

Biriyle konuştuğunuzda karşı tarafın bilinçaltına ister istemez tohumlar ekersiniz. Gün içinde herkes bunu farkında olmadan yapar ve farkında olmadan da kendisine uygulanır.

Çok basit birkaç tohum örneği (bazen bu söze çapa da diyebiliriz): Bir çocuğa "senden adam olmaz" demek, bazen birine "bu renk sana yakıştı" ya da "yakışmadı" demek, "bu iş sana göre" ya da "değil" demek. Fikir beyan ettiğimiz her durumda, karşı taraf bu fikre ve sizin inanılırlık durumunuza göre o fikri bilerek ya da farkında olmadan içselleştirmeye başlar. Mesela o kişi, sizin yakıştı dediğiniz renklerle dolu bir hayata doğru farkında olmadan ilerleyebilir. Bazı kişiler de etraflarından onaylanmak, değer ve takdir görmek için etrafın sözüne fazlasıyla kulak verirler ve günün sonunda etraflarındaki kişilerin istediği gibi kişiler olmaya başlarlar. Ne yazık ki yıllar sonra, kendi limanlarından çok uzak diyarlardadırlar.

Bu dünyaya başkasının istediği kişi değil, Allah'ın istediği kişi olmaya geldik. El âlem ne der yerine Rabbim ne der diye düşünsek, gün içerisinde farkında olmadan zihnimizin bize verdiği vesveseyi bir saniye bile yanımıza yaklaştırmayız. Sürekli dua, ibadet ve üretimde oluruz. Faydalı eserler ile bütüne hizmet ederiz. Lakin hayat sanki bin yılmış gibi, her gününü ziyan, dert etmekle, kafaya takmakla, ona buna içsel ya da dışsal sataşmakla geçiriyoruz. Bir de en komiği, asla affetmem dediklerimiz var. Kimiz ki asla affedemiyoruz? Allah'a el açıp kendin için ne diliyorsan, hayatındaki herkes için de onu dilemende fayda var. Tabii bazıları sürekli ölmeyi diler. Bu kişiler hariç. Kendine ve Allah'ın emanet ettiği bedenine ve zamana değer vermeyi bilmeyen birisinin duasında bulunmak ne kadar sağlıklı, bir düşünmek gerek.

Tohum konusuna geri gelirsek; bu tohumlar herkeste farklı zamanda yeşerir. Kiminde kısa sürede, kiminde aylar sonra.

Bir gün bir sohbette, bir hanıma, "Niye zoru seviyorsunuz?" dedim.

"Kolayı herkes yapar!" dedi.

Genelde zoru seven kişilere, çocukken, "senden adam olmaz" demiş olabilirler. Belki de küçümsemişlerdir. Siz de farkında olmadan zoru seçmişsinizdir. Kendinizi ispatlamak istersiniz. Oysa zoru çağırdıkça daha zoru gelir. "Başardım! Gördün mü?" demeye, ispata, onaylanmaya ve takdire ihtiyacınız vardır.

Aylar sonra aynı hanımla bir başka seminerde karşılaştık. Perişan, hasta, rengi solmuş bir şekilde geri geldi.

"Altı ay önce bana, 'Neden zoru seçiyorsun?' diye sormuştunuz..." dedi. "Cevabı buldum. Hayat üstüme öyle bir yıkıldı ki hasta oldum, eşim terk etti, evlerimiz, dükkânlarımız gitti. Hepsini altı ayda kaybettik. Ben zoru seçmişim, kendimi güçlü hissetmek, diğer kişilere ispatlamak için. Özellikle de anne ve babama. Peki şimdi ne yapmalıyım?" dedi.

Dedim ki Allah'a yönel, tövbe et ve şu duayı yap.

"Allahım hayatımı helal yoldan, kolaylıkla ve sağlıkla yaşamaya niyet ediyorum."

Siz duanızda neye odaklanırsanız, zaman içerisinde farkına varmadan hayatınız ona dönüşmeye başlar. Lakin birçok kişi "Dua ediyorum ama hayatım düzelmiyor" diyor. Birkaç dakika boyunca duanızı yaptınız. Peki daha sonra o güzel duygular içerisinde gününüze devam ettiniz mi? Yoksa duadan sonra yine birileri ile içsel/dışsal tartışmaya, kavgaya mı girdiniz?

Kolayı istiyoruz ama kısa süreliğine. Alışkanlık olarak zoru tercih ederseniz, bilgisayar oyunlarının her seviye sonrası zorlaşarak devam etmesi gibi, hayatta da kendi içerisinde daha zoru gelmeye devam edecek.

Kötü, egosal (nefsani) duygular içindeyseniz, ilahi sistemden pek yardım geleceğini zannetmiyorum. Yaratılmış tüm kâinat ile bir olmak varken, bir başkasını neden ötekileştirip hırs, inat ve intikam yapasınız ki? Kendimi bütünden koparıyorum ve hayatı tek başıma çözmeye çalışıyorum. Şikâyet ettikçe hayat daha da zorlaşıyor. Oysa ne yaşandıysa yaşandı ve bitti.

Özünüze olan yolculukta kendinizi şöyle bir yoklayın. Huyunuz suyunuz nasıl? İnatçı biri misiniz? Her şeyi siz mi bilirsiniz? Bir iletişimde illa haklı mı çıkarsınız? Ayrılıklar, anlaşmazlıklar sizin için savaşı kaybetmek anlamına mı geliyor? Bu listeye daha birçok başlık ekleyebilirim. Zor biriyseniz ve içinizde bitmemiş hesaplarınız varsa en önemlisi de "uyanma vaktiniz geldiyse" hayat aynen şu şekle bürünmeye başlar: *Hayat iki değirmen taşı olur ve siz arasındaki buğday tanesi.*

Akıllanmadıkça, inatçılık sürdükçe, hep ben haklıyım, onlar kötü dedikçe, yaşanan olaylardan ders almak yerine, önüne gelene anlatmaya devam ettiğiniz sürece... Allah yardımcınız olsun... Bu konuda yardım istiyorsanız *Evrenin İlahi Dili Uyanış* adlı kitabımızı okuyabilirsiniz.

Bazıları şanslıdır, erken uyanır. Uyanmak mülayim insanlar için tatlı, inatçılar ve katı kişiler için genelde sert olur.

Zoru değil, hayırlı olanı dileyin. Nötr olun, dengede kalın.

Hayatınızı dönüştürmeniz gerekiyor. Yaşınız ilerliyor, metabolizmanız değişiyor. Kafaya takmaları, zaman ve enerji kayıplarını bırakmanız, daha sağlıklı yaşamanız gerekiyor.

Bu gezegenin daha başarılı insanlara ihtiyacı yok. Kalbi Allah aşkı, sevgisi, merhameti ve yardımlaşma duygusu ile dolu insanlara ihtiyacı var.

NEFES ÇALIŞMASI

(Not: Bu ses çalışmasının ses kaydını yapın ve daha sonra kulaklıkla dinleyin. Kendi sesinizi ilk başlarda yadırgasanız bile, zamanla alışırsınız.)

Gözlerinizi kapatın. Burundan yavaşça derin bir nefes alın. Yavaşça verin.

Derin bir nefes alın ve yavaşça verin.

Derin bir nefes daha alın ve yavaşça verin.

Bir çocuk parkında olduğunuzu hissedin. Orada en sevdiğiniz oyuncaklar var. Keyfiniz yerinde ve huzurlusunuz.

Şimdi oyun parkında, çok güzel bir çocuk yanınıza geliyor. Bu çocuk, sizin çocukluğunuz... Artık onunla barış içinde olduğunuzun farkındasınız. O da sizinle barış içinde...

Şimdi onunla birlikte oyun parkı içinde oynuyorsunuz. Kaydıraktan kayıyor, tahterevalliye biniyorsunuz. Çocukken en çok yapmak istediklerinizi, birlikte yapıyorsunuz.

Oyun parkı içinde oynuyorsunuz. Sadece ikiniz varsınız... Mutlusunuz...

Derin bir nefes alın ve yavaşça verin.

Derin bir nefes daha alın ve yavaşça verin.

Şimdi tekrarlayın:

"Küçük çocuk, seni seviyorum. Senin yanındayım... Sen büyürken, seni ertelediğim için özür dilerim. Şu andan itibaren sana vakit ayırmaya söz veriyorum. Seni seviyorum. Sen doğal halinle güzelsin. Sen doğal halinle başarılısın. Sen doğal halinle yeterlisin. Seni seviyorum küçük çocuk... Ve sana söz veriyorum, bundan böyle sana vakit ayıracağım..."

Derin bir nefes alın. Nefes verirken:

"Sana vakit ayıracağım..."

Derin bir nefes alın. Nefes verirken:

"Yarım bıraktığım çocukluk hayallerimin hangisi hayrımızaysa, başlatıyorum."

Derin bir nefes alın. Nefes verirken:

"Allahım, doğduğum günden bugüne, beni üzen, beni kıran, hakkımı yiyen, bütün olayları senin rızan için bağışladım. Hakkımı helal ettim, hepsini de hazmettim. Zihnimin içinde, 'asla affedemem' diyen sese de teşekkür ediyorum ve onu da sevgiyle gönderiyorum. Şu andan itibaren herkesle barış içindeyim."

Derin bir nefes alın. Nefes verirken:

"Şu andan itibaren kendimle barış içindeyim."

Derin bir nefes alın. Nefes verirken:

"Şu andan itibaren bedenimle barış içindeyim. Şükürler olsun..."

Derin bir nefes alın. Nefes verirken:

"Allahım, yol senin yolun. Hizmet senin hizmetin... Senin yolunda, bütüne hizmet etmeye niyet ediyorum. Şükürler olsun..."

Nefes alın. Nefes verirken:

"Şükürler olsun... İyi ki bugüne geldim. İyi ki varım... Geçmişteki bütün acılar, hepsi bir dersti. Bağışladım, helal ettim. Şükürler olsun... Bütün alınganlıklarımı bırakıyorum. İçime atmaktan vazgeçiyorum... Bir numara olmak zorunda değilim. Mükemmel olmak zorunda değilim. Herkesin sorumluluğunu üstüme almak zorunda değilim. Herkesin sorumluluklarını sevgiyle paylaştırıyorum. Herkes öğrenerek sorumluluğunu alabilir. Şükürler olsun..."

Nefes alın. Nefes verirken:

"Kendimle barış içindeyim."

Nefes alın. Nefes verirken:

"Bedenimle barış içindeyim."

Nefes alın. Nefes verirken:

"Hayatla, yazgımla, yaşadığım ülkeyle barış içindeyim. Şükürler olsun..."

Üç kere daha nefes alıp verin ve yavaşça gözlerinizi açın.

Herkese şifa olsun.

KOZMİK OLARAK BİRBİRİMİZE BAĞLIYIZ

Gözlem yapmayı severim. Olayları, insanları gözlemlemeyi çocukluktan beri seviyorum. Zaman içerisinde geçmişi affettikçe ve anda kalmaya başladıkça, etrafıma gelen insanların duygu hallerini hisseder olmaya başladım. O an hangi duygu içerisindeyse, sanki bende de benzer bir duygu hali başlıyordu. Dengede olmadığımda, gergin, yorgun ve endişeli olduğum dönemlerde ise hislerimin azaldığını fark ettim. Daha sonra fark ettim ki benim kafamdan geçen düşünceler, bir başkası tarafından dile getiriliyor veya bir başkasının düşüncesi benim tarafımdan dile getiriliyor. İlk başta bunlara anlam veremedim.

Sonra etrafımdaki insanlarla benzer konularda, benzer görüşleri aynı masada konuşurken, sanki benim kafamdakini o konuşuyormuş gibi hissettim.

Siz de benzer şeyler yaşayıp yaşamadığınızı düşünün. Hatırlayın bakalım, ne zaman, nerede oldu böyle olaylar?

Bende, herkese karşı sevgi beslediğimde, akışa güvendiğimde, hırslarımın olmadığı günlerde oldu bu durum... Ne zaman aceleci olsam, "Şunu yapacağım, bunu yapacağım, başaracağım..." desem, bu akışların kapandığını gördüm.

Bireysel görüşme yaptığım dönemlerde, kişiler dertlerini anlatırken, ben de dert ederdim "Ne olacak?" diye. Geceleyin o derdi içimde eve getirirdim. O gece o kişi eşiyle kavga ederdi. Aynı saatte de ben evde sebepsiz yere gergin olurdum. Ertesi gün o kişi arar, "Eşimle tartıştık!" derdi. Kendisine saat kaçta kavga ettiniz diye sorduğumda, ortaya her seferinde hep benzer sonuç çıkardı. Onların tartıştığı saatte ben de evimde gergin ve sinirli oluyordum. Hem de evde her şey yolundayken.

İnsanlar birbirine telepatik olarak bağlıdır. Özellikle, genetik bağınızın oldukları (aile), çok sevdiğiniz ya da nefret ettiğiniz insanların anlık duyguları ile sizinkiler karışabiliyor. Hiç düşündünüz mü? Gün içinde yaşadığınız olayların ne kadarı sizin? Ne kadarı enerji alanınızdaki insanların duygu hallerinin sizin üzerinizdeki yansıması? Tabii bunu takıntıya çevirmeden düşünün, hesaplayın.

Hepimiz birbirimize kozmik olarak bağlıyız. Bütünün bir parçasıyız. Fakat gelen sinyali deşifre etmeyi bilmiyoruz. Dünyanın geçici hayatına çok fazla gömülüyüz. Dünya derdine, telaşına, taksitlerine, ödemelerine ve alacaklarımıza. Tatil yapmadan deli gibi çalışıyoruz. Mola vermediğiniz ve kendiniz için sağlıklı vakit oluşturmadığınız sürece, gelen mesajları nasıl deşifre edeceksiniz? Ne uyku düzeni, ne sağlıklı beslenme, ne de sağlıklı iletişim içerisindeyiz.

Avatar filmini izlediyseniz, görmüşsünüzdür. Avatar gezegeninde yaşayanların hepsi ortak bir enerji üretiyor.

İnsanlar da ilk başta böyleydi. Derin dünya sistemleri insanları yönetebilmek için korkuyu kullandılar. Para bulundu ve tembel insanlar hayatta kalmaya başladı. Para yokken, sadece çalışan ve üreten insanlar hayatta kalabiliyordu. Para ortaya çıkınca insanlar onun için yaşamaya başladı. Daha önce insanlar meyve ile takas edebilmek için sebze yetiştirmeye mecburdu. Oysa şimdi paradan para kazananlar var. Oturduğu yerde kazananlar var. Dünyanın bir başka yerinde de, senin yüklenmen gereken üretim miktarını, bir başkası sırtına almış taşımaya çalışıyor.

Kendinize dürüstçe bir sorun! Paranın olmadığı bir gezegende olsaydınız, bir gıdayı alabilmek için, ürettiğiniz bir başka gıda ile takas yapmanız gerekseydi, üretebileceğiniz, hayata katabileceğiniz bir değer ortaya koyabilir miydiniz? Bir elbise almak için, aylarca ürettiğiniz buğdayı vermek zorunda olsaydınız, elbise dolabınız şimdiki gibi ağzına kadar dolu olur muydu?

Her insan birbirine bağlı. Size peygamberimizin bir sözünü hatırlatayım. Bu söze şimdi farklı bakış ile bakın:

"Komşusu açken, tok uyuyan bizden değildir."

Aç uyuyan komşunun da sen olduğunu anladığında, halen daha söylenmeye vaktin oluyor mu? Şikâyet etmeye vaktin oluyor mu? Bir düşün.

KABUKLARINIZI KALDIRIN

İnsan kabuk kabuktur. Belki bin tane kabuğu vardır.

Birinci kabuğunuz kendinizle olan savaşınızdır. Bazen alınganız, kırılganız, içimize atarız. Konuşmamız gereken yerde susar, susmamız gereken yerde de konuşuruz. Kendimizi erteleriz, dert ederiz, kafaya takarız. Bu birinci kabuğu kendi kendimize aşmamız gerekiyor.

Birinci kabuk, kendi kendinizle kavga ederken oluşan bir olayı görmenizi engeller. Bu kabukların dışındaki olayı göremeyebilirsiniz. Bir fırsat gelmek üzeredir lakin siz kendi kendinize arızada olduğunuzdan bu fırsat etrafınızdan gelir ve geçer. Bir de baktınız ki yıllar sonra önemli bir şeyi tam da kafayı bir şeye takmışken kaçırmışsınız.

İkinci kabuk ailenizdir. Annen, baban, kardeşin, çocuğun, eşin... Genelde evde biri ya da birileriyle iletişim sorunu olabilir. Tartışmalar olabilir. Evde biri mutluyken diğeri sürekli söylenen kişi olabilir. Genelde birçok evde durum budur. İstisna her zaman olur. O evlerde de genelde başka sınavlar yaşanır. Tüm aile bireyleri takım gibi birliktedirler lakin başlarında başka dert vardır.

Kimse sanmasın ki tek dert kendisinde ve kimse sanmasın ki kendisi dışında herkesin keyfi yerinde.

Üçüncü kabuk komşunla, dördüncü kabuk arkadaşlarınla, beşinci kabuk sosyal çevren, işinle ve daha bu şekilde kabuklar devam eder. "Ne biçim bir ülkede yaşıyorum, ne biçim bir sistemde yaşıyorum?" diye toplumla kavga eder duruma gelebilirsiniz.

Bu kabuklarınızdaki savaşlardan ne kadar arınır dışarıya açılırsanız o kadar bütünü görebilirsiniz.

Bu durumu çözmeniz lazım. Hangi alandasınız? Eğer kendi kendinizle kavga ediyorsanız, barış içerisinde değilseniz, büyük ihtimalle dünyanın illüstrasyon oyunu içerisinde uyutulursunuz. Sistem sizi uykuda tutmaya devam eder. Siz de rahatlık ve güvence alanınız içerisinde olmak istersiniz. Bu döngü kuşaklar boyu, daha da kişileri köleleştirerek devam eder. Siz rahat hayat istedikçe, sisteme de o kadar özgürlüğünüzü teslim ediyorsunuz.

Ne zaman ki kendinizle ve Allah'ın yarattığı bütün kâinatla barış içinde olursanız, o zaman bütünü görmeye başlarsınız.

Bunu kendinize bir sorun. Kendinizle yarış içinde misiniz? Ailenizle, hayatla barış içinde misiniz? Özgüveniniz dengede değilse istediğiniz kadar özgür olacağım deyin pek işe yaramaz. Vesvese siz farkına varmadan sizi kuşatır. Öyle bir kafanızı işgal eder ki, vesveseyi siz kendiniz olduğunu zannedersiniz. Sürekli kafanızda bir ses "Bir işe yaramazsın, değersizsin, seni kim sevsin ki, kimseyle artık konuşma, kimseye güvenme, en sonunda da öl de kurtul!" der egonuz. Oysa bizim işimiz yaşamak ve özümüze olan yolculukta, arınmak, şifalanmaktır.

Az önce kabuklardan bahsettim. Lakin daha da derine inersek bu kabuklar aslında yok! Bunları siz oluşturmadınız. Dünyayı yöneten sistemler hipnotize kutusu olan TV'ler aracılığı ile bunu size aşıladılar. Sinema filmleri de buna yardım etti. Sizi kendinizle, ailenizle, hayatla kavga ettiriyorlar. Televizyonda sıfır beden bir kadını reklamlarda görüyorsunuz. Açlıktan ölmüş neredeyse. Lakin o kişi gezegendeki ideal genç kadın oluyor. Ardından bütün gençler onun peşinde koşmaya çalışıyor. Kendine güveni olmayan insanlar her zaman başka popüler insanların peşinden koşarlar. Onları yüceltirler, beslerler. Al-ver dünyası. Alan memnun satan memnun. Sıfır bedenlerin ardından bir de bakıyorsunuz ki, yüzme havuzlu villalar, spor lüks arabalar vs... Sonra kendinize bakıyorsunuz. Sağlığınız iyi ama TV'deki, dergideki sıfır beden biri gibi değilsiniz. Sizin göbeğiniz var, eviniz istediğiniz gibi değil. Bilinçaltınıza sürekli yeterli değilsiniz bilgisi empoze ediliyor. Sürekli değersizlik duygunuzla oynuyorlar. Siz kendinizi değersiz hissettikçe, kendi sağlıklı bedeniniz ve huzurlu eviniz için şükretmek yerine farkına varmadan isyan ediyorsunuz. Aslında bunların hepsi sanal kabuklar. Bu kabukları kırmanıza gerek yok. Kabuğu görmeniz, dışına çıkmanız için yeterli.

Medya, büyük şirketler öyle reklamlar gösteriyor ki, tıraş bıçağı satacaksa, reklamda tıraş olan adamın çok güzel bir kadın gelip yanağını okşuyor. Aynı tıraş bıçağını alan adamın ise evinde öyle biri yok. Evdeki söylenen bir kadın. Kendisi ekrandaki manken adam gibi değil. Saçları dökülmüş, kel ve göbekli. Lakin o reklamdan etkilenmiş ve tıraş bıçağını almış. Hayatınızdaki seçimlerin çoğunu siz yapmıyorsunuz. Bilinçaltınıza gönderilen programlar ile istem dışı yapıyorsunuz. İradenizi ve farkındalığınızı güçlendirmediğiniz sürece de bu böyle devam edecek.

Hakikati fark etmek istiyorsanız, hayata nötr bakmayı denemenizde fayda var.

Önyargılarınızdan arınmanız gerekiyor. Önyargılarınız her olayı algılamanızda önünüze yüzlerce filtre koyuyor. Ne zaman bu filtrelerden kendinizi arındırırsanız, gerçek renkleri o zaman görebileceksiniz.

"Allahım, Hak ile batılın farkını ayırt edebilmeye ve Hakk'a yönelebilmeye niyet ediyorum."

ALANLARIMIZ VARDIR

Kabuklarınız dışında, bir de iç içe üç alan oluşturarak içine girmişiz. Birinci alan güvence alanımızdır. Orası güvence kalesidir. Kendine kurduğunuz kaledir. Garanti iş, garanti ev, garanti emeklilik, garanti yaşam alanınızdır. Bu alanda riske girmezsiniz. Evden işe işten de eve gelir gidersiniz. Rutinin içerisinde yaşarsınız. Genelde insanlar bu alan içerisinde yaşarlar.

İkinci alan, deneyim alanıdır. Ara ara kaleden dışarı çıkıyorsunuz ve bu alana giriyorsunuz. Deneyim alanıdır.

Üçüncü alan, kendinizi özgürleştirdiğiniz alandır. Burada ise maddi ve manevi özgür olmaya başlıyorsunuz.

İnsanların yüzde 90'ı güvence ve konfor kalesinden çıkmak istemez. Bu alandan dışarı çıkmaya korkarlar. "Ben karışmayayım. Ben ay başında maaşımı alayım, kimseye karışmayayım. Garanti olsun, ay başı ne alacağımı bileyim. Garanti bir eş bulayım. Beni üzmesin. Bana bakabilsin. Yanımda taşıyabileyim. Ya da birçok olay karşısında beni ilgilendirmez..." diye düşünür. Güvence alanı içerisindedir ama oturduğu yerden de bütün dünyayı yargılarlar. Futbol maçını koltuğunda izleyip, "Ben olsaydım golü atardım" derler. Oturduğu yerden her konu hakkında inanılmaz fikirleri vardır. Hep bilirler. "Ben olsaydım yapardım" derler. "Ben başbakan olsam, bu ülkeyi çok iyi yönetirdim", "Patron ben olsaydım şirketi çok iyi yere getirirdim" diyenler böyle kişilerdir. Lakin onlar sahada futbol oynayan kişinin ya da üretken olan kişinin oraya gelene kadar neler çektiğini bilmezler. Ve güvence alanı içinde kaldıkları sürece de her zaman koltukta TV'den hayatı izleyen kişiler olmaya da devam edecekler. Bu kişiler hep başkalarının şanslı olduğunu söylerler. Kader belki bize de güler derler. Çabanız nedir peki? Riske girmeden, her şeye sahip mi olmak istiyorsunuz? Üreten ile üretmeyen bir olur mu?

Her zaman söylüyorum. Oturarak başarıya ulaşabilen tek canlı tavuktur!

İkinci alan deneyim alanıdır. Acayip fırtınalar vardır bu alanın içinde. Rekabetçi insanlar, mücadele ve sürekli yenilikleri takip etmek vardır. Rekabetçi olaylar burada gerçekleşir. Bu alanda genelde birçok kişi parçalanır, duygusal dengede duramayanlar yıpranır ve güvence alanlarına geri dönerler. "Ben dersimi aldım, bir daha adım atmam!" derler.

Deneyim, rekabet alanı içerisinde özüne ulaşabilenler, yaşam amaçlarını bularak üçüncü alana geçiyorlar. Bu alanda üretken olan kişinin zaten rekabete ihtiyacı yoktur. Üretemeyen kişiler taklit ederler, rekabet etmek zorunda kalırlar. Çok az insan kendini özgürleştirebiliyor. Televizyonda gösterilen markayı almıyor. Lüks, rahat ve güvence alanı yerine, olması gerekenleri doğru seçimle alan ve en dengeli yaşamı yaşamaya başlayanların alanı. Gereksiz tüketime ihtiyacı olmadığını fark edebiliyor.

Böyle insanların hayalleri bütüne hizmet etmek ve yardım üzerine. Kendini sistemden özgürleştirmiş. Bu özgürleştirmeyi şöyle anlamayın. Bu, maaş almamak anlamında değil, maaşa muhtaç olmamak anlamında...

Örneğin, "O maaşı almak zorundayım!" düşüncesinden, "Ben nereye gitsem iş bulurum!" aşamasına geçiyor. Nereye gitse, herkes onu zaten çok sever. Zorundayım enerjisiyle maaş almak için sesini çıkarmayan ve ezilen kişi bu işi korkuyla yaparken, ikinci grup insan işini severek yapıyor. Ancak bu oran çok düşüktür. İkinci alana çıkıp da üçüncü alana geçebilenlerin oranı yüzde 2'yi geçmez.

Güvence kalesinden çıkanlar, yılanların sokmasından, akreplerin gezinmesinden, kavgadan, gürültüden, tozdan ve dumandan korkarak geri çekiliyor. İnsanlar böyle şeyler yaşadığında iki türlü ders alıyor. Birinde korkuyor, bir daha cesaret edemiyor. İkincisinde ise defalarca denemeye devam ediyor. Her zaman hatırlayın. Kayayı delen bir damla su değil. O damlaların sürekliliğidir.

Bir de Edison ampulü icat ederken, yüzlerce kez deneme yaptı. Vazgeçseydi belki de gazyağı lambaları ve mumların aydınlatması ile yaşıyor olabilirdik.

Kararlılık konusunda dikkat etmeniz gereken en büyük konu ise hayrınıza olmayan bir şeyi kovalamayın. Hayrınıza olmayan bir şeyi inatla oldurtmak için uğraştığınızda, büyük ihtimalle olabilir. Daha sonra ondan kurtulmak için daha çok uğraşırsınız. Hayrınıza ise olmasını dileyerek çabalayın. Olacaksa olsun, olmayacaksa olmasın.

Üçüncü alana gelip, burada belli bir süre yaşayan insanlar, sakin, dingin ve huzurlu olurlar. Acelecilikleri yoktur. Hayatın içinde soru sormayı bırakıyor, algılamaya geçiyor. Okyanusun içindeler çünkü... Bu kişi bir ortama gidip oturduğunda arkadaşları diyor ki:

"İyi ki geldin, kendimizi iyi hissettik."

Neden böyle söylüyorlar? Çünkü bulunduğu ortama titreşim yayıyor.

Artık hayatın bir titreşim olduğunu anlamanız gerekiyor. Hayat bir titreşimdir, tınıdır.

Üçüncü alanda olmanın sadece size değil, başkasına da faydası vardır.

Üçüncü alana geçeni, ilk alanda olanlar geri çekmeye çalışır. İkinci alana dönsün, huzursuz olsun ve güvence kalesine kaçsın isterler. Mesela eşi huzursuzluk çıkarır, iş arkadaşları değiştiğini söyler. Artık eskisi gibi değilsin derler...

Oysa üçüncü alana geçen insanlar da artık marka tutkusu yoktur, müsriflik yoktur, pintilik de yoktur. Diğerleri bir yere gidip, aynı üründen "kampanya var" gibi bahanelerle birden fazla alırken, onlar marketten sadece ihtiyacı olanı alıp çıkarlar. Cebinde kaç lira olduğunu, ihtiyacının ne olduğunu doğru şekilde hesaplayabilirler. Daha fazla alışveriş yaparak kendilerini değerli hissetmeye ihtiyaçları yoktur. Akışa girer ve önlerine çıkan ipuçlarını değerlendirmeyi bilirler. Bolluk ve bereket helal olan her yerden onlara bol bol akar.

Vesvese onlara her konuştuğunda, onlar bunun vesvese olduğunu bilirler. Yine Kuran'da bir ayette derki:

"Takva sahibi kullarım, onlara vesvese geldiğinde hemen fark ederler, tövbe edip Allah'a yönelirler."

Acaba kaç kişi zihnine bir vesvese geldiğinde, bu vesveseyi takip etmeyi bırakır ve Allah'a yönelmeyi başarabiliyor?

Kul olabilmekteki en büyük adımlardan birisi de bu. Vesvesenin siz olmadığınızı fark edip, dinlemekten vazgeçmek.

Yaşam amacını bulanlar her zaman enerjik ve neşeli hayata uyanırlar. Vesvese onlara konuşsa bile, içlerindeki yaşam coşkusu ve hizmet aşkı öyle büyüktür ki, vesvese onlara sesini bile duyuramaz.

"Allahım, yaşam amacımı kolaylıkla ve sağlıklı bir şekilde bulmaya niyet ediyorum. Vesveseyi takip etmek yerine, yaşam amacıma odaklanabilmeyi ve varlığımın her zerresinde kolaylıkla, sağlıkla ve aşkla Rabb'imi zikredebilmeye niyet ediyorum."

İÇSES VE TELEPATİ FARKI

Eskiden içsesi, vesveseyi, egonun sesini ve telepati ile diğer insanların seslerinin farkını bilmiyorduk.

Bunları ayırt edebilmeniz için kendinizi iyi tanımanız gerekiyor. Özellikle de orijinal halinizi!

Kendinizi iyi tanırsanız, zihninize ansızın düşen düşünceleri, fikirleri de ayırt edebilirsiniz.

Kafanızdan geçenleri siz mi söylüyorsunuz, bir etkiyle mi geliyor?

Eşiniz zihninizden birine kızmaya başladığınızda, siz de zihninizden birine kızmaya başlıyorsunuz. Çocuğunuz da zihninden birine kızmaya başlıyor.

Benim içimde endişe varsa, yapamazsa, başaramazsa endişesi varsa, "Ben kilo aldım, kendimi iyi hissetmiyorum... Yetersizim, değersizim, işe yaramam" düşüncesi içerisindeyse bir anne veya baba, çocuğun kafasında da benzer düşünceler, duygu halleri oluşmaya başlayabilir. Özellikle de çocuğunuzla aranızda aşırı sevgi bağı varsa, telepatik bağınız da güçlü olabilir. Kısacası, içdünyanızdaki kendinize ait duygularınız, etrafınızdaki kişilere bulaşıyor. Siz farkına varmadan bir de baktınız ki herkesin ayarları bozulmaya başladı.

Bir başka örnek ise: Bir arkadaşınız aklınıza geldi. Kısa süre sonra da sizi telefonla aradı. Bu durum telepatinin en yaygın, gündelik hali oldu.

Yolda yürürken, trafikte giderken, alışverişteyken birden uzun zamandır görmediğiniz bir arkadaşınız aklınıza düştü diyelim. "Ne yapıyor acaba?" diye düşündünüz. Köşeyi döndünüz, arkadaşınız karşınızda. Siz birbirinizi daha görmeden aura alanınız birbirine girdi ve birbirlerini tetiklediler.

Bir şey almayı çok gönülden dilediniz, bir başkası onu alıp size getiriyor olabilir. Ya da bazen ne ilginçtir ki siz istersiniz, o şeyi bir başkası kendine alır ve siz bunu sadece izlersiniz.

Telepati bazen de bu şekilde oldukça işe yarar. Eğer bir insan ötekinin iyileşeceğine gönülden inanırsa, düzeleceğine gönülden inanırsa, onun da (kısmetinde varsa düzelmek), o kişiler buluştuklarında, Allah'ın izniyle biri ötekine iyi geliyor. Sizin sağlıklı titreşiminiz etrafınızdaki birçok kişiye siz daha bir şey yapmadan iyi geliyor. Allah aşkının şifalı enerjisi. Niyet edelim her zaman titreşimimiz güzel, sağlıklı ve bütüne faydalı olsun.

Telepatiyi konuşurken önemli konulardan biri ise, kadınların antenleri erkeklere göre daha açıktır. Vesveseyi ve alttaki telepatiyi erkeklere göre daha iyi duyarlar.

Enerjiniz yüksekse, telepatiniz, hisleriniz güçlüyse ki bunu kişi zaten hisseder ve bilir. Dikkat etmeniz gereken bir husus vardır. Sinirlendiğinizde, çevrenizdeki birçok insanın da dengesi bozulur. Siz gerildikçe, onlar fırtınada yaşarlar. Siz dengeye geldikçe, her şey de dengeye gelmeye başlar. Güçlü enerjili kişiler, diğer kişilerin enerji alanlarına farkında olmadan etki ederler. Farkındalığınız arttıkça, dengede olmanızın ne kadar önemli olduğunu da iyice fark ediyorsunuz. Sizin için arınmak, dengede olmak ve sevgi titreşiminde ilerlemek bir nevi yaşam amacına dönüşmeye başlıyor. Doğal şifacılığın ilk adımları böyle atılıyor. Bu nedenle dünyada huzur ve barışın hâkim olması için, akışta olan, kendisiyle barış içinde, kula değil sadece Allah'a el açan insanların sayısının artması gerekiyor.

KIRINTILARI TEMİZLEMEK

Bir gün, Bursa'da seminer dönüşünde Ankara'ya geçip orda seminer gerçekleştirmemiz gerekiyordu. Otobüs biletimi aldım. Sabah beş sularıydı. Bileti satan görevli, bir başka müşteri ile yüksek sesle tartışıyordu. Biletimi aldım ve otobüse gittim. O esnada otobüsteki muavin bir başkasıyla tartışıyordu. "Hayırdır inşallah!" dedim. Otobüse bindim. Sabah Ankara'da seminer var. Koltuğu tam yatırıyorum ki biraz uyuyayım, benden uzun bir adam arkamdan "Kardeş! Yatırma koltuğunu..." diye söylendi.

Biletçi söyleniyor, muavin söyleniyor, arkamdaki yolcu söyleniyor...

Otobüs harekete geçti. İnegöl'e geldik. Yanımdaki koltuktaki adam bağırıyor:

"Beni yanlış otobüse bindirdiniz!"

Şoför muavine bağırıyor "Bu yolcunun bu otobüste ne işi var?" diye. Muavin yolcuya kızıyor. Sabahın beşinden beridir etrafımdaki herkes söyleniyor ve birbirleri ile tartışıyordu.

Hayatınızda art arda gelen ısrarlı olaylar varsa, sorgulamalısınız. Olayın sıklaşma frekansı darbeli matkap gibi vuruyorsa, onu sorgulama vakti gelmiştir. Sorgulamaktan kaçarsanız, görmezden gelirseniz olay kendini size net bir şekilde gösterene kadar tekrara girer ve her seferinde çok daha sert bir şekilde size vurur. Bundan da dersinizi almazsanız, en sevdiğiniz kişiden ya da eşyadan olumsuz geri dönüşler almaya başlayabilirsiniz. En serti kaza bela şeklinde Allah muhafaza eylesin, gelebilir.

O an her ne yaşıyorsanız mola vermeniz gerekiyor. Bu olaya vakit ayırıp mesajını almanız ve dersini çözmeniz gerekiyor.

Uyuyamadım. Otobüs yolda gecikti, sorunlar oldu. Seminere yarım saat geciktim.

Ankara'da salonda yan tarafta iki adam söyleniyor:

"Ne biçim insansın sen? Umarsızsın! Bize saygısızlık değil mi gecikmen?"

Kendi kendime dedim ki:

"Nasıl bir enerji gönderiyorum ki, sabah beşten beridir geri gelip sürekli bana çarpıyor? Kendimi düzeltmem için ne yapmam lazım? Enerji kaçağı nerede?"

Seminere başlamadan eşime mesaj yazdım, "Neden insanlar etrafımda söyleniyor?" diye.

Eşimden mesaj geldi. Gelen mesajı seminerden sonra okuyabildim.

"Söylenen insanlara, söylendikleri ve şükretmedikleri için sen de söyleniyorsun."

Eşimin bu sözünden sonra, söylenen, şikâyet eden insanlara da söylenmeyi bıraktım. Geçmişte hayatımın bir dönemi oldukça sıkıntı çektiğim için, söylenen, şükretmeyen insanları kınıyor, tepki veriyordum. "Ya arkadaş neler neler var, sen neden söyleniyorsun?" diye içsel düşünüyordum. Bu söylenmeyi kesince ve dersimi alınca olaylar kendiliğinden düzeldi.

Allah'a her zaman şükürler olsun.

NEYİ BESLİYORUM?

Fast food, hamur işleri, gece on ikide abur cuburlar... Yanlış beslenme şekliyle hele de GDO'lu gıdalar ile beslenmeye devam ettikçe kendi genetiğimizi bozmaya başlıyoruz.

Dünyayı yöneten sistemler, reklamlarda gösterilen abur cuburlar ile beslenme şeklimizi bir şekilde bozuyorlar. Ardından tansiyon, kolesterol, şeker, tiroitler ve daha birçok beslenmeye dayalı sağlık sorunları çıkmaya başladıkça paniklemeye başlıyoruz. Sağlık problemleri sınav olmaya başlayınca birçoğumuz güvence alanımıza geri sığınıyoruz.

Hayatın içerisinde beslenme ile ilgili tuzaklar çok fazla. Beslenme şekilleri var, yanlış enformasyonlar var. En popüler dondurmada, yüzde yüz sütten ya da doğal dediğinde, laboratuvar sonuçlarında süte rastlamadık raporu yayınlanıyor. En sevdiğin sosis markasında, yine laboratuvar sonuçlarında, sağlıklı ete rastlamadık. Sonra da o raporu yayınlayan laboratuvarı ya yakıyorlar ya da kapatıp ekibini de ülkenin dört bir tarafına sürüyorlar. Peki kim buna müdahale ediyor? Kimse. Çünkü biz oturduğumuz yerde, klavye âlimi olduk. Hepimiz sosyal medyada çok rahat kınıyoruz ya da protesto edebiliyoruz. Peki sahada olanların, gerçekten mücadele edenlerin yanında kim var?

Bir toplumu faizli kredi kartı sistemi, ahlaksız TV programları, kısa yoldan zengin olma, ünlü olma programları, evlilik programları, sabah yayınlanan bunalım kadın programları, saçma sapan zengin fakir ilişkisine dayalı TV dizileri, futbol maçları ve daha bunun gibi birçok olay ile algı operasyonları yapılıyor. Halkın dikkati hep başka yere çekiliyor. Halk ise, hipnoz kutusu başında sürekli gösterilenleri satın almakla ve abur cubur yemekle meşgul. Siz kendinize ulaşmadığınız sürece, bir başkası size ulaşır.

Aynen uçurtma gibi olursunuz. Uçtuğunuzu zannedersiniz lakin ip başkasındadır.

Abartılı yemek yediğimde, aniden deli gibi acıktığımda, durup düşünürüm:

"Neyi besliyorum?"

Abartılı yemeğin yarısı bedene yarısı duygusal açlığa gidiyor. Ya çok heyecanlıyız deli gibi yemek yeriz ya da çok mutsuzuz abartılı yemek yeriz.

Az bir öğünle çok rahat doyacağımıza, içsel duygusal fırtınalarımızdan dolayı karnımız iyice şişip içimizde güvendeyim duygusu oluşana kadar tıka basa yedik.

Karanlık sistem, korku salarak, insanları duygusal travmaya sokup, yanlış beslenmeye yöneltiyorlar. Ay başı maaşını almış, diş fırçası almak için markete giriyor, maaşı tüketip çıkıyorsun. Sanıyorsunuz ki daha fazlasını aldığınızda daha mutlu olacaksınız. Olamıyorsunuz. Eve gelmişsiniz. Diş fırçası almayı unutmuşsunuz. İşte böyle bir sistem.

KENDİMDEN BAŞLAYARAK BÜTÜNE İLK ADIM

Kendi iradenizi güçlendirmelisiniz. Siz dengeye geldikçe etrafınızdaki kişiler de aydınlanmaya başlıyor. Kendinizi ve etrafınızı motive etmelisiniz. İlk başta size inanmayacaklardır. Direneceklerdir. Siz onlara heyecanla, fark ettiğiniz bilgileri, okuduğunuz kitapta yazanları, gittiğiniz seminerde dinlediklerinizi anlatmaya çalışacaksınız. Ya kafa bulacaklar, ya deli diyecekler, ya yoldan mı çıktın diyecekler, ya arkanızdan konuşup alay edecekler ya da biz zaten bunları biliyoruz deyip dinlemeyecekler.

Dert etmeyin. Ben de bunları geçmişte çok yaşadım. Hep Allah'a sığındım ve yoluma devam ettim. Her tohumun filizlenme süresi, ağaç olma süresi ve meyve verme süresi farklıdır. Mevsimi bile farklıdır.

"Allahım, ben inanıyorum onun başaracağına. Diliyorum o da inansın..."

Siz böyle dua ettikçe, onun içinde de "başarabilirim" duygusu başlıyor.

Lakin biz çoğu zaman şöyle yaptık. Sürekli borç yapan birine:

"Borç mu yaptın? Dert etme! Öderiz kurtuluruz."

Böyle yaptıkça o kişi düzelmeyecek. Kumara devam edecek.

Siz yaşanan olaydan ders almak ve mesajını çözmek yerine, olayı ortadan kaldırdınız. O olay sadece bir olay ise bir daha tekrarlanmayacaktır. Bu yüzden iyi yaptınız. Lakin ortadan kaldırdığınız olay bir ders ve mesajdıysa, yine tekrar ve tekrar hayatınıza gelecek ve çözmeye gücünüz yetmeyecek bir durumda sizinle yüzleşecektir. Olaylar sertleşmeden ve sınavlar zorlaşmadan, "Allahım bu olaydan her ne ders almam gerekiyorsa kolaylıkla ve sağlıkla almaya niyet ediyorum" deyin. Siz dersinizi aldığınızda olayların anlam veremediğiniz bir şekilde mucizelerle şifalandığını fark etmeye başlayacaksınız.

"Allahım yarattığın sistemi idrakim kadarıyla anlamaya, kavramaya, hazmetmeye niyet ediyorum. Lütfen ilmimi artır."

Hayat, yemek yemek, çoğalmaktan ibaret değil. Hayatın içinde başka anlamlar var. Allah bizi bu gezegene cennetinden indirdi. Bir amacımız var.

Allah'a kul olabilmek, dünyadaki mühletimizde iyi bir şeyler yapabilmek. Kendimize ulaşmak. Siz kendinize ulaştıkça, diğer insanları daha iyi anladığınızı fark edeceksiniz. Zorlu yaşam yolu aslında bir patika gibidir. Patikadan daha önce geçen yolu az çok biliyordur. O patikadan geçme vakti gelenlere tatlı tatlı yol göstermesi bile bir yaşam amacıdır.

Lakin bu yardımları yaparken, kimseyi kendinize ihtiyaçlı olduğunu hissettirmeyin. Kimseyi kendinize bağımlı kılmayın. Kimsenin kurtarıcısı olmayın. Bu yöne doğru kayarsanız, ileriki safhalarda oldukça sıkıntı yaşamaya başlarsınız. Siz her zaman insanların yanında olamazsınız. Kendinizi ne yukarıda ne de aşağıda tutun.

İnsanlara yardım etmek istiyorsanız, balığı pişirip pişirip vermeyin. Balık tutmayı öğretin.

Gücünüzü eşinizden alıyorsanız, eşinizle tartışmaya başlıyorsunuz. Zamanla size destek olmaktan vazgeçiyor. Gücünüzü paranızdan alıyorsanız, paranızı kaybedebiliyorsunuz ya da eskisi gibi bereketiniz olmayabiliyor. Olsa bile siz bereketini göremiyorsunuzdur. Gücünüzü makam, mevki, şan, şöhret, evlat, mal mülkten alıyorsanız yani Allah dışında kimden veya nereden güç alıyorsanız onunla ilgili sınanmaya başlıyorsunuz. Hayat sizi, güç aldığınız noktalar ile sınıyor.

Sadece Allah'ın ipine tutunun. Bu sayede ikinci alanı (güvence alanından sonraki deneyim alanını), ancak ilahi bağlantıyla geçebilirsiniz.

Eskiden evrenden istedim oldu derdik. Lakin onun da en az benim kadar bu sistem içerisinde çaresiz olduğunun farkındayım. "Evrenden istedim, gönderdi, oldu!" Laflarını da yine uzun zaman önce bıraktım.

Allah neyi nasip ettiyse şükürler olsun yaşadık.

Üçüncü alan, modern çağın evliyalığıdır, ermişliğidir. Anda kalmak, huzur, dinginliktir. Bu alanda eski evliyalar gibi dağın başına çıkıp, bir ekmek bir tas suyla ömür geçirmenize gerek yok. O eskidendi. Şimdi halkın içerisinde, halkla bir bütün olarak bilgilerinizi, sevginizi paylaşmanız gerekiyor. Kuran'ı okumaktan daha önemlisi, sevgi ve merhametle Kuran gibi yaşamamız gerekiyor.

Bin dört yüz yıldır zaten Kuran okunuyor. Artık hayatımıza Allah aşkıyla uygulayalım.

Bu noktada gözden kaçan bir durum var. Birçok kişinin izlediği filmlerden, duyduklarından, sanki çıkardıkları bazı derin anlamlar şöyle:

"Fakirlik içerisinde yaşarsam, aydınlanabilirim." Fakirlikle aydınlanma dönemi yine söylüyorum eskidendi. Yapabilirsiniz lakin hayattan koparak tek başınıza arınmanın artık bir anlamı yok. Hep birlikte arınalım. Allah'ın bolluğu herkese yeter ve artar bile.

Örneğin: Lüks bir arabaya binin istiyorsanız ama bunu, "Görsünler bakalım ben kimmişim!" diye yapmayın. "Ben iyi şeylere layığım" diye yapın. "Ben başardım" demeyin, "Allah diledi de oldu" deyin. Öyle bir an gelir ki, ben yaptım dediğiniz yerlerden de sınanmaya başlarsınız. Yatınız, katınız olsun, hayatı en güzeliyle bolluk içinde yaşayın. Tek dikkat etmeniz gereken nokta, bu zenginlik sizin nefsinizi tetikleyip güç almanıza ya da farkına varmadan övünmenize sebep oluyor mu? Oluyorsa, sınavlar bu konuda yeniden başlayabilir. Dikkatli olun. Neye ihtiyaç duyuyorsanız alın, sadece gösteriş yapmak için değil. Kullanın. Emanetçisi olduğunuzu hatırlayın. Günü geldiğinde emanetin süresi bitecek ve bir başkasına geçecek.

Ortaya iddia koyarsanız, "Ben bu evi alayım da akrabalarım görsün, arkadaşlarım görsün!" derseniz, nefis, ego, ispat olduğu için ilahi sistem size yardım etmez; tokadı atar. İddia, hırs, nefsi beslerseniz yine tekrarlıyorum sınanırsınız!

Yardım ettiğiniz birine, birinci alandan ikinciye, ikinci alandan üçüncüye geçmesini sağladığınızda böbürlenmeyin. Size teşekkür de etse, hayatını kurtardığınızı da söylese, "Allah böyle uygun gördü, biz vesile olduk..." deyin ve konuyu değiştirin. Hem içinizden hem de dışınızdan konuyu kapatın. Yaptığınız öze yolculuk çalışmalarınız sizden başlayarak bütüne şifa olsun.

NEFES ÇALIŞMASI

(Not: Bu çalışmayı ses kaydı yapıp daha sonra dinleyebilirsiniz. Çünkü başlarken gözlerinizi kapamanız gerekecektir. Ses kayıtlarınızı araç kullanırken ve dikkat gerektiren işler varken lütfen yapmayın. Şimdiden şifa olsun.)

Derin bir nefes alın ve yavaşça nefes verin.

Derin bir nefes daha alın ve yavaşça verin.

Çok güzel bir adada olduğunuzu hissedin. Palmiye ağaçlarıyla dolu, sessiz, huzurlu bir yerdesiniz.

Derin bir nefes alın ve verin.

Şimdi şuna niyet edin, gözleriniz kapalı:

"Allahım, doğduğum günden bugüne bilerek ya da bilmeyerek yargıladığım, eleştirdiğim, suçladığım herkesten özür diliyorum. Olaylardan özür diliyorum. Kendimden de özür diliyorum. Her kimi yargıladıysam özür diliyorum. Her kimi kınadıysam, özür diliyorum."

Derin bir nefes alın ve yavaşça verin.

"Nerede kimin kötülüğünü dilediysem, af diliyorum, özür diliyorum... Bundan böyle iyi bir kul olabilmeye niyet ediyorum... Geçmişimdeki bütün olumsuzluklardan kolaylıkla ve sağlıkla dersimi almaya niyet ediyorum... Geçmişimdeki tüm olumsuzluklardan dersimi aldım ve tövbe ediyorum... Şu andan itibaren yeni bir başlangıç yapıyorum... Herkesi olduğu gibi kabullendim... Kendimi de olduğum gibi kabullendim... Ben güvendeyim... Sevdiklerim güvende... Huzurluyum... Kendimi olduğum gibi kabulleniyorum... İnsanları da oldukları gibi kabulleniyorum... Endişe etmekten vazgeçiyorum... Allahım, tüm kontrolcülüklerimi bırakıyorum ve ilahi akışa güvenmeyi seçiyorum... Doğru ile yanlışı ayırt edebilmeye niyet ediyorum... Hak ile batılı ayırt edebilmeye niyet ediyorum... Kolaylıkla ve sağlıkla irademi güçlendirebilmeye niyet ediyorum... Allahım, sana olan yolculuğumuzda, hayrıma olmayan olaylarla, hayrıma olmayan insanlarla, hayrıma olmayan uğraş ve işlerle uğraşmaktan vazgeçiyorum. Her ne olacaksa, senin yolunda olanlar olsun. Seni arayanlarla, seni bulanlarla buluşmayı nasip eyle. Senin sevdiğin kullarınla da buluşmayı nasip eyle..."

Derin bir nefes alın.

"Ben kendimi affettim."

Derin bir nefes alın.

"Yaşadığım her şeyi hazmettim."

Derin bir nefes alın.

"Bugün benim doğum günüm."

Derin bir nefes alın.

"Yeni bir başlangıç yapıyorum. Bütüne hizmet etmeye niyet ediyorum."

Derin bir nefes alın.
"Şükürler olsun."
Üç nefes daha alıp verin ve gözlerinizi yavaşça açın.
"Niyet ediyorum, şifa olsun."

ZAMAN ESNEKTİR

Nefes çalışması yaptıktan sonra kendinizi rahatlamış ve zihninizi boşalmış hissedeceksiniz. Ardından nefis hızla yeniden zihninize dolmaya başlayacaktır. Nefis (ego) olumsuzluklarla beslenir. Enerjisini, yakıtını olumsuz düşüncelerden alır. Siz toparlanır ve yaşam amacınızı bulur, Allah'a iyi bir kul olursanız, içinizdeki nefis zayıflamaya başlar. Bu sebeple kontrolü size bırakmak istemez. Her ibadetten ve güzel bir nefes çalışması yaptıktan sonra zihniniz dinginleşir. İçiniz huzur dolar ve andasınız. Tam da bu noktada vesvese dingin zihninizin içinde davul zurna çalmaya başlayabilir. Bilmeniz gereken şu. O siz değilsiniz. O düşünceler vesvese. Gerçek değiller. Lakin o düşünceleri yaparsanız, siz olmaya başlıyorsunuz. Vesvesenin de istediği bu zaten. Size doğrudan bir etki yapamıyor. Sizi ikna edip yaptırmaya çalışıyor.

Vesvese hayatımızda geri gelmek için birçok yol arayacak. Ne zaman nefes çalışması yapsam, kafamın içine alakasız, geçmişten olaylar gelirdi.

Şimdi nefes çalışması yapıyorum, zihnim sakinleşiyor. Vesvese olumsuz olaylarla gelmeye çalışıyor. Siz o olayları affetmediyseniz, helalleşmediyseniz veya halen daha geçmişle ilgili kırgınlıklarınız ve temizleyemediğiniz düşünceleriniz varsa, bunlar vesvesenin elinde sizi oyalamak, üzgün tutmak, en önemlisi de Allah'ın yolundan uzaklaştırmak için kozları olacak.

Zihnim, dikkatim dağılmaya başladığında "Allahım, şu an zihnimdeki senden olmayan tüm düşüncelerden sana sığınırım" diyorum.

Ardından kendimi telkin ediyorum. O gün, gün içinde niyet ettiğim işlerim varsa, onlara odaklanıyorum. Yapacak işim var, severek yapıyorum, vesvese geliyor lakin dikkatimi çekemiyor. Aklınızda olsun, severek yaptığınız iş yüksek enerji üretmenize yardımcı olur. Oraya vesvese giremez. Ara ara çapa atar ama tutunamaz.

Sevdiğiniz, güzel işlerle uğraşın ki vesvese o alana giremesin.

Etrafınızda iradesi güçlü dostlarınız olsun. Enerji alanlarınız daha da güçlenir. Sevgi dolu bir insanın alanıyla, sevgi dolu iki insanın enerji alanı arasında katbekat fark vardır.

Antrenmanı uzakta yapmaya gerek yok. Önce kendi ailenizle başlayın. Çocuğunuz için endişe etmeyi bırakın. Herkes güvende, herkes akışta... Geleceğiniz için endişe etmeyi bırakın. Ne olacaksa zaten olacak. Siz bugünü düzgün yaşadıysanız, yapmanız gereken atılımları yaptıysanız, tohumları ektiyseniz, onlar yeşerecek. Yarınınızı merak ediyorsanız, bugünü nasıl değerlendirdiğinize bakın. Allah'ın verdiği her nefesi iyi değerlendirebiliyor musunuz? Yoksa yine bugün ziyan mı olacak?

Derin bir nefes alın ve "Allahım verdiğin her nefesi, anı, en güzel şekilde kolaylıkla ve sağlıkla değerlendirmeye niyet ediyorum" deyin.

Bir gün seminer yapacağım, tanıtımları hazırlayacağım. İçimden bir ses dedi ki:

"Yat uyu..."

Yatıp uyudum. Uyandığımda bir baktım ki akşam olmuş ve hiçbir tanıtım yapamamışım. Bu "erteleme tuzağına" çok düştüm. Düştüğüm için de sürekli kaybettim. Bir şey oluştuğunda adım atacaksınız ki olsun. Vesvese sizi düşünceyle işgal edemiyorsa, sürekli uyuma duygusu vererek ya da alkole sizi yönlendirerek uyutmaya, zihninizi uyuşturmaya çalışır. Sizi ertelemek için elinden geleni yapar. Alkol, madde bağımlısı birçok kişi aslında kendilerine bu zararlı maddeleri içirenin, kendileri olmadığını fark etseler, anında tövbe edip bırakırlar. İçinizdeki vesvese alkol al diyor, sigara yak diyor. Zannediyorsun ki o ses sensin. Tabii ki değilsin. Vesvese size tekrar söylüyorum direkt olarak zarar veremez. Lakin sizi ikna eder, siz yaparsınız. Sizi ikna eder sigarayı yakarsınız. İkna eder alkol ve uyuşturucu içersiniz. Sizi ikna eder, içinizden kendinize ve herkese söylenirsiniz. Ardından da hasta olmaya başlarsınız.

Siz emir alan bir kukla mısınız? Ki vesvese size ne yapacağınızı söylüyor ve bir de siz bunu siz yaptınız zannediyorsunuz. Canınız faydalı bir şey çekmediyse acaba bunu canınıza çektiren nedir? Vesvese zihninizin içinde dönüp dolanıyor. Dikkatli olun. *Her Şey Hakikati Görmekle Başlar* ve *Evrenin İlahi Dili* adlı kitaplarımızda bilinçaltımızı işgal eden düşüncelerden arınmanın yollarını elimizden geldiğince anlatmaya çalışmıştık. Niyet ediyorum şifa olsun.

Artık sistemli çalışıyor, yarın yapacaklarımı bugünden yazıyorum. Gece rahat yatıyorum çünkü ertesi gün ne yapacağım yazılı. Zaman yetecek mi? Yetiyor... Zamanın yetmeyeceğine inanırsan, zaman yetmiyor.

Niçin bir işyerinde aynı odada çalışan iki arkadaş aynı işi yaptıkları halde birine zaman geçmiyor, "Bitse de eve gitsek!" diyor, diğeri de "Zaman ne çabuk geçti!" diyor? Aynı işi yapan iki insan için neden zaman farklı?

Herkesin zaman bereketi, para bereketi, üretim bereketi farklıdır. Zaman esnektir. Acele ettikçe zaman kısalıyor. "Onu da yapayım! Bunu da yapayım! Şunu da yetiştireyim!" diye paniğe kapıldıkça zaman yetmiyor.

Oysa sabah olunca, "Allahım günün bereketini göreyim. Bugün de sana hizmet etmek nasip olsun..." dediğinizde ve yapacağınız işleri önceden bir yere not ettiğinizde genellikle işler yetişiyor. Burada çoğu zaman kalem ile kâğıtlara notlar alıyorum. Eski usul gibi. Akıllı telefonlara da not alıyorum lakin orada ertele ya da durdur tuşuna bastığımda ardından unutuyorum. Herkes için bu farklı. Sizin için ertesi gün yapacağınız iş listesi nasıl işinizi görecekse öyle yapın.

Benim için önemli olan hareketi yapmak, finale ulaşmak, golü atmak değildir. İki tane duyuru yapmam lazım. Bursa ile Ankara seminerlerini duyurmam lazım.

İnternete ben gireceğim. Aynı zamanda video çekmem lazım, telefon görüşmeleri yapmam lazım. Normalde bir güne sığması mümkün değil. Paniğe kapılırsam yetiştiremiyorum. Sunucuda sorun çıkıyor, makine bozuluyor, telefon kilitleniyor vs. Sakin davranırsam yetiştiriyorum. Bu iş yükünü de, niyet ettim, en doğru şekilde yapabilecek olan kişilere devredebileyim. Böylelikle kendime aileme ve yeni projelere daha fazla vakit ayırabileceğim. Hayatınız boyunca bir yükü hep siz taşırsanız, yeni bir şeyler üretemezsiniz.

Zamanın içinde akıp giderken, şunu fark edin. İşi yetiştirmeyle ilgili panikteydin. Peki ne oldu, ne geçti eline? Yetiştiremedin... Başka bir gün sakindin, bütün işlerini kolaylıkla tamamladın... O zaman farkına var. Birçok şey senin düşüncelerin ve bakış açınla doğru orantılı ilerliyor.

Bu gözlemi artık yapmanız ve kendinizi tanımanız lazım.

Zaman esnektir. Esnetin zamanı... Sakin, dingin olun. Diyafram nefesini alın, zihninizi sakinleştirin, işlerinizin kolaylıkla olduğunu göreceksiniz.

Bazen de yapmanız gereken iş ertelenir. Antalya seminerini duyurmam gerekiyordu. Üç kere ertelendi. Sonra bir olay oldu, tarih değişikliği yapmamız gerekti. "İyi ki duyurmamışız!" dedik. Tanıtımların olmayışı sayesinde, aslında olduğu esnada en güzel şekliyle olması hayrımıza oldu. Rabbim ne eylerse, güzel eyler.

İstanbul'daki bir etkinlikle ilgili hatalı duyuru olayı yaşadık. Bu durum nasıl gelişti paylaşmak istiyorum. Yanlış bir iş bazen doğrudan daha kolay duyuluyor. İstanbul seminerini günlerce duyurduk. Cuma akşamı salon tamamen doldu. Pazar sabahı için de duyuru yaptık ama atölye çalışmasının saatini yanlış yazmışız. Çalışma onda başlayacak ama dokuz yazılmış duyuruda. On dakika içinde hatayı görüp düzelttik ama bir ay boyunca yoğun bir şekilde çabaladığımız duyuruları görenlerle, on dakikalık yanlış duyuruyu görenler aynı çoğunluktaydı. Ne ilginç bir durum. Pazar sabahı yapılacak çalışmaya salondaki kişilerin yarısı dokuzda biliyorduk diye geldiler. Diğer yarısı ise saat onda biliyorduk diyerek geldiler. Saat dokuz duyurusunun sadece bir kereliğine hatayla on dakika boyunca sosyal medyada posterini paylaşmıştık. Saat on duyurusunu ise her mecrada bir ay boyunca paylaşmıştık. İlginç bir durum.

Hatanız çok hızlı duyuluyor. Bir doğrunuzu duyurmak için çok uğraşıyorsunuz. Kırk yıl iyilik yapın birine, iki dakika bir laf söyleyin, kırk yıllık iyiliğiniz değil, iki sert sözünüz hatırlanır. Ya da birinin dedikodusunu yapın, o an kapıdan girer içeriye veya bir arkadaşı ona lafı anında yetiştirir. Sizi mahcup etmek için karşınıza getirir. Birine zarar vermeye kalkarsanız, yüzünüze gözünüze bulaştırırsınız. Onların fabrika ayarlarında bu vardır. Sizde olmadığı için siz mahcup olursunuz. Sonra bunun vicdan azabı vardır. Bunu niye yaptım diye üzülürsünüz.

Hayatınızdaki insanları iyi gözlemleyin. Çevrenizdeki insanların size sordukları sorularla aslında hayatın neresinde olduğunuzu fark ediyorsunuz.

Fabrika ayarları genetiktir. Araba kötü ama şoför iyi... Ruh şofördür. Babanız kötü, ananız kötü, dedeniz kötü, ailecek hırsızsınız, hak yiyorsunuz, sülalece dedikoducusunuz diyelim. Portakal ağacından elma beklenemez normalde. Fakat Allah da öyle bir nasip eder ki elmas gibi bir insan ortaya çıkar böyle bir aileden.

Zor bir aileden geldiyseniz, yani aile içinde olumsuz konuşanlar, dedikodu yapanlar, sorumluluk almayanlar varsa buradan acaba ne öğrenmeliyim diye kendinize bir sorun.

Bir diğer taraftan içinizdeki ruhsal enerjiniz ne kadar güçlüyse, kafanızdaki vesvese de tersi oranda o kadar güçlüdür. Vesvese, boş teneke ile uğraşmaz. Ruhsal tarafınız güçlü ise aynı derecede vesvese de kafanızda konuşur, sizinle uğraşır. Özellikle de bütüne faydalı olacak insanlarla vesvese çok uğraşır. Onları yollarından çıkarıp oyalamak, hayatları boyunca yakalayacakları fırsatları kaçırmalarını sağlamak için canla başla çalışır. Şu an zihninizdeki vesvese sizi vazgeçirmeye, ertelemeye çalışıyorsa şunu anlamalısınız. Bu kitap size iyi gelecek ve bütüne hizmet için adım atmanızda yardımcı olabilecek. İşinize yaramayacak olsaydı, zaten vesvesenin istediği olmuş demekti. Sizi işe yaramayan, ne yaparsanız o esnada rahat bırakıyor ki o işe yaramayanla uğraşasınız. Bunları yaşamınızda gözlemlemeye başladığınızda, takılı kaldığınız yerleri görmeye başlıyorsunuz. Kendinize olan yolculukta her zaman dediğim gibi, Rabb'inizden gönül gözünüzü açmasını dileyin. Dileyin ki nasıl bir oyunun içinde olduğunuzu fark edebilesiniz.

TEHLİKE!

Birinci güvence alanından çıktıktan sonra girdiğiniz ikinci deneyim alanı tehlikeli bir yerdir. En büyük tehlike ise içinizdeki nefsinizdir. Bu alan içerisinde birilerine faydalı olduğunuzda ister istemez yardımcı olduğunuz kişilerden size övgüler, teşekkürler gelmeye başlayabilir. Ego (nefis), birkaç övgü aldı mı ayarları bozulmaya başlar.

Hele de "Sayende kurtulduk!" diyenler olursa dikkatli olun. Özellikle de içinizde değersizlik duygunuz varsa, takdir ve onaylanmaya ihtiyacınız varsa, uzun zamandır işe yarar bir şeyler yapmamışsanız, aile içinde takdir yeteri kadar görmemişseniz tekrar söylüyorum, dikkatli olun. Farkına varmadan yardımlarınızın karşılığını nefsinizi tatmin etmek için alıyor olabilirsiniz.

İnsanlara yardım ederek nefsinizi beslerseniz öyle bir an gelebilir ki tepetaklak olursunuz.

Aklınızda olsun, yapan biz değiliz. Allah vesile kılıyor ve aracı oluyoruz. Hepsi bu. Kuran'da en büyük günah, "şirk" olarak bildiriliyor; Allah'a eş koşmak.

Övgüler sana gelmeye başladığında, "Ben yaptım. Ben oyum, buyum" diye içsel düşünceler başlamışsa yine dikkatli olun, nefsinizi beslemeye başlamış olabilirsiniz. Teşekkür de övgü de, ne gelirse gelsin, bir nefes alın. İçinize bakın. Yükseliyor musunuz? Duyduğunuz güzel sözler ruhunuzu okşamaya başladı mı? Dengede misiniz? Güzel sözlerden sonra yükseliş varsa yine dikkatli olun. Güzel sözlerle yükselenler olumsuz sözleri de duyunca düşüşe geçiyorlar.

Ruhsal gelişimde birilerine yardımcı olurken, siz ne kadar dengede iseniz, siz de o kadar daha fazla kişiye ulaşmaya başlıyorsunuz.

Allah hizmetinizi daim kılsın. Ulaşmamız gereken çok insan var. Anca bunu hep birlikte gerçekleştirebiliriz.

GÜNDE OTUZ DAKİKA

Birçok kişi farkındalık çalışmalarını tüm gün boyunca yapmaya çalışıyor. Farkındalığa günde otuz dakika ayırmanız yeterli. Her şeyin olduğu gibi bunun da fazlası size fayda getirmez. Önemli olan günde yarım saat kafanızı sakinleştirebilmektir. Gün içinde yaşadıklarınıza dışarıdan bir gözle bakabilmek.

Bu konu ile ilgili durumu daha iyi hissedebilmemiz için güzel bir örnek paylaşayım. Evinizin oturma odasına en sevdiğiniz çiçek kokusunu bol miktarda koyun. O kokuya burnunuz en fazla yarım saat içinde alışır. Yani o güzelim kokuyu zar zor duyarsınız. Diğer odalara gider ya da balkona çıkarsanız veya dışarıdan eve geldiğiniz ilk anda kokuyu yine duyarsınız. Sonra burnunuz alışır ve koku olduğunu bile birçok kez unutabilirsiniz. Burada anlatmak istediğim, bir konunun içinde sürekli durursanız, o konu da oda kokusu gibi belli bir süre sonra fark edilmez duruma gelebilir. Her zaman hayatınızda sağlıklı molalarınız olsun. O molalarda mutlaka kendinize dışarıdan bir gözle bakın. Lakin bunu yaparken kendinizi yargılayıcı, cezalandırıcı ya da öfke dolu davranmayın. Eğer yolun başında olduğunuzu düşünüyorsanız, kendinizle küçük bir çocukla konuşur gibi konuşun ve telkin edin. İçinizdeki ego neredeyse altı yaşındaki çocuk gibidir. Tatlılıkla, sevgiyle, şefkatle ve merhametle yaklaştığınızda içinizdeki çocuğun kendini iyiye doğru geliştirdiğini fark edersiniz. Kendinize karşı hırçın olursanız, kendi içinizde savaş çıkartırsınız. Ego tüm bedensel sistemin şalterlerini elinde tuttuğu için bu savaşı kazanmakta elinizde daha az imkân olduğunu söyleyebilirim. Kilo mu vermek istiyorsunuz? Egonuz size kilo aldırır. Derslere konsantre mi olmak istiyorsunuz? Dikkatiniz sizi defalarca böler ve saçma sapan yerlerde kendinizi oyalanırken bulabilirsiniz. Para mı biriktirmek istiyorsunuz? İçinize birden deli gibi bir alışveriş hissi gelir, on dakikada cebinizdeki parayı anlamsız şeyler için harcarsınız. Gerekli olanlar da bir baktınız ki hiçbiri alınmamış. Bu sebeple tekrar söylemekte fayda var. Farkındalık önemli bir durumdur. İçinizde sizin zıddınızı yapan küçük bir çocuk var. O çocuğa gerçekten bir çocuğa davranıldığı gibi davrandığınızda birçok şeyin hayatınızda rahatladığını fark edeceksiniz.

Allah'tan yardım dileyin ve sevgiyle hareket edin. Her çocuk gibi içinizdeki çocuk da olgunluğa ve erdeme ulaşacaktır. Sadece acele etmeyin. Tatlı tatlı akışında ilerleyin. Akış her zaman önemlidir.

NÖTR NOKTASINI BULUN

Nötr noktasını bulmanız gerekir. İnsanları yargısız dinlemek, eleştirmeden dinlemek gerekir. O da bir can, onun da bir sınavı var diyebilmemiz gerekiyor. Onun düştüğü durumlara sevinmek, yargılamak doğru değil.

Akrabaya, insanlara yardım etmek farzdır. Fakat dozunu ayarlayamazsanız, onun hayat sınavı içine girersiniz.

Eskiden bir arkadaşım geldiğinde, sıkıntısını anlattığında, "Ben senin yerinde olsaydım yapmazdım..." deyip akıl verirdim. Bunun bir hata olduğunu zamanla öğrendim.

Böyle davrandınız ve akıl verdiniz. Oldu da sizi dinledi ve yaptı, başardı. Sizden iyisi yoktur onun için. Ondan sonra kendi iradesini bir yana bırakıp, size danışacak hemen her konuda.

"Şuraya gidiyorum ne yapayım? Bu işe girsem mi? Şu kişi benim hayrıma mı?"

Size bağımlı hale gelecek. Elbette biz, bazen insanların bize bağımlı olmasını severiz ama bu çok tehlikelidir. Size kimsenin bağımlı olmaması, sizin de kimseye bağımlı olmamanız gerekir. Her kul Allah'a bağımlı olmalı çünkü düşmez kalkmaz, hata yapmaz tek o var.

Karşınızdaki kişiye akıl verdiniz ve senin yerinde olsaydım böyle yapardım dediniz. Bu da diğer seçenek, sizi dinledi ve bu defa bir olumsuzluk yaşadı, başına bir iş geldi. Bu defa ölene kadar içinde bulunduğu durumdan hep sizi suçlayacak.

Önemli olan kişilere akıl vermek değil, kendi iradeleriyle seçim yapmaları ve sonuçlarının sorumluluklarını alabilmeleri. İçsesine güvenmenin en güzel yolu budur.

Biri bir soru sorduğunda, doğrudan yanıt vermiyorum.

"Senin içsesin ne diyor?" diye soruyorum.

İçsesiniz "yap" ya da "yapma" der önce. Sonra ego devreye girer ve içsesin tersini söyler. Vesvese ile ego, nefis aynı amaç için çalışır. İçses ısrarlı değildir. Size bir kere rehberlik yapar ve iradeni izler. İradeniz varsa içsesinizi dinlersiniz, yoksa nefsinizi dinlersiniz. Demek ki iradenizi güçlendirmeniz lazım.

İRADE NASIL GÜÇLENİR?

Gecenin bir yarısı canınız deli gibi bir şey çekti. Soracaksınız kendinize:

"Benim hayrıma mı değil mi bu?"

Hayrınıza değilse ve o an durabiliyorsanız, iradeniz güçlüdür.

İrade, hayrınıza olanla olmayanın farkını bulmak, hayrınıza olanı seçip, yapabilmektir.

Birine bağırmak istiyorsunuz mesela. Sorun kendinize:

"Neden bağırmaya ihtiyaç duyuyorum?"

Bağırmak demek, çaresizsin demektir. Özgüveni sağlam bir insan sakindir. Bağırıyorsanız, sevdiğinizden çok uzaklaştınız demektir. Birbirini gönülden seven insanlar fısıltıyla anlaşırlar.

Neden ihtiyaç duyuyorum birine bağırmaya? Ne geçecek elime? Onda neyi yanlış gördüm ki düzelteceğim? Aynısı bende de var ki görüyorum. Bende olmayan bir şeyi göremem ki...

"Bugünden sonra ben kendimi iyiye doğru geliştireceğim ve başka bir insan olacağım..." diye karar almayı deneyin.

Hemen vesvese devreye girecek:

"El âlem ne der? Bu yaştan sonra değişilir mi?"

Seminerlerimize katılan biri, "Kahveye gittiğimde arkadaşlara, seni seviyorum dersem, gülerler bana..." dedi.

Sevgiyi kalbinden gönderdiğinizde gülemezler. Zaten gülecek insanlarla yollarınız ayrılır. Arkadaş çevreniz bir anda değişir. Arkadaşınız yine sizi arar, "Neredesin? Görünmüyorsun..." der ama artık başka bir frekanstasınızdır.

Hayatındaki akış değişikliğini kabullenmeniz gerekiyor.

Kişisel gelişime başlayan birçok insan, önce arkadaş ve akraba çevresiyle problem yaşar. Örnek: Teyzelerinizle aranız çok iyidir ama kişisel gelişimle birlikte, halalarınızla aranız çok iyi olmaya başlar. Çünkü enerjiniz değişiyor. Teyzelerin dedikodu seviyordu, siz de bundan eskiden rahatsız olmuyordunuz. Sonra sizde bazı içsel huzura, dinginliğe giden, insanları yargıladıkça aynısını yaşadığınızı fark ettiniz. Akraba ve arkadaşlarınızın bazılarından uzaklaşmaya başladınız. Halalarınız dedikodu yapmıyordu, onlara yaklaştınız.

Hayatınızda her zaman konu değişecek, sabit kalmayacak. Düşündüğünüz her konu, içine girdiğiniz her konunun tekâmülünüzde faydası olup olmadığını düşünmeye başlayacaksınız.

Bağırmayı bıraktınız çünkü ihtiyacınız yok artık. Daha sakin konuşmanın, daha etkili çözümler getirdiğini fark edeceksiniz. Çocuğunuzla da eşinizle de daha sakin konuşabildiğinizi göreceksiniz.

Herkesin hayatı farklıdır. Bu nedenle başkasının sorularına siz değil, kendileri yanıt bulmalıdır. Sizin cevabınız onun sınavının cevabı olmayabilir. Herkese akıl vermek, herkesin sınavlarına karışmak kul hakkı oluşturmaya başlayabilir. Herkesin hayatı farklı... Onun gideceği yolu siz anlatamazsınız. Sizin yaradılışınızla çocuğunuzunki bile farklıdır. Size soru sorduğunda, akıl vermek yerine, içsesini duymasını, kendi kararlarını alabilmesinde yardımcı olmaya çalışın. İki noktadan cevap alabilirsiniz. Hisleriniz ve aklınızdan. Örneğin bir konu ile ilgili "Ne hissediyorsun?" diye sorun. "Ne biliyorsun ki?" sorusunu ikinci sırada sormayı deneyin.

Bilmiyor ama hissediyor. Hissettiğinin ne olduğunu sorun ki farkında olabilsin.

Sakin, huzurlu insanlarda hisler Allah'tandır.

BİR ÇINAR GİBİ OLUN

Hayatınızın içindeki merkez noktanızı bulmanız lazım. Çınar ağacı gibi yere sağlam basın ki rüzgâr estiğinde sizi sallayamasın. Merkeziniz sağlam olsun; istediğiniz bilgiyi öğrenin. Hiç korkmayın. Dallarınıza konan kuşlar olacak ama ağaçta kalması gerekenler kalacak, diğerleri uçup gidecektir.

Çocuğunuza da merkezini bulmayı öğretin. O da büyüyecek, okuyacak, kendini geliştirecek, işe girecek, yuva kuracak. Bu yolculuğunda o da kendi deneyimlerini yaşamaya devam edecek. Sevilecek, sevecek, gülecek, bir sürü şey yaşayacak. Siz ona merkezi öğretirseniz, Allah inancını öğretirseniz, başına bir şey geldiğinde kurbana yatmak yerine, bunun da bir sınav olduğunu anlayıp, yoluna devam edecektir.

Atalarımız bize namuslu olmayı, dürüst olmayı, çalışkan olmayı, helal yoldan kazanmayı öğretti ama nasıl mutlu olunacağını öğretmedi. Çünkü mutlu olmayı bilmiyorlardı. Mutluluk öğretilmez. Mutlu olunur ve bu mutluluk yaşanarak öğretilir.

Hiç çocuğunuza nasıl bir anne veya baba istediklerini sordunuz mu? Bu soru size çocukken sorulsaydı cevabınız ne olurdu? Çocuğuna her şeyi alan mutsuz ve işkolik bir anne baba mı istiyor çocuklarınız, yoksa keyfi yerinde, mutlu, kendisiyle barışık, alınganlıkları olmayan, her şeyi kafaya takmayan, ailesiyle güzel vakit geçiren, iletişim kurmayı başarabilen bir anne baba mı?

Sizin çocuğunuzun keyfi yerinde değilse, bu gezegendeki en iyi okula da gönderseniz, o okuldan bir şey almıyor.

Biz çocukken ezberledik, sınavı geçtik, şimdi unuttuk... Ne işimize yaradı? Eğitim sistemimiz "ezberle ve ezberlet" üzerine inşa edildi. Dünyadaki eğitim sistemlerinin çoğu da böyle. Ezberle ve ezberlet. Ezberi iyi olan başarılı. Ezberleyemeyenler de sistemde elenip gidiyorlar.

Çocuğumuza "Oku kendini kurtar" deriz. Bu onun bilinçaltına şu mesajı ekiyor olabilir: "Biz kurtulamadık, başaramadık, sen oku, kendini kurtar." Biz kendi hayatımızla çocuğa nasıl örnek olduk? Biz kendimiz ve ailemiz için güvence kalesi kurmaya çalışırız. Amacımız garanti iş, yuva ve gelecek güvencesidir. Bu sistemi kurarken konfor bizim için önemlidir. Bunları yaparken farkına varmadan faizli sistemlere gireriz. Ay başı garanti maaş bizim için önemli bir kaynaktır. O olmazsa sanki hiçbir şey yapamayız gibi gelir. Bu örnek herkes için geçerli olmayabilir. Bu sistemin içerisinde Allah'a şükretmeyi bilip daha iyisi için çalışanlar mutlu, huzurlu ve bereketli yaşarlar. Lakin olana şükretmek yerine şikâyet edenler kısa yoldan başarıya gitmek isterler. Para, şan, şöhret, güzellik, cinsellik, makam, mevki... Bunlar elinde olursa, güçlü, toplum içinde değer gören şahsiyetler olacaklarını düşünürler. Maskeli balo gibi bir hayatın içinde yaşıyoruz. Neredeyse sistemdeki birçok şeye bağımlıyız.

Yoğun bakımdaki hasta nasıl solunum, kalp ve daha birçok makineye bağımlıysa, biz de hayatın içinde birçok şeye bağımlıyız ve onlar olmazsa yaşayamayacağımızı düşünürüz. Nereye bağımlısınız? Hiç düşündünüz mü? Telefon? Televizyon? İnternet? Dedikodu yapmaya? Onu bunu çekiştirmeye? Sigaraya? Alkole? Çok yemek yemeye? Çikolataya? Aşırı çalışmaya? Konuşmaya?

Bağımlılıklarınızın listesini yapın.

Belki de teknoloji bağımlısısınız. Bu dönemin en tehlikeli bağımlılığı budur. Yatarken son gördüğünüz şey telefon, sabah uyanınca ilk gördüğünüz şey telefon. Bugün en çok neyi gördünüz? Telefon ve bilgisayarınız mı? Yoksa televizyon mu?

Uykudan çıkmak için bağımlılıklarınızı, endişelerinizi bulmanız gerekir. Allah'a inanan, tevekkül eden birinin endişesi olmaz. Elinden geleni yapar, sonucu Allah'tan bekleyerek devam eder. Gelecek endişesi taşımaz.

Korkularınızı bilmeniz gerekir. Dört temel korkumuz var: Değersizlik, güçsüzlük, suçlanma, yalnızlık korkuları.

Yalnızlık korkusu olan insanlar, bütün sülaleyi aynı apartmana, aynı yere toplarlar. Sürekli kalabalık içinde bulunmak isterler. İnsanlara yedirmeyi içirmeyi severler çünkü kalabalık bu korkularına iyi gelir.

Suçlanma korkunuz varsa, kendinizi anlatırken bile sıkıntı yaşarsınız. Diyelim ki biri kazağınızla ilgili bir şey söyleyecek:

"Şu kazağın var ya..."

Siz hemen başlıyorsunuz:

"Sabah bunu giymeyecektim. Zaten diğerini giymek istemiştim. Burası sökülmüştü. Kesin kazağımdaki yırtığı gördü!" diye içimizi korku sarabilir.

İçinizi bir korku kaplıyor, kafanızdan senaryolar kuruyorsunuz. Karşı taraf daha size iyi ya da kötü bir şey söylemeden, kendinizi suçlanmış, iftiraya uğramış gibi hissedip, kendinizi savunmaya geçiyorsunuz.

Suçlanma korkusunun altında, hata yapma korkusu vardır. Bu korkuyu taşıyanlar, mükemmeliyetçi insanlardır. İçindeki hata yapma korkusunu gizlemek için her şeyi mükemmel yapmaya çalışırlar. Yıllarca mükemmeliyetçi olmak için kendilerini tüketirler. Çocukken suçlanmış olabilirler. Evlerinde sürekli suçlayan birileri olmuş olabilir. "Senden adam olmaz! Sen beceremezsin!" gibi laflar duymuş olabilir.

Hayatları neredeyse her konuda açıklama yapmakla geçiyor olabilir.

İşe beş dakika geç kalsalar bile, hemen bir açıklama yapmaya çalışırlar:

"Çok trafik vardı. Yoksa vaktinde gelecektim..."

Sürekli bir açıklama yapma ihtiyacı hissederler. Hayatları ıstıraptır. Sevgilisi ya da anne babası varsa, daha da büyük ıstıraptır. İki kelime bile konuşamazsınız. Alıngandırlar. Saçına baktığınızda, "Beğenmedin değil mi?" derler. Belki de, "Değişiklik var. Güzel olmuş..." diyecektiniz ama suçlanma korkusu olan birisi ne söylerseniz söyleyin konuyu hemen olumsuza çekebilir...

Güçsüzlük korkunuz varsa eğer, kas yaparsınız. Belinizde silah ya da bıçak taşırsınız. Cebinizde parayla gezersiniz. Dünyasal bir şeylerden güç almak ister, "Bilmem kim ağabeyin, bilmem kimin adamıyız biz!" diye övünmeye çalışırsınız. Ya da "Ben burada müdürüm. Kaç yılda buraya geldik biliyor musun?" dersiniz.

Erkeklerde ve erkek enerji kullanan kadınlarda bu çok vardır.

Korkular ile ilgili detaylı bilgiyi *Her Şey Hakikati Görmekle Başlar*, erkek enerji kullanmaya çalışan kadınlar için gerekli bilgiyi *Kadın Olmayı Hatırlamak* adlı kitaplarımızda elimizden geldiğince kaleme almaya çalıştık. Bütüne şifa olsun.

Bir çınar gibi olun sözü oldukça önemli. Siz korkularınızın, endişelerinizin, kullandığınız enerjinin ne olduğunu gerçekten fark ettiğinizde, bağımlılıklarınızı dengeye almaya başlıyorsunuz. İçinizde Allah sevgisi varsa, kökleriniz yere sağlam tutunmuş demektir. Rüzgâr ise batıl bilgi olsun. İstediğiniz kadar batıl bilgi okuyun, öğrenin, günün sonunda içinizdeki Allah sevgisi sizin nasibinizde varsa, batıldan Hakk'a götürecektir.

"Allahım, batıldan Hakk'a yönelebilmeyi kolaylıkla ve sağlıkla nasip eyle. Batılı hissedebilmeyi nasip eyle."

İHTİYAÇ BİLİNÇALTINDA OLUŞTURULUR

Size kurulan tuzak hep aynı şekilde işler: Reklam mecralarını izleyebileceğin ortamlar neredeyse yatak odanıza kadar girdi. Elinizde telefon, odada TV. Salonda dergi, gazete... Sokakta, reklam tabelaları, afişler, bilbortlar, taksi, otobüs üstü reklamlar. Reklamsız yolda 5 dakika yürüyemezsiniz. O reklamlardan sıkıldığınızın bile farkında değilsiniz. Bilinçaltınız etrafınızdaki tüm görselleri ve içlerinde gizlenen sembolleri, subliminal mesajları topluyor. O semboller sizin bilinçaltınızda birer kod gibi çalışabiliyor. Amaç sizi düşünmekten uzaklaştırıp, duygusallıklar içerisinde tüketime güdülemek.

Çoğu kişi alışveriş yapmayı sever. Lakin sevdiğini düşünür. Derinde bir yerde, aslında sizi gereksiz alışverişe ve tüketime yönlendiren, siz farkında olmadan yüklenen bilinçaltı kodlarıdır. TV, ihtiyaç, bilinçaltında oluşturulur. İnternete bağlanabilen her cihaz cookies (ajan çerezler) aracılığı ile internet üzerindeki her türlü aktivitenizi raporlarlar. Kendi merkezlerine iletirler.

Reklamların birinde çizme reklamını bir tıklayın, kısa süre içerisinde evdeki tüm cihazlarda neredeyse çizme reklamından geçilmez olur. O kadar çok ilginç, özendiren, görseldeki güzel mankenlerle kendinizi eksik hissettirip sizi kendi belirledikleri yere güdülüyorlar. Farkına varmadan çoğu kişi oraya doğru ilerler. Alışverişe gittiğinizde ise kendinizi birden o markayı alırken bulabilirsiniz. Sonra paranız alınır, ödeyemediğiniz zaman faiz de alınır. Faize bulaşıp da rahat yüzü gören pek yoktur. Allah yardımcıları olsun.

İstemediğin çizmeyi, istermişsin gibi hissettirip sattılar. Dünyayı yöneten sistemlerin ve onların adamlarının ellerinde, insan beyninin nörolojik haritaları, insan davranışlarının verdiği tepkiler (renklere, kokulara, seslere ve daha birçok şeye) biliniyor. Korkularınızı, cinsel yönelmelerinizi, bağımlılıklarınızı iyi biliyorlar. Hangi renkten, ne tip insanlardan hoşlandığınızı bilip, o tipteki modellerin olduğu resimleri karşınıza çıkarıyorlar. Her tıklamanız istatistiklerinin bir parçası. Bir de göz takip sistemiyle, gözbebeklerinizi ve gözlerinizi takip ediyorlar. Bunun ismi "eye tracking system" (göz takip sistemi). Merak edenler Youtube'a "eye tracking software" yazıp aratabilirler. Neredeyse on yıldır gözlerinizle baktığınız ve ne kadar süre sabit ya da hareketli incelediğinizin raporu var dijital dosyalarında. Sizi sizden iyi tanıyan bir sistemin içinde özgür olduğunuzu zannediyorsunuz. Sizce özgür müsünüz? Burayı iyi düşünün. Gerçekten özgür müsünüz?

Tüketim zincirindeki o tavuklardan olmayın artık. Çıkın tüketim zincirinden! Allah'a inanan kişilerin bilinçaltlarını programlamak daha zordur. Onlar içlerindeki egoyu (nefsi) bildiklerinden, bir yere gittiklerinde, içlerine düşen alışveriş dürtüsünü fark edip, sadece gerekli olanları alabilmeyi başarabiliyorlar. TV, sinema ve daha birçok mecradaki gizlenen mesajları fark edebiliyorlar. O tür görseller onların yüreklerine sıkıntı veriyor. O sıkıntıyı hissettiklerinde oldukları yerde helal olmayan bir şeylerin olduğunu hissetmek nasip oluyor. Allah bizleri takva sahibi kullarından eylesin inşallah.

İLKÖNCE FEDAKÂRLARI FEDA EDERLER

Korkularla hareket ederseniz, mesela işyerinde alttan almayı daima tercih ederseniz, günün sonunda yine gidecek ilk kişi siz olursunuz. Bırakın korkuyla iş yapmayı, aşkla yapın. İşinizi severek yaparsanız, fedakârlıkla yaptığınızdan daha güzel işler çıkarır, daha fazla verim alır, sevdiği bir işi yapan kişi gibi mutlu olursunuz. Ne kadar fedakârlık yaparsanız yapın, "İşimi çok iyi yapardım. Akşam çıkarken boşa elektrik gitmesin diye lambaları bile kapatırdım..." demek sizi kurtarmaz. En az maaşı size verir, ilk sizi atarlar. Oysa aşkla yaptığınızda, mesela, işinizi severek yaptığınızda üretken olursunuz. Üretken, yenilikçi kişiler her zaman aranan kişiler olurlar. İşini severek yapanlar, aldıkları maaşlarının bereketini görürler. Korkuyla çalıştığınızda "Ay başı o maaşı alamazsam bittim ben!" derseniz, üretim kanallarınız kapanabilir. Maaşlı bir köle haline gelirsiniz.

Çok iyi bir grafiker, yaptığı işi keyifle yapıyor. Yarın neyi güzel yapacağını düşünüyor. Aklında ay başındaki maaş değil, yapacağı işler var. Ona zaten iyi maaş verirler çünkü üretkendir. Üretken kişiler, neşeli, şakacı olurlar. Onlarla keyifli sohbetler yapabilirsiniz. Severler ve sevilirler. Rekabete ihtiyaçları yoktur.

Korkuyla işe girip, sistemin içinde nehirde sürüklenen bir yaprak gibi sürüklenenlerle sohbet etmeyi denediniz mi? Sigaranın birini yakıp diğerini söndürürler. Sohbetlerinde hep bir şikâyet ve söylenme vardır. Mutlaka birilerini suçlarlar ya da bir yerlere kızgındırlar. Beş dakika molada bile bütün hayatlarını, çilelerini hemencecik anlatabilirler. Şirket onların olsaydı, bir numaralı şirket olurlardı. Futbol maçında kendileri oynasaydı golü mutlaka atarlardı. Hükümeti kendileri yönetseydi, işsizlik, böyle sorunlar olmaz, ülke mutlaka refah içinde olurdu. Lafta her şeyi çözerler ama enerjilerini söylenmeye harcadıkları için, bir şey üretmezler. Hayatları kendilerince hep kötüdür:

"Beni aldattılar... Şu bunu yaptı, bu şunu yaptı."

Başarılı insanlar, niye başarısız insanlarla arkadaşlık yapmaz? Çünkü başarısız insanlar hep söylenirler. Her şeyin açığını ararlar. Karşısındaki kişinin ne kazandığıyla, ne giydiğiyle, nereye gittiğiyle, ne yaptığıyla ilgilenirler. Sizin açığınızı arayan ve bunu başkalarıyla muhabbet konusu yapan kişileri etrafınızda ister misiniz?

Kimse yirmi dakika boyunca, komşunun yanlış park ettiğini şikâyet eden, her konuşmasının sonunda "Ben haklı değil miyim?" diyen kişiyi dinlemek istemeyebilir.

Neşeli bir insan, öfkeli bir insanı yüz metre öteden tanır, yolunu değiştirir. Herkese öfkeli olan kişi de der ki:

"Bu dünyada düzgün insan kalmadı..."

Çok var ama kendilerini sizden koruyorlar.

Biz iyi insandık. Feda ettik kendimizi. Sonra beddua ettik. Kötülük yapanla kötülük dileyen sonuçta aynı niyet döngüsü içerisindedir. Fedakârlığımızı Allah için yapmadık, karşılık beklediğimiz, çıkarımız için yaptık. Birine destek oldunuz ki kötü günde o da size destek olsun. Dünya çıkarı... Birine iyilik yaptıktan sonra, o size zarar verdiğinde canınız yanıyorsa, bilin ki dünya çıkarı için ona iyilik yapmışsınızdır. Birine iyilik yaptıktan sonra günü geldiğinde yüzüne saydırmak yerine çoktan unutmuşsanız, Allah rızası için yapmışsınızdır.

Allah rızası için iş yapmak önemlidir. Bir fedakârlığı Allah rızası için yaptığınızı düşünüyorsanız lakin sonrasında canınız yanıyorsa, yine yardımınız dünyalık bir beklenti uğruna gitmiş olabilir. Belki farkında değilsinizdir. İçinizdeki duygusal bir boşluğu, birilerine iyilik yaparak kapatmaya çalışıyor olabilir misiniz? Yaptığınız her iyilik sizi aşağı çekiyorsa, bir yerlerde formülde bir yanlışlık olabilir mi?

"Ben ona hep yardım ediyorum, o bana kötülük yapıyor, nankörlük yapıyor. Her yardımdan sonra enerji olarak aşağı düşüyorum..." diyorsanız, dengede olmayabilirsiniz.

O zaman yanlış bir yerdesiniz. İyiliği yaptıktan sonra hayatınızın devam etmesi lazım... Enerjiniz düşüyorsa, kendinizi kullanılmış hissediyorsanız, beklentiler, korkular derinlerde bir yerde geziyor olabilir...

Fedakâr insanlar belli bir süreden sonra, söylenmeye sonra da isyana başlıyorlar. Önüne geleni farkında olarak ya da olmayarak yargılıyorlar.

"Niye o mini etek giydi, niye kahkaha atıyor?"

"Bu da onun sınavıdır, Allah sınavlarını kolaylaştırsın, onun da gönül gözünü açsın!" diyebiliyor musunuz?

Nefes aldığınız her an sınavda olduğunuzun farkında mısınız? Ne zaman bitecek diye sormayın. Nefes aldığımız sürece yeni bir şeyler öğreniyor olacağız. Rabbim bize sınavlarımız için izin veriyor. Allah çok sabırlı... Bu kadar güzel bir gezegende, bu kadar çok yanlış iş yapmamıza rağmen, halen daha kendimizi düzeltebilelim, kul olabilelim ve imkânlarımız kadarıyla başkalarına yardımcı olabilelim diye her gün bize yeni bir ömür veriyor. Biz de o günü, söylenerek, yanlış beslenerek, başkalarını içsel ya da dışsal yargılayarak, üretmeden ve şükretmeden geçiriyoruz. Sonra çoğu kişinin heba ettiği ömründen bir gün gece dizileri izlerken devam ediyor. Yorgun yatıp, zihinlerimiz yorgun uyanıyoruz. Çünkü kendi derdimiz yetmezmiş gibi, dizideki karakterlerin de derdi artık bizim. Bir sonraki bölümde "Ne olacak o kızın hali? Gerçeği öğrenirse kesin yıkılır" deyip dizideki sanal karakter için kendimizi yiyip bitiriyoruz.

Hiçbir şeye şükretmiyoruz. Aslında kısa süreli şükredip tekrar şikâyete başlıyoruz. "O başardı, ben yapamadım. O gitti, ben gidemedim..." Sürekli söyleniyoruz. Bu nasıl kişisel gelişim? Her şeyi biliyoruz ama bir türlü uygulayamıyoruz.

Albert Einstein'ın bir sözü var: "Her gün aynı şeyi yaparak, farklı bir sonuç beklemek en büyük aptallıktır."

Rutinin içerisinde giderken, hayatınızı yeniden programlamak kolay olmayabilir. Bu yüzden uyanma vakti gelenlerin çoğu, eşinden, işinden, sevgilisinden, sağlığından, parasından, itibarından olabiliyor. Yani dünyalık neye tutunduysa, o ipi görünmeyen bir sistem sanki kesiyor. Bunu anlamak ise nasibinde varsa oluyor. Nasibinde yoksa, "Neden ben? Ben bunları hak edecek ne yaptım?" diye yıllarca söylenip duruyor. Kendi kuyruğunu kovalayan kedi gibi hayatı, aklının alamayacağı derecede karışık bir tekrar eden olaylar döngüsüne giriyor. Tam bir kâbus gibi. Her şey tekrarlıyor ve tekrarın döngü süresi de gittikçe kısalıyor. Eskiden olaylar daha uzun aralıklarla tekrarlıyordu. Şimdi ise gittikçe hızlandılar. Korkuyorsun, başına geliyor. Endişe ediyorsun, bir anda o endişenin içerisinde bataklığa gömülü biri gibi kıvranıp duruyorsun.

Böyle bir döngü içindeyseniz ilk yapmanız gereken, zihninizdeki tüm olumsuz düşünceleri bırakıp, Allah'a yönelmek olması gerekiyor.

Ardından kendi içdünyanıza dönüp, kendinizle ve diğer kişilerle olan diyaloglarınızı incelemeye başlayın. Biriyle konuşurken kendinizi haklı çıkarmaya mı çalışıyorsunuz? Kısa sürede öfkeleniyor musunuz? Alıngan mısınız? Mükemmeliyetçi? İnatçı? Bu kısmı işte zor. İnatçı olmak. Bunun gibi içsel arızalarınızı fark etmeye başlamanız gerekiyor. Eskiden hep haklıydınız, sonra yarı yarıya oldu. Onların da hatası var, benim de hatam vardı. Peki bundan sonraki adım nedir? Yol uzun. Şimdi dönelim içsel diyaloğumuza.

Dürüst olmamız gerekiyor kendimize. Ben arkadaşımla olan diyaloğumda nasılım? Samimi miyim, bir şey mi gizliyorum? Kendimi ona iyi mi göstermeye çalışıyorum? Hayatımızdaki kaç insana, bizi bırakmasın diye iyi görünmeye çalışıyoruz, kendimizi süsleyerek gösteriyoruz? Maskemi oluşturan dünyalıklarım neler? Araba? Ev? Başarı? Aşırı fedakârlık?

Herhangi bir kişiyle iletişim esnasında baktınız ki içsel arıza veriyorsunuz. "Lafı sokmak zorunda değilim, bir numara olmak zorunda değilim, haklı çıkmak zorunda değilim. Bu olayı kabuldeyim ve en önemlisi bu olayı bana daha önce kim yaptı? Yapanı ve o dönemki kendimi affettim mi?" diye kendinize soru sorun. Karşı tarafla boş yere savaşa girmeyin. Kazansanız da kaybetseniz de aynı savaşın daha serti yolda geliyor. Ta ki siz dersinizi alana kadar.

Dersimizi alınca ne oluyor? Yeni dersler yine yolda. En azından direnmek yerine, ders olduklarının farkında oluyoruz.

Sadece nefes alışınızı değiştirmek bile kafanızdaki vesveselerden birinin sizden uzaklaşmasını sağlar. Beyne oksijen gitti mi, vesvese orada iş yapamaz. Hava bedava olduğu halde dolu dolu nefes çekmiyoruz. Parayla verselerdi, sigara gibi, dibine kadar çekerdik içimize. Havayı dolu dolu içimize çekmek yerine, kokluyoruz. Koklamayın, derin nefesler alın. İçinizi oksijenle doldurun.

Bir şeyi kaybetmeden, kıymetini bilemeyiz. Rahatça nefes alabiliyorken, güzel derin nefesler alın ve buna şükredin. Şükretmeyi başardıkça daha iyi olacaksınız. Elinizdekileri paylaştıkça, aslında çoğaldığını fark edeceksiniz.

Bırakın söylenmeyi, bugününüz de boşa gidiyor. Büyük bir illüzyonun içindesiniz. Kendinizi yetersiz görmeyi bırakın ve şu andan itibaren üretken olup iyi bir şeyler yapmaya adım atın.

FABRİKA AYARLARINIZI NE BOZUYOR?

İnternet sayfamızdaki ya da kitaplarımızdaki nefes çalışmalarından birini yaptıktan sonra zihniniz bomboş oluyor. Böyle bir andan sonra zihniniz bomboş. Bu duygu aslında sizin fabrika ayarlarınız. Sakin ve dingin bir zihin olması gerekendir. Böyle bir andan sonra kendinize şu soruyu sorun ve yanıtını bulmaya çalışın:

"Benim fabrika ayarlarımı ne bozuyor?"

Oturdum birkaç ay ve düşündüm. Nerede dengemi bozuyorum? Nerede o güzel dingin enerjiyi kaybediyorum? Kendimdeki açık noktaları araştırmaya başladım.

Sizin kendinizdeki açık noktalar, dengenizi bozan olaylar neler?

Kimin hangi davranışı veya lafından sonra ansızın sinirleriniz bozuluyor?

Bunları bulup düzeltmeniz gerekiyor.

Basit bir örnek vermek gerekirse, çalışkan biri olduğunuz halde etrafınızdakilerin size "Ne tembel insansın!"

demesi rahatsız eder. Çalışkan biri bütün gün çalışır. Beş dakika kahve molası verir, herkesin gözüne deli gibi çalıştığı değil de o beş dakikalık molası gözükür. Halbuki herkesten çok çalışıyor. Herkes öğlen bir saat yemek yerken, o kişi eline bir kraker alır. Öğününü geçiştirip işine geri dönecek. Belki de 10-15 dakika, tam da ağzına krakeri atarken herkes onu görür. "Bütün gün burada yemek yiyorsun..." derler. Hangi konuda sinirleriniz bozuluyorsa, sanki görünmez bir sistem var ve o konuda sizi sürekli köşeye sıkıştırıp, sinirlerinizi geriyor.

Ani sinirlenmelerde başka örnekler: Dürüst biridir. "Sana da güven olmaz" derler. Titiz birisidir. "Senin gibi dağınık birini görmedim..." derler. Sizde kural ve prensip olan güzel halleri görmek yerine tam tersini konuşurlar.

Düşünün bakalım, bu hayatta kendiniz dışında en çok kime sinir olursunuz?

Diyelim ki esnafsınız. Belki müşterilere sinir olursunuz. Gelirler ve ortalığı dağıtırlar. Onlara kızarsınız. Oysa düşündüğünüzde, sizi kızdıranların çocukluğunuzdaki birine benzediğini fark edersiniz... Belki anneniz, babanız, belki siz. Babanıza benziyorsa sizi kızdıran müşteri, babanızla helalleşin. Annenize benziyorsa, annenizle helalleşin.

Benim hayatıma biri geldiğinde, "Arkadaş, geldiğin için teşekkür ediyorum. Bana kimi hatırlatıyorsun? Kimi unuttum?" diye düşünüyorum. Karşımdaki ya düzeliyor ya da bana geçmişten gelen enerji benden ona yansımadığı için artık çekemiyor ve gidiyor. Gidip başka bir yerde o enerjiyi arayacak.

Bazı insanlar, başka insanların aynasıdır. Hayatınıza arıza bir insan geldiğinde onu kovalamadan önce bir bakın bakalım, kimin tekrarıdır?

Savaşmak yerine olayın içindeki enerji hareketini görebilmek, güzel bir farkındalıktır.

Bir olay oluyor hayatınızda, bir problem oluşuyor. Siz o olayın neden geldiğini, size vermek istediği mesajı anlamak yerine, gidip problemi çözüyorsunuz. Aynı mesaj size daha büyük bir problemle geri geliyor. Olaydaki dersi ve mesajı almak yerine, daha zor olan yeni olayı da çözüyorsunuz. Ardından daha büyüğü... Sonra, "Ne kadar zormuş bu hayat!" diyorsunuz. Postacı geliyor, kapınızı çalıyor. Size bir mektup getiriyor ama almıyorsunuz. Israrla yine getiriyor.

Hayatın içindeki mesajları yakalayın ama bunu da takıntı haline getirmeyin.

Israrla tekrar eden olaylarda mesaj vardır, bir kere olanlarda değil.

Hızlı bir şekilde tekrara giren olaylar üzerine düşünün.

Hayatınızda tekrar eden olaylar nelerdir? Hangi olaylar tekrara giriyor?

Duygu kimdeyse, sınav ondadır. Bir başkası sizi sinir ediyorsa, onun keyfi yerinde sizinki değilse, bu onun sınavı değil, sizin sınavınızdır. Sınav kapıyı çaldıysa, üzerine kafa yormanın vakti gelmiştir.

OLAYLARA KALPLE BAKMAK

Olaylara akılla bakıyoruz. Kalple de bakmayı deneyin. Hissetmeye çalışın. Olayları hissetmeye başladığınızda bakış açılarınız değişmeye başlayacaktır. Akıl analitiktir, hesap kitap işi yapar. Akıl her zaman lazımdır ama patron değildir. Hizmet edendir. Akıl sana araba kullanmanda yardımcıdır. Yeşil yandığında geçmende, kırmızı yandığında durmanda yardımcıdır. Ama akıl bilmek, ruh hissetmek ister. Bir olayın içindeyken, hissediyorsunuz olayı.

Dışarıdaki olayların düzelmesi için uğraşmayın. Olaylardan mesajları alıp, yolunuza devam etmek için uğraşın. Şu kişiyle, bu kişiyle problemi çözdüğünüzde yolunuza devam edersiniz ama olaylar başka kişilerle yeniden gelir. İnsanların size ne öğretmek istediğini anlayın. Tekrara giren olaylar size ne öğretmek istiyor ve bunların ilki hangisiydi?

Çocukken bir olay yaşadınız, unuttunuz. Benzeri sürekli tekrar ediyor hayatınızda. Farkında değilsiniz. Etkisini ve sıklığını artırarak daha sık gelecek hayatınıza. Hayatınızdaki kişiden ayrıldınız, şirketi değiştirdiniz, taşındınız, yine aynı olaylar döngüsü içinde misiniz? Siz aynı olduğunuz için dünyanın neresine giderseniz gidin, etrafınızdaki insanlar sizin yaydığınız titreşimin karşılığındaki aynalar gibi olacak.

VÜCUDUNUZ SUDAN OLUŞUR

Düşüncelerimizle bir bardak suya güzel bir niyet yüklemesi yapmayı deneyelim. Bu uygulamalı bir çalışmadır. Genelde atölye çalışmalarımızda bu uygulamayı gerçekleştiririz.

Bize yarım litrelik şişe su lazım. Bir küçük şişe su alın ve açın. Bir de temiz bardak alın. Rahat bir yere oturun. Şişedeki sudan bir miktarını bardağa doldurun. Şişenin ağzını kapatın ve sizden uzak bir yere koyun. Yarıya kadar su dolu olan bardağı kalbinizin üzerine koyun. Bardağın içindeki suya bakın ve güzel, tatlı şeyler söyleyin:

"Seni seviyorum. Sana teşekkür ediyorum. İyi ki varsın. Sen şifalı bir susun. Bugüne kadar seni gereksiz harcadığım için özür dilerim... Seni seviyorum. Teşekkür ediyorum... Allahım, bize temiz su bahşettiğin için şükür ve hamt ederim" deyin. Su ile bir canlı gibi konuşun.

Derin bir nefes alın ve suya bakmaya devam edin.

"Doğduğum günden bugüne beni üzen, beni kıran herkesi affediyorum. Herkesi bağışlıyorum. Hakkımı helal ediyorum... Şu andan itibaren kendimle barış içindeyim. Ailemle barış içindeyim. Atalarımla barış içindeyim. Kendi soyumla barış içindeyim."

Nefes alın ve yavaşça nefes verin.

"Allahım şükrümüzü artır. Yol senin yolun, hizmet senin hizmetin. Bizleri her zaman desteklemeni niyet ediyoruz. Şükürler olsun" deyin.

Nefes alıp verin.

"Sağlıklıyım, huzurluyum, güvendeyim" deyin.

Nefes alıp verin.

"Sevgi bedenimin her zerresinde her zaman hareket eder. Şükürler olsun."

Nefes alıp verin.

"Şükürler olsun" deyin.

Nefes alıp verin.

"Seni seviyorum. Sana teşekkür ediyorum. Şükürler olsun."

Bu sözleri iki üç kez suya tatlı tatlı mırıldanarak söyleyin.

Şimdi test etme vakti. Kendinizden uzağa koyduğunuz şişeyi bir elinize alın ve kapağını açın. Diğer elinizde de bardak olsun. Bir yudum bardaktaki sudan bir yudum da şişedeki sudan içerek, tadını karşılaştırın.

Tat farkı var mı? Şişedeki su nasıl, bardaktaki su nasıl?

Bardaktaki suyun daha yumuşak olduğunu, daha tatlı geldiğini göreceksiniz.

İnsan bedeninin yüzde 75'i sudur. Yüz kilo olan birinin vücudunda 75 kilo su vardır. Beyinde ise bu oran yüzde 85'tir. Beyin büyük miktarda sudan oluşur.

Peki bu çalışmadan ne çıkarmamız gerekiyor? Ne ders alacağız?

Beş dakika içinde, güzel sözler söyleyerek ve güzel düşünerek, bardaktaki suyun tadını değiştirebildiniz. Peki, büyük oranda sudan oluşan bedeniniz üzerinde de aynı etkiyi yapamaz mısınız?

Burada mesafe de miktar da önemli değildir. Su, uzak da olsa, bin ton da olsa size aynı tepkiyi verir.

Rabbiniz size dua enerjisi vermiş. Bu dua enerjisi ile ne yapıyorsunuz? Nasıl kullanıyorsunuz? Bedeninize söylenmek ve şikâyet etmek aslında sizi hasta ediyor. Bedeninize, bardaktaki suya söylediğiniz gibi güzel sözler söylemek ve bunu düzenli yapmak ise, bedeninizdeki suyun iyiye doğru şifalanmasında yardımcı olacaktır.

Keyifle yemek yapıldığında, keyifle yemek yenilir. Yemeği severek yapanların yemekleri her zaman lezzetlidir. Söylenerek, şikâyet ederek yemek yapılırsa yemek yiyenler, yemeği yapanın tüm derdini, yemeğin içinde yemiş oluyorlar. Böylece yediğiniz ya boğazınızdan geçerken zorlanıyor ya da midenize taş gibi oturuyor. Aslında bir başkasının derdini yemiş oluyorsunuz.

Sabahtan akşama söylenen biri, bütün derdini yemeğe koyar. Biriktirdiği bütün dertleri o yemekle yedirir. Yüzünüz güler gibi bile olsa, önemli olan içinizdir.

Hayatta ne yaparsanız yapın, severek yapın. Başlarken de her zaman besmelenizi çekin ki her ne yapıyorsanız Allah adıyla başlasın. İşinizi aşkla yapın... Aşkla yaptığınız zaman bereketi oluyor. Hani kimi zaman, "Bir yemek yaptı, parmaklarımızı yedik!" derler ya, işte onlar yemeklerini severek yapmışlardır.

ENERJİNİZİ HİSSEDERLER

Her insan hayatında bereketten bahseder. Bu konuda sizinle ilginç gözlemlerimi paylaşayım.

Diyelim ki bir restoranınız var. O gün için içsel olarak öfkeliyseniz, sinirliyseniz, bu durum enerjinizi etkiler. İstediğiniz kadar maskeniz olsa da işyerinize giren biri sizin enerjinizi hisseder. Yüzünüzün gülmesi ve içinizin öfkeyle dolu olması bereketinizi etkiliyor. Bu dönemde insanlar içinizi hisseder olmaya başladı.

Bazen size de olmuştur. Yemek yemek için bir yere gidersiniz ya da gitmeyi düşünürsünüz. Aklınızdan seçenekleri geçirirken farkında olmadan düşündüğünüz yerlere telepatik olarak bağlanmaya başlarsınız. Bir tane olabilir dediniz. Güzel bir restorandır, yemek çeşidi boldur ama içinizden kısa bir süre sonra orada yemek yemek pek gelmez. Karnınız aç olduğu halde içerideki adamın enerjisi sizi dışarıya doğru iter. Dükkânı uzaktan düşünseniz bile.

Restoran sahibi de der ki:

"Bugün hiç kimse gelmedi. Siftah bile yapmadık."

Altı ay sonra da "Tutmadı. Yürümedi. İşler ters gitti..." diyerek dükkânı kapatır.

İşler ters gitmedi. Allah'ın size verdiği enerjiyi ne için kullandığınızı bir düşünün. Hırs, öfke, rekabet enerjisi kişiyi köreltir ve bereketini kapatır. Rekabet edenlerin sonu genelde pek hayırlı değildir.

Bir de, başka restorana gidersiniz, işini severek yapan bir aşçı var. İnsanlara müşteri gibi değil, karınları doyurulacak yol arkadaşları gibi bakıyor. Böyle bir yer sizi çeker mi?

Yaptığı işi genelde meslek olarak düşünenler, para kazanma amaçlı olanlar zorlanıyor. Severek, öğrenerek, paylaşarak yapanlar daha iyi ilerliyor. İşinizi helal yoldan aşkla yaptığınızda, yaydığınız enerjiniz diğer kişiler tarafından hissediliyor. Hangi titreşimdeyseniz de o titreşimdeki kişileri hayatınıza çekiyorsunuz.

Hikâye aslında bir karar verme ile başlıyor. Eski acı bedeninizi, içsel savaşlarınızı, olumsuz hatıralarınızı bağışlamakla geçmişe takılı kalmak arasında gerçekleşiyor. Geçmişte mi kalacaksınız, yoksa affedip iyiye doğru adım atıp, yolunuza devam mı edeceksiniz?

Zaman, hayat ve emanet beden sizin. En iyi nasıl değerlendireceğinize ancak siz karar verirsiniz!

EN İYİ OLMAK

Sınıfta en iyi olmak mı? Hayatta hedefine ulaşmak mı? Geçmişte yaşadığım ilginç bir olay vardı. Sınıfımızda başarısız bulduğumuz kişilerin ileride de başarısız olacaklarını düşünürdüm. Sınıfta en başarılı olmanın ise hayatımızı kurtaracağını. "Oku adam ol! Oku hayatını kurtar" mantığı böyle bir şeydi. İlginç olan şu ki, sınıfın en çalışkanları, en iyi öğrencileri, sınıf haylazlarının kurduğu şirketlerde, iyi maaşlarla çalışıyorlar.

Okulda çok iyi öğrenci olmak demek, hayatı öğrenmek anlamına gelmiyor. Makam, mevki, etiket, unvan hayatı öğrendiniz anlamına gelmez. Asıl hayat dışarıda. Allah'a kul olmaktan sonra en önemli nokta, insanlarla iletişim kurabilmektir. Eşinizle, annenizle, babanızla iletişim kurabiliyor musunuz? Bir konu hakkında oturup konuşabiliyor musunuz? Dilediğiniz kadar hayatta başarılı olun ya da zengin olun, eşinizle, çocuğunuzla iki kelam edemiyorsanız, vay halinize. O kadar didindiniz, uğraştınız, okyanusu geçip limana girerken gemi su almaya başladı.

Yıllar önce bir şirkette çalışıyordum. İnanılmaz bir rekabet ortamı vardı. Herkes birbirini eziyor, gizli bir savaş çok şiddetli sürüyordu. Ama görünürde herkes arkadaş... Çok sıkıldım o şirketin içinde olmaktan ama o maaşı alabilmek için gitmek zorundaydım.

Bir gün Avrupa'dan bir ülkenin yabancı mühendisleri geldi. Bilgisayarın başında projeyi tartışıyorlar. Tartışma bizim kültürümüzde kavga, onların kültüründe geliştirmekti. İki yabancı kendi arasında tartıştıysa, "geliştirdik" demektir. Biz de arkadaşlarla konu üzerinde tartıştık dediğinizde savaş çıktı anlamına geliyor. Yabancılarda tartışmanın kısa ismi "beyin fırtınası".

Şirkete gelen yabancıların muhabbetini oturduğum yerde takip ediyorum. Biri diğerine diyor ki:

"Dün bunun üzerinde düşündüm, böyle bir fikir geliştirdim."

Diğeri de yanıt veriyor:

"Senin fikrin çok güzel! Hadi onu yapalım."

Biri, diğerinin fikrine saygı duyuyor ve canı gönülden destek oluyor.

Odanın diğer tarafında bizimkilerin muhabbetini dinliyorum. Biri "Böyle bir fikrim var..." diyor.

Diğeri karşılık veriyor:

"Hadi canım! Senin fikrin işe yaramaz, sadece benimki doğru. Benim fikrim yapılacak!"

Ne ilginç. Bizde takım çalışması oldukça zor. Herkes işyerlerinde patron, herkes müdür. Çalışan görmek zor. Müdürlerden oluşmuş ve elemanları olmayan şirketlere dönüştük.

Bizim tarafta kavga, dövüş, travmayla entrikalar dönüyor. Yabancının şirketinde herkes fikrini tatlı tatlı söylüyor ve kiminki güzelse ve mantıklıysa herkes onun peşinden devam ediyor, o fikre yoğunlaşıyor.

OLUMSUZ ELEŞTİRİ DÖNEMİNİ KAPATIN

Düşündükleriniz, konuştuklarınız, yargıladıklarınız, kınadıklarınız başınıza gelmeye başladı mı?

Hayatımda neyi anlattıysam, benim başıma geldi. Geçmişi affettikçe anda kalmaya başlıyorsunuz. İlahi sisteme bağlandığınızda başkasıyla dalga geçemiyorsunuz. Oldukça hızlı bir şekilde sizin başınıza geliyor. Enerjiniz yükseldikçe insanları eleştirmemeye başlıyorsunuz. Başkasının işini eleştirirseniz, siz de yapıyorsunuz aynısını. Başkasının eşini eleştirirsiniz, sizin eşiniz de yapar ya da siz o eleştirdiğiniz kişi gibi olmaya başlıyorsunuz.

Eleştiri dönemini sevgiyle uzaklaştırın hayatınızdan. Artık herkesi rahat bırakıp, kendi üretkenliğinize odaklanın.

Kişisel gelişim döneminde en etkili iletişim, kendi yaşadıklarınızı şifalandırmak ve o bilgiyi almak isteyenlerle sevgiyle paylaşmakla başlar. Yaşadıklarını hissettirmek, anlatmak daha etkilidir. Trafik kazası geçiren birinden, ölümle burun buruna olmanın ne olduğunu dinlemek daha etkilidir. Afrika'ya gitmiş, aslanla burun buruna gelmiş bir insan, aslanı kitapta gören birinden daha etkili anlatır. Tropikal bir çiçeği belgeselde görmek başka, gidip kendisi gören, koklayan birinden dinlemek başkadır.

Sizin hayatınızda da yaşadığınız, anlam veremediğiniz çiçekler var. Herkesin hayatında yaşarken anlam veremediği hatta isyan ettiği olaylar var. Artık onların altında yatanları fark etmeye başlayın. Yıllar önce yaşadığınız bu olay, sadece bir travma değilmiş; size bir şey anlatmaya çalışıyormuş.

Eskiden beni yoran, bezdiren bir olayı şimdilerde düşündüğümde, aslında yanlış bir yerdeymişim de beni doğru rotaya sokmak için bezdirmeye çalışan bir olay olduğunu fark ediyorum... Taşlı, çukurlu bir yola girdiğinizde araba sarsılır. Otobandan çıkarsanız, yoldaki taşları, çukurları hissedersiniz.

Peki, neden otobandan çıktık?

Navigasyonu kullanmadığımız için... Navigasyon Kuran'dır. Orada tüm yol haritasını anlatıyor ama biz dünya telaşına düşüp navigasyona bakmadık. Kafamıza göre ya da kulaktan dolma bilgilerle gitmeyi seçtik. Kendimizce, çıkış zannettiğimiz sapağa girdik. O yolda gittik, doğru olduğuna inandığımız yolda eş bulduk, iş bulduk. Yılları doğru olduğuna inandığımız yollarda geçirdik. Sonra diyoruz ki:

"Nasıl bir hayat bu? Benim burada ne işim var?"

Düşünün, hayatınızın bir döneminde, ait olmadığınızı hissettiğiniz bir yerde olmadınız mı?

Yanlış yerde olmayı, yanlış zamanda olmayı, "kader"

diye suçladık. Biz navigasyonu kapattığımız için kaybolduk. Sonra da kötü not alınca "öğretmen verdi", iyi not alınca "biz aldık" mantığına büründük.

ŞİKÂYETİ BIRAKIN

Birçok kişi yaşadığı olayların bir tekrar olduğunu, korktuklarının başına geldiğini ilk fark ettiğinde ister istemez isyan eder gibi olur. Farkındalığa adım atan birçok kişi "Bu bilgileri neden yıllar önce öğrenmedim, bunca yılı niye boşa harcadım?" diye ister istemez düşünmüştür.

Siz de hayatınızın bir döneminde mutlaka zorluk yaşamışsınızdır. Düze çıktığınız dönemlerde ise, sıkı sıkı tutunuyorsunuz hayata. Zorluklar aslında düzgün hayatın ne kadar değerli olduğunu hatırlatmak için güzel ders oluyor. Hasta olana kadar rahat nefes alıyorsunuz, yemeğinizi yiyorsunuz, kendi işinizi gayet rahat yapabiliyorsunuz. Daha sonra hasta olduğunuzda yemek yiyemez, yürüyemez olunca söyleniyorsunuz. Oysa sağlıklıyken de söyleniyordunuz. Sağlıklıyken geçen zamanın pek de kıymetini bilemedik. Gençlik enerjisini nerelerde kullandık? Sahip olduklarımızın kıymetini bilmek için genellikle sıkıntılarla sınandık. Sıkıntılı dönemde düze çıkayım, hayatın kıymetini biliriz dedik. Düze çıktık ve kısa süreliğine hayatın kıymetini bildik. Sonra eski rutinimize dönüp söylenmeye, birilerine içsel kırılmaya, kendimizi ertelemeye devam ettik.

Şu an hayatın her neresindeysek şikâyeti bir kenara koyalım. Derin bir nefes alalım. Şimdi yaşamımızı yeniden yapılandıralım.

Hayatınızı yeniden toparlarken sağlık, bolluk, yaşam amacı gibi bölümleri netleştirmeye çalışın. Sağlığınızı iyiye götürmek için düzenli uyuyun, beslenin ve spor yapmaya gayret gösterin. Bolluk bölümünde ise kullanmayacağınız şeye para vermeyin. Hayatınızda ihtiyacınız yoksa bir şeye, satın almayın. Faizli alışverişlere yönelmemeye gayret gösterin.

Ayağınızı yorganınıza göre uzatın. Yaşam amacınıza odaklanın. Siz hizmet yoluna çıktığınızda, ilahi sistemin de sizi destekleyeceğine inanın.

Geçmiş yaşantınızdan dersinizi aldığınızda ve yenisini Allah yolunda inşa etmeye başladığınızda her şeyin iyiye doğru gitmeye başladığını fark edeceksiniz.

ATALARLA HELALLEŞMEK

Hiçbir zaman ailenize, "Sizin için çok çalıştım" bahanesini getirmeyin çünkü bu bir kaçıştır. Zaten aileniz için çalışmanız lazım. Kendinize ve neslinize tabii ki elinizden geldiğince bakmanız, yardımcı olmanız gerek. Bu yaşamın döngüsüdür. "Sizin için çalıştım, hayatımı verdim..." deme hakkınız yoktur. Herkes elinden geleni yapmalı. Lakin bunları yaparken kendinize de zaman ayırmalı ve yatırım yapmalısınız. Kendisine zaman ayırmayıp, yatırım yapmayanlar çoğu zaman yarı yolda kalıyorlar.

Anneniz ve babanızla hayatta olsun ya da olmasın, helalleştiniz mi? İçsel olarak herhangi bir eksikliğiniz, kırgınlığınız, geçmişte olup da üzerine zaman geçmiş olaylarınız var mı? Atalarınızı yargıladınız mı? İmkânlarını? Yaptıklarını? Yapamadıklarını? Eğer anne ve babanızla içsel ve dışsal olarak helalleşmeyi başardıysanız, onların imkânlarını olduğu gibi kabullendiyseniz ve başka kimseyi yargılamadıysanız, eş ya da arkadaş olarak hayatınıza sınav olanı değil, yol arkadaşınızı çekersiniz.

Birçok insan, evliliğinde sorunlar olunca boşanma yolunu seçiyor. Oysa boşanmak çözüm değildir. Bu hayatta ne olduysa, olması gerektiği için oldu ve bitti.

Bir kız çocuğunun babaya kırgınlığı varsa, içsel olarak babasıyla helalleşene kadar hayatı döngüye girer. Eşinizi boşarsınız, çocuğunuz aynı babaya benzer.

Binlerce seans yaptım. Bunların yüzde 95'i kadınlardı. Erkelerin bakışı klasiktir:

"İçkim yok, kumarım yok. Eve ekmek getiriyorum. Daha ne yapayım?"

Böyle yetiştirildikleri, bunu öğrendikleri için böyle bakıyorlar. "Evine ekmek getireceksin. Erkekler ağlamaz, duygularını söylemez..." denilerek yetiştiriliyorlar. Bu durum da birçok erkeği kilitlemiş durumda. Bu sebeple erkekler eşlerine, çocuklarına duygularını söyleyemiyorlar.

Biz kurbanların kurbanları olan nesillerin, atalarımızla helalleşmesi lazım... Her ne pahasına olursa olsun!

Atalarımızdan ne devraldıysak, o kadar yapabildiler.

Anne veya babanı problemli mi buluyorsun? Hiç düşündün mü onun annesi, babası nasıldı? Annene veya babana sevgi verebildiler mi? Sevgi görmemiş bir adam size sevgiyi nasıl verecek? O da kendi atasından görmemiş. Köyden çıkmışlar, gelmişler, hiç bilmedikleri bir yaşama ayak uyarmaya, teknolojiye, hızla değişen modern yaşama alışmaya çalışmışlar ve biz onları yargılıyoruz. Çoğumuz herhangi bir sebepten dolayı atalarımıza kırgın, kızgın olabiliriz. Şimdi gelelim konunun asıl kısmına. Atalarla helalleşmek neden önemli? İki sebebi var.

Birincisi, atanızla sorununuz varsa, hayatınıza kızdığınız insanların kötü huylarını taşıyan arkadaş, eş çekersiniz. Dersinizi almamakta ısrar ederseniz, çocuklar bu huylara bürünmeye başlar. Sevmediklerinizin olumsuz huylarını kopyalayıp, en sevdiğiniz kişilere yapıştırırsınız. Bilgisayardaki yazı programındaki gibi kopyala yapıştır olur.

Diğer önemli durum ise, biz, tek zincirle Hz. Âdem'e kadar bağlıyız. Ataya kırgınlık demek, yaratılışın da bağını kesmek demektir. Anne ve babandan öteye nenelerin, dedelerin ve onların da ataları var. Yaratılışa kadar giden uzun bir süreçtir bu. Herhangi bir atanıza kızdığınızda, o kanaldan gelen enerji bağını farkına varmadan kesmiş oluyorsunuz. Ataları ile arası iyi olanın hayatı da her zaman daha iyiye doğru gider.

BU BEDENDE TEKÂMÜL YAPIYORUZ

Eğer bütüne hizmet edecek iki kişi olursanız, birbirinizin acısını, derdini hissedersiniz. Arkadaş, dost olarak bütüne hizmet edecek iki ruh var ise, vesvese oraya damlar ve aralarını bozmaya çalışır.

Birinin zihnine "O kendini ne zannediyor?" diye düşünce sokar.

Sonra diğerinin zihnine "Bu bana ne yapıyor böyle? Kendini ne zannediyor?" diye üfler.

"Bana bu yapılır mı?" der ve iki seçenek vardır. Susar, içine atar, hasta olur. Dışına vurur ve savaş çıkarıp o dostluğu yıkar.

Eğer o iki kişiden birinin içinde açık varsa, vesvese aralarını bozacaktır. Bu yüzden vesvesenin size tesir etmemesi için açık kapıları kapatacaksınız. Açık kapı sizin helalleşemediğiniz yerlerdir, görmezden geldiğiniz, düzeltemediğiniz yerlerdir.

"Açık kapılarımı kapattım. Kendimi ispatlamaya, övgüye ihtiyacım yok, pohpohlanmaya, sevilmek için dilencilik yapmaya ihtiyacım yok. Rabb'imin sevgisi varlığımın her zerresine akıyor."

Bir gün biri geldi ve "Seni çok seviyorum!" dedi.

"Aynaya baktığında ne hissediyorsun? Kendini seviyor musun?" diye sordum.

"Hayır, ben kendimi sevmiyorum" dedi.

"Kendini sevemeyen başkasını sevemez ki?" dedim.

Bu canı da Allah yarattı. Kendinizi de sevmelisiniz, Allah'ın yarattığı öteki canları da sevmelisiniz. İnsanı seviyorsam, Allah'ın yarattığı güzellikleri de sevmek lazım.

Tapduk Emre şöyle diyor:

"Hepimiz candık, biz bu bedene düştük, kedi o bedene, karınca o bedene..."

Bunları hayatımda kabullendim.

Alınganlık hepimiz için bir lükstür. Rekabet duygusu kıskançlığı tetikler, ardından gizli kibri tetikler, karanlığa çeker ve bir anda her şey ters gitmeye başlar.

Rekabete gerek yok. Allah'ın yarattığı sistemde kıtlık olsaydı, ormanda bir ağaç olurdu. Oysa sayamayacağınız kadar çoktur. Denizler balıkla doludur, tabiat binlerce çeşit bitkiyle. Hayatımızın her alanında bolluk içindeyiz. Şükürler olsun.

Yabancı bir ülkeye gittiğinizde, çiftlerin yan yana, el ele yürüdüğünü görürsünüz.

Sohbet etme şansımız olan kişilere, "Eşinizin elinden tutun ve yürüyüş yapın. Size iyi gelecek" diyorum...

"El âlem ne der?" diye bir karşılık geliyor.

El âlem tutmasan da diyecek zaten!

"El âlem" bir örgüttür, çetedir. Boş gezen insanlardır.

Düzgün insan dedikodu yapmaz. İçinde gerçek Allah sevgisi olan, kusurları örtmede gece gibi olur.

Allah'ın sevgisi öyle bir ışıktır ki karşısında duramazsınız. Allah'ın sevgisinden bahsediyorsanız, her yerde güzelliği görmeniz lazım.

NEGATİF ENERJİDEN KORUNMA YOLLARI

Yüzün üstünde nefes tekniği öğrendim. Bunlardan birkaçı günlük hayatta kullanılıyor. Diğerleri travma temizliği gibi olaylarda kullanılıyor.

Kafanız karışıksa, birini affetmediyseniz, yarım bıraktığınız bir iş varsa, kendinizi ertelediyseniz, açsanız, uykusuz ve yorgunsanız vesvese sizi rahat bırakmaz. Beslenme, uyku düzeni, farkındalık vesvesenin susması için önemlidir. Sonra nefes gelir.

Kafanız karışıksa burundan nefes alıp, burundan nefes veriyorsunuz.

Bir yere oturmadan önce bir besmele çekin, bir dua edin.

Kalabalık bir ortama girdiniz ya da misafir ağırladınız. Ortamı havalandırın. Hava akışının olduğu yerde negatif enerji birikemez. Arabada gittiniz, hava almak için çıktınız. Camı iki parmak aralayın, temiz havayı içeri alın.

Evinizi temizlerken, temiz suyun içine biraz sirke koyun ve evinizi onunla silin. Kendinize çok az sirke katılmış suyla bir sprey hazırlayın. Sirke kokusu biraz ağırdır ama kısa zamanda dağılır.

Nasıl ki havasız, kalabalık yerlerde insan daralırsa, çıkmak isterse, temiz bir evde, ortamda da negatif enerji aynı şekilde daralır. Kişi oradan kaçmak ister. Bu yüzden vesvese dağınık ve pis olmamızı ister.

Elbette temizliği takıntıya dönüştürmemek gerekir. Elli kere elinizi yıkıyorsanız, her gün evi dip bucak temizliyorsanız bu da tehlikeli. Temizlik imandandır. Tabii ki temiz olacağız ama takıntıya dikkat etmeli.

Negatif enerjiden korunmanın bir yolu da abdestli gezmektir. Abdestli gezdiğiniz zaman daha dingin olduğunuzu hissedersiniz. Gündüz zor ise gece yatarken abdestli yatın ve sabah da evden çıkarken abdestli çıkın.

Yine çok az sirke karıştırdığınız bir suyla yıkanın.

Kalabalık ortamlarda ya da vezne gibi yerlerde, insan trafiğinin çok olduğu yerlerde çalışıyorsanız, negatif enerjiyi daha çok yüklenirsiniz.

Bu konuda bir ortamda yer alıyorsanız kişileri yargılamadan dinleyin. Konuşurken endişe etmeden dinleyin. Bu kendi aura enerji alanınıza içeriden dışarıya doğru kapı açmanızı engeller.

Telefonda dahi, insanları dinlerken, endişe etmeden dinleyin. Nötr olun. Sadece "Allah'ım bana yardım et..." deyin.

İşe başlarken, niyetimizle birlikte besmele çekiyoruz. Enerji alanımızı koruma altına alıyoruz.

Niçin herkesi seviyoruz? Çünkü hepsiyle bağ kuruyoruz. Sevmediğimiz biri varsa, Allah onun da iyiliğini versin.

Sonuçta bağlantıdayız. Negatif kapıyı mı, pozitif kapıyı mı açacağız? Anahtarlar sizde.

Vesvese, negatif boyutla kapıyı hep açık tutmamızı ister. Vesvese kapısını kapatıp, gönül kapısını açmamız gerekir. Gönül gözü, Allah'a ulaşmakta en önemli kapıdır.

Kendinizde şunu gözlemleyin. Olduğunuz ortamlarda canınızı sıkanlar var mı? Size karşı bir olumsuz gruplaşma ya da tepki var mı? Varsa bu kişilerle boş yere çatışmayın. Kendi enerjinizi onların üzerinden geri alıyorsunuz. Kendi enerjinizle kendi kendinizi, başkalarını kullanarak sabote etmekten vazgeçin. Herkesi olduğu gibi kabullenin ve sevin. Bu onların yanlışlarını görmezden gelin, haksızlıklara susun anlamını taşımıyor. Herkes imkânı doğrultusunda haksızlıklara ve yanlışlıklara ses çıkarmalı, tepkisini ortaya koymalı.

ALINGANLIK LÜKSTÜR

Sevgi koşulsuzdur. Gün içerisinde içsel sevgi enerjinizi hiç gözlemlediniz mi? Genelde hangi moddasınız? Sevgi içinizde rahat bir şekilde coşup taşıyor mu? Etrafınızdaki kişilerin varlığı sevginizi tetikliyor mu, azaltıyor mu? Etrafınız ne diyecek diye sevginizi içinizde mi saklıyorsunuz? Yoksa etrafa moral, neşe vermek için sevginizi herkesle paylaşıyor musunuz? Ya da etrafınızda böyle kişiler var ve siz içinizden "Ne biçim insanlar, sabah sabah nereden buluyorlar bu enerjiyi, nasıl böyle her şeye mutlu olup gülebiliyorlar?" diye sitem mi ediyorsunuz?

Size ilginç bir örnek: Yağmur yağarken, "Ben gülü seviyorum, dikeni sevmiyorum..." deyip, güle yağıp da dikene yağmayan bir yağmur gördünüz mü? Yağmur her yere yağar, herkes nasibini alır. Sevgi de her yere yağar. Çağlayan gibi gelir ve herkes nasibini alır. Kalbimizi ilahi aşka açmamız gerekiyor. Bu konuda yardım isterseniz *Her Şey Hakikati Görmekle Başlar* adlı kitabımızda "Kalbimi Sevgiye Yeniden Açma Zamanı" bölümüne bir göz atabilirsiniz.

Hepimiz sokaktaki lambalar gibiyiz. Bir lambanın diğerinden daha iyi olduğunu iddia ettiğini gördünüz mü? Yol uzun ve herkes o yolda bir direk. Yoldan gelip geçenlere ışık olmamız gerekiyor. Her direk kendi önünü aydınlatsa, yolunu arayanlar, gidecekleri yere güvenle ve sağlıkla gidebilirler.

Bu güzel bir takım ruhudur, birlik bilincidir. Sevgimizle her canlıyı kucaklamamız lazım.

Şikâyeti bırakmak, şükretmek, daha iyisini yapmak ana amacımız olsun. Üretmek ve faydalı olmak için yola çıkacağız.

Herkes kendi etrafındakilerden sorumludur. Özünüze olan yolculukta öğrendiklerinizi hayatınızda uygulayabilmeye niyet edin. Siz hayatınıza uyarladıkça, o bilgiyi arayanlar da size ulaşacaktır.

Siz bütüne hizmet etmeye niyet ettiğinizde, durakta beklerken bile biri gelip size konuyu açacaktır. Rabbim, size ulaşması gereken insanları karşınıza çıkaracaktır. Yeter ki siz hizmet etmeye niyet edin ve önce kendinizi arındırmak için adım atın.

İnsanlar birbirlerine telepatik bağlıdır. Bir insana yardım etmek, tüm insanlığa yardım etmek gibidir. Niçin Peygamber Efendimiz, "Komşusu açken tok yatan bizden değildir..." der? Hepimiz aynı şebekeye bağlıyız... Komşunuzun açlığını bedeninizle duymasanız bile ruhunuzla duyarsınız. Komşunuzun çektiği üzüntü, sizi mutlaka etkiler.

Hep birlikte adım atıp bütüne hizmet etmemiz gerekiyor. Nasıl adım atacağız? Geçmişi affederek. Kendimizi affederek. Kalbimizdeki kırgınlıkları şifalandırarak. Hayatımızdaki kişileri yargılamayı bırakarak. İçinizdeki alınganlıkları da bırakın. Yolunuz hizmetse, üzülmek, kırılmak, alınmak artık bir lüks.

YOLCULUK BÖYLE BAŞLAR

Nefes çalışmasından sonra, zihniniz artık daha sakin, daha dinginse, yani zihninizde bir sessizlik oluşmaya başladıysa, fabrika ayarlarına döndünüz demektir. Bu sessizlik normalde sizin vesvese olmadan önceki orijinal halinizdir. Bundan böyle anda kalmayla ilgili bir durum olduğunda zihninizin içinin bu şekilde boş olmasını sağlamak için nefes çalışmaları yapabilirsiniz.

Şimdi dengenizi bozan ve sizi fabrika ayarlarınızın dışına iten durumları tespit etmeniz gerekiyor. Kendi hayatımda fabrika ayarlarının nasıl bozulduğunu az çok farkındayım. Beni fabrika ayarlarımın dışına çıkaran duygu halini de iyi tanıyorum. Hangi düşüncenin vesveseden, hangi düşüncenin bir başka insandan, hangi düşüncenin kendimden olduğunu ayırt etmeye başladım.

Yolculuk böyle başlar. Kendini bileceksin ki kafandaki senin düşüncen mi, başkasının telepatik düşüncesi mi, vesvese mi anlayabilesin...

Kafama kötü bir düşünce geldiğinde diyorum ki:

"Bu ben değilim. Gelen vesvesenin beni kavgaya, alınganlığa, rekabete veya buna benzer bir duyguya çekmek istediği, birine kafayı takmamı istediği belli..."

Sizi ümitsizliğe götüren bir şey varsa, dikkat edin vesvesedendir.

Vesvese iki noktadan çok iyi yakalar: Birincisi "sevilmiyorsun" der, ikincisi "yalnızsın" der. Oysa Allah şahdamarından daha yakındır bize. Demek ki yalnız da değiliz, seviliyoruz. Vesvese size oyun oynamaya çalıştı. Golü yerseniz.

Artık insanları yargılamadan, sakin dinliyorum. Dinlediğim kişinin içindeki güzelliklere odaklanıyorum. Güzellikleri düşündükçe, karşımdaki kişinin de konuşmasının daha iyiye doğru gitmeye başladığının farkındayım. Onun da bir şekilde takılı kaldığı yerden çıkacağına inanıyorum. Takılı kaldığım yerler daha var mı, var. İşte bu farkındalıktır. Öğrenmem gereken birçok şeyin olduğunu, kendimde çözmem gerekenlerin olduğunu farkındayım. Bunları gerçekleştirirken sakin ve adım adım hareket ediyorum. Acele ettiğimde ya da kendimi ertelediğimde hayatımda bir şeyler karışmaya başlıyor. Akışa girmeye başladığımda ise hayat kendiliğinden kolaylaşıyor ve güzel bir şekilde akıp gidiyor.

Rabbimiz bizi eşle, işle, çocukla, dostla, bollukla sınıyor olabilir. Siz dengeye gelene kadar hayatınızdaki olaylar size çarpacak. Siz dengeye gelmeye başladığınızda ve dengenin ne olduğunu idrak etmeye başladığınızda etrafınızdaki herkes dengeye gelmeye başlayacak. Çünkü görevlerini tamamlamış olacaklar. Özet olarak şöyle, bendeki eksiklikleri en iyi en yakınımdakiler gösterebilir. Hepsine teşekkür ediyorum.

GÜCÜNÜ ALDIĞIN HER NE İSE KAYBEDERSİN

Hayatımda şunu fark ettim: Nereden güç alıyorsam, hepsini kaybettim. Erkeklerin en büyük gücü parasıdır, fiziksel duruşu, kaslarıdır. Gücümü dünyalık bir şeyden aldığımda, kaybettiğimi fark ettim. Bir dönem o kadar parasız gezdim ki paniğe kapıldım, ne yapacağım diye. Sonra dedim ki:

"Dur, sınanıyorum!"

Parasızlık korkusu vardı. Para gelince korku gidiyor, para gidince parasızlık korkusu geri geliyordu.

"Allahım, parasızım. Bu durum da senden... Ben desteğimi senden alırım. Neyse kabulüm..."

Tutunduğum tün dünyalıkların emanet olduğunun farkındayım. Allahım gücümü doğrudan senden alırım. Senin gücün her şeye yeter.

Kimi Allah'tan çok severseniz ya da neye daha çok bağlanırsanız onunla sınanırsınız. Bu sebeple bedeninizin, zamanınızın, imkânlarınızın, gençliğinizin, ailenizin emanet olduğunu hatırlayın ve her anınızın kıymetini bilin.

İBRAHİM ETHEM EFENDİ'NİN İKİ HİKÂYESİ

İbrahim Ethem Efendi'yle fırıncının hikâyesini birçok insan duymuştur. Duanın gücünü göstermek açısından önemli bir örnektir.

Ethem Efendi, çok varlıklı bir insandır. Bir gün tahtında otururken, "Allahım sana nasıl ulaşacağım?" diyor.

Sonra oturduğu yerde uykuya dalıyor ve rüya görmeye başlıyor. Rüyasında çobanın biri sarayının damında yürüyor. Çobana soruyor:

"Benim sarayımın damında ne yapıyorsun?"

"İneklerimi arıyorum."

"Sen delirdin mi? Benim sarayımın damında senin ineğin ne geziyor?"

"Sarayının damında inek aramak ne kadar saçmaysa, altın yaldızlı koltukta Allah'ı aramak o kadar saçma değil mi?"

Uyanıyor ve mesajı anlamaya çalışıyor.

Sonra bir cami yaptırıyor, malını mülkünü hayır işlerine dağıtıp, elden çıkarıyor. Kendini dağlara vuruyor, inzivaya çekiliyor, yalnız kalıyor.

On yıl sonra fakir bir garip kişi olarak şehre geri geliyor. Kendi yaptırdığı camide yatsı namazını kılıyor. Dışarıda kar yağıyor. Hava çok soğuk... Diyor ki:

"Sabah namazına kadar camide bir köşede kıvrılıp yatayım. Sabah kalacak başka bir yer bulurum."

Bir köşede yatarken müezzin geliyor, değnekle vuruyor.

"Kalk git buradan!"

"Gidecek yerim yok. Dışarısı çok soğuk!"

Ama müezzin dinlemiyor. Tutuyor onu ayağından, çeke çeke sürükleyerek götürüp kafasını basamaklara vura vura sokağa atıyor.

"Ethem Efendi bu camiyi senin gibi çulsuzlar için yaptırmadı!" deyip kapıyı kapatıyor.

Dışarıda kar kış... Ethem Efendi yürüyüp, açık bir yer arıyor. Bir bakıyor ki fırın açık. Selam verip giriyor. Fırıncı "Buyur" deyip oturabileceği bir köşe gösteriyor.

Ethem Efendi sıcak fırında otururken konuşmak istiyor ama fırıncı çok dikkatli bir şekilde ekmek yapıyor. Ethem Efendi'nin sorularını duymazdan geliyor.

Sabah ezanı okunuyor, fırıncı işini bitiriyor ve ondan sonra konuşmaya başlıyor.

Ethem Efendi soruyor:

"Saatlerdir niye konuşmuyordun?"

Fırıncı cevap veriyor:

"İşimi yapıyordum. İşimi yapmam gereken saatte sohbete dalarsam, ekmeğime haram gelecekti, vaktimden çalacaktım. Alacağım akçelere haram karışacaktı. Sana ayırdığım bir nefes bile aldığım akçeye haram düşürürdü. Şimdi mesaim bitti. Konuşabiliriz."

Ethem Efendi şaşkın.

"Peki, senin bu kadar temiz kalbin var. Allah'tan dileyip de olmayan bir duan var mı?"

"Var elbette."

"Nedir?"

"Hayatım boyunca Ethem Efendi ile tanışmak istedim, olmadı."

Ethem Efendi yine şaşkın:

"Duan kabul olmuş öyleyse... Öyle ki müezzin beni ayağımdan sürükleyerek, kafamı merdivenlere vura vura ayağına getirdi."

Hikâye bu... Yapmamız gereken, ekmeğimizi helal yoldan kazanmak, bir saniyeyi bile heba etmemektir. Duanın gücünü de unutmamak elbette. Düzgün bir insanın duası, tahtında oturan Ethem Efendi'yi bile ayağına getirir.

MODERN KÖLELİK

Gönül gözünüz açıldıkça haber diye size sunulanların çoğunun yalan olduğunu fark ediyorsunuz. Etrafınızda büyük bir manipülasyon var. Hayatımızın birçok alanında algı operasyonları ile güdülüyoruz. Yazının da turanın da aynı yere bağlı olduğunu anlamaya başlıyorsunuz. Ben kendimi malla, mülkle, teknoloji ile tatmin ediyorsam, tüketim zincirinde köleyim. Kullanmadığınız özellikler para veriyorsanız işiniz zor. Lakin bilgisayarda grafik tasarım yapıyorsunuz ve bu sizin ekmek tekneniz. İyi bir bilgisayar alın, sizin yıllarca götürsün. Bu güzel bir yatırımdır. Lakin hızlı bir bilgisayara ihtiyacınız yokken, kalkıp pahalısını alma ihtiyacı hissediyorsanız, içsel olarak bunu kendinizde sorgulayın.

Kimisi apartman sever, kimi bahçeli ev. Bunda bir sorun yok ama onun bağımlısı olmadan yaşamak önemlidir. Biz mala bağımlıyız, konuşmaya bağımlıyız; bazı insanlar cinselliğe bağımlı, arabasına bağımlı, bilgisayarına, telefonuna bağımlı; bazı insanlar çocuğuna bağımlı...

Her bağımlılık arınma vakti geldiğinde sınava dönüşmeye başlar.

Nefsini bilen haddini bilir, haddini bilen Rabb'ini bilir. Kuran'da "nefsinizin şeytanla işbirliği yapmayı sevdiği" bildiriliyor zaten. Sürekli reklamların içinde cinsellik ve ölüm var. Gözünüzü kaçıramıyorsunuz çünkü beyninize doğrudan ulaşan mesajlar bunlar. Subliminal mesajlar var sürekli. Dünya çapında yasaklama olduğu halde, yapılıyor. Denetleyebilecek bilgide çok az sayıda insan var.

Maneviyatınız güçlendikçe, bu algı operasyonlarını hissediyorsunuz. Allah'tan ilminizi artırmasını dileyin. İlminizi arttıkça biraz mutsuzlaşabilirsiniz. Yediğinizin, içtiğinizin, TV'de gördüklerinizin neredeyse çoğunun sahte olduğunu anlamak biraz dokunuyor. Lakin cahil olduğunuz sürece de sizi yönetecekler. Seçim size ait. Bazen de kişiler kapitalist sistemlerin içinde kalmak ve orada yaşamak istiyorlar. Bu yanlış değil. Oyunun farkında olmak ilk başlarda yeterli. Etrafınızdaki diğer uyanmaya çalışanlarla takım üyesi olmayı başarmanız gerekiyor. "Ben" değil, "biz" olmayı bilmelisiniz.

SOSYAL MEDYA

Öncelikle "sosyal medya" ismi artık yaygın kullanıma sahip olsa da insanların sanal ortamda buluşup paylaşımlar yaptığı ortamların "medya" olup olmadığı ciddi olarak tartışmalıdır. Çünkü medyayı, her ülkede az ya da çok bağlayan yasalar ve mesleğin kendi içindeki etik ilkeler vardır. Bu ortamlarda ise hiçbir etik ilke yoktur. Herhangi bir insan herhangi bir yerden aldığı sahte bir e-posta adresi ile bir profil oluşturabilir ve istediği kadar yalan haber yayabilir. Bu nedenle medya denilmesi, esasen doğru da değildir.

Sosyal ortamlar başlangıçta farklı bir heyecana neden oldular. İnsanlar yıllardır göremedikleri insanların hayatından günlük hatta saatlik haberdar oldu, yıllardır bulamadıkları eski arkadaşlarını bulabildiler. Ancak artık sosyal medya da evrildi. Bunların çoğu aynı şirketlerin elinde... Bazı sosyal medya ortamlarını gençler kullanırken, bazıları olgun yaş ve üzerine hitap ediyor. Aceleci olanlar fotoğraf paylaşma sitelerini, kısa mesajlı siteleri tercih ederken, zamanı bol olanlar fotoğraf, video ve yazının birlikte paylaşılabildiği siteleri tercih ediyorlar.

Sosyal medyada ne yaparsanız yapın, size bir filtre uygulanıyor. Sitenin görmesini istediğiz şey önünüze getiriliyor. "Kişiselleştirme" adı altında, bazı "varsayılan" ayarlar kullanılıyor. Bir süre sonra, sizin "beğen" tuşuna tıklamanızdan yola çıkılarak, satın almanız istenen şeylerin reklamı sürekli önünüze gelmeye başlıyor. Hatta bir terör saldırısı olduğunda kim ölmüş, kim kalmış, onun hesabını bile sosyal medya tutuyor.

Dünyayı sallayan büyük icatlarda neden bizim de imzamız yeterince yok? Biz çok mu evcilik oyununa kendimizi kaptırdık? Ev, iş, yemek ye, yat, uyu, uyan, iş, akşama ev... Yine sabah iş... Bir ömür geçti... Ev, iş... İş, ev... Ev... Televizyon... Ev... Televizyon... Televizyon izle... Televizyon izlemeye devam et... Yine televizyon izle...

Başkalarının geliştirdiği sosyal medya aslında bizlerin davranışlarını ölçümlemekte de kullanılıyor. Neyi seviyoruz, neyi sevmiyoruz? Elimizdeki cihazlar yüz tanıma (kameraları olduğu için), parmak izi tanıma (parmak izi okuyucuları olduğu için). Bizden istedikleri sürekli bir şeyler paylaşalım. Neyi seviyorsak beğen yapalım. Beğenmediklerimizi beğenmedi yapalım. Her hareketimizle biz sanki laboratuvardaki denek ve bu sistemi geliştirenler de laboratuvardaki fareleri gözlemleyen bilimadamı gibi gözüküyor.

Bu anlattıklarımı paranoya haline getirmeye gerek yok. Sadece sizinle ilgili tek kişi incelenmiyor. Ülke halkı inceleniyor. Günlük milyarlarca veri sürekli süper bilgisayarlar tarafından analiz ediliyor. Peki biz bu milyarlarca veri incelenirken neler yapıyoruz? Önümüze gelen resmi sosyal medyada "yıkılmadım ayaktayım" olarak büyük gülücükler vererek paylaşıyoruz. Yediğimiz her şeyi herkesin gözüne sokarcasına paylaşıyoruz. Kendimizle, ailemizden birileriyle, işyerindekilerle tartışma içerisindeyiz. Televizyon başındayız. Elimizde cep telefonu. Başkalarının geliştirdiklerini satın alıyoruz ya da kullanıyoruz. Onlar da her hareketimizi gözetliyorlar. Hiç dikkat ettiniz mi? İnternet sayfası görüntüleme programları, cep telefonunu ilk satın aldığınızda ya da bilgisayarınıza, cep telefonunuza en basit kuracağınız bir oyunu bile kurarken, kurulum esnasındaki sözleşmeleri okudunuz mu? Yüzlerce sayfadır. Belli yerden sonra sıkılıyorsunuz. Tamam tuşunu tıklayıp devam ediyorsunuz. Sözleşmelerde bir madde diyor ki, size daha iyi hizmet sunabilmek için makinenizdeki verileri merkezimize iletiyoruz. Bunu reklam amaçlı kullanıyorlar. Keşke sadece reklam amaçlı olsa.

Şimdi toplum olarak, iyi insan olarak yükselmemiz gerekiyor. Üreten mi? Laboratuvarda inceleme altında olan mı? Olacağız, birlikte buna karar vermemiz gerekiyor. Kişisel gelişim sadece sizin kendiniz için. Bu dönem çoktan geçti. Şimdi hepimizin birbirimiz için harekete geçmemiz gerekiyor.

MODERN ÇAĞIN EVLİYASI

Evliyalığı, iyi insan olmayı sadece yoksullukla olacak bir şey gibi görmeyin. Âlem bolluk üzerine kurulmuştur. Modern çağın evliyası da güzel bir hayatı yaşamayı hak ediyor. Güzel bir arabası olduğunda, birilerine gösteriş yapmak için kullanmaz. O arabayı kullanmayı sevdiği için kullanır. "Gördünüz mü, ben nasıl başarılıyım! Nasıl çok para kazandım da aldım!" demez. "Allah diledi ve bu güzel araba nasip oldu..." der.

Modern zamanda dağa gidip bir kenara çekilip toplumdan koparak evliya olmak kolaydır. Önemli olan kalabalığın içerisinde bütüne hizmet verebilmek. Burada, insanların arasında ışığınızı yaymanız gerekiyor. Dünyanın oyununu gerçekten fark ettirmek istiyorsanız, tüketim zincirinden çıkın. Aşırı tüketimi dengeye alın. Müsrif olmayın. İhtiyacınız olmayan bir şeye cebinizdeki paranızı vermeyin.

Unutmayın ki yerli marka sandığınız markaların bile arkasında çoğu zaman küresel para aileleri vardır. İsmi

Türkçe olsa bile kimlerin üretimi, ona bakın. Sizin bulunduğunuz toplumda üretim yapılırsa, herkes kazanacaktır. Çalışan işçi kazanacaktır, ekip diken çiftçi kazanacaktır, satan bakkal kazanacaktır, taşıyan nakliyeci kazanacaktır, alan siz kazanacaksınız. Oysa küresel sermaye, Türk markası adı altında hammaddeyi Pakistan'dan alıp, fabrikasını Çin'e kurar ve satışını New York'ta yapar. Sadece küresel sermeye kazanır.

Evliya olmak, iyi insan olmak için kendinizi çöllere vurup, aç biilaç gezmenize gerek yoktur. Bilinçli insan olun, farkındalık oluşturun, kendinizden başlayarak herkese faydanız olacaktır. O zaman kaynağa bağlanabilirsiniz. Alışveriş yaparken artık bilinçli yapın. Kredi kartlarınız üç tane ise bire indirin. Bir tane ise limitini düşürün. Sıkın dişinizi, borcunu ödeyin. Faizli borçla gezmeyin. Tüm imkânlarınızla faizli ne varsa ödeyin ve bundan sonra paranız olduğunda alın.

Çocuklarınızı özenti zincirinden çıkarın. Anne baba olarak çocuklarınızın her türlü eksiğini çözmek istiyorsunuz, "Ne yani, çocuğumun telefonu eski model olacak da diğerlerinin yeni model mi olacak?" diyorsunuz. Küresel köleliğe girişiniz de tam burada başlıyor. Böyle dediğiniz anda tüketim zincirine girdiniz. Artık sizi iliğinize kadar sömürecekler ve hayatınızın bundan sonrası artık az ya da çok faiz ödemekle geçecek.

En yeniye ihtiyacınızın olmadığını anladığınızda, küresel sermayenin yavaş yavaş kapsama alanı dışına çıkmaya başlıyorsunuz. Bu iyiye işarettir. Bir de ayağınızı yorganınıza göre uzattınız mı, faizli sistemlerden de yavaş yavaş çıkmaya başlıyorsunuz. Kendinizle ve herkesle barışık olursanız, üretkenliğiniz de başlıyor. Bir baktınız ki siz tüketen değil, üreten durumuna geçtiniz.

"Allahım, hayrıma olmayan tüm uğraşlardan, gereksiz harcamalardan, doymak bilmeyen nefisten sana sığınırım. Senin gücün her şeye yeter."

İÇİNDEKİ İRADEYİ KEŞFET

Allah seni melek olarak da yaratabilirdi. Oysa insan olarak yaratmış. Diğer yarattıkları arasında sana "seçim hakkı" vermiş. "Hayır, bugün kahve içmeyeceğim, çay içeceğim..." diyebiliyorsunuz. Bu bir seçebilme hakkıdır. Bir nevi iradedir. "Ben bunu istemiyorum!" ya da "Ben bunu istiyorum..." demeniz bir iradedir. "İstifa ediyorum!" diyebilmek bir iradedir. Bir melek istifa edebilir mi? Hatta öyle ki bu gezegendeki insanların çoğu kulluktan da istifa ediyor. Oysa bir meleğin böyle bir hakkı yok çünkü iradesi yok. Her zaman Allah'ı zikrederler.

En büyük sınavınız, kendi içinizdeki iradeyi keşfetmektir. "Şu anda canım kaymaklı ekmekkadayıfı yemek çekiyor ama gece on birde yememem daha hayırlı..." Bunu düşünüp, dolaptaki kadayıf tabağına uzanmamayı başarabiliyor musunuz? Ya da gece yarısı canınız abur cubur çekti. Buna dur diyebiliyor musunuz? Birine kızmak üzeresiniz, kendinize sakin ol, sakin konuş diyebiliyor musunuz?

En önemli irade "hayır" diyebilme noktasıdır. Hayır diyebilmek, sınırlarınızı çizebilmek, özgürlüğünüzün başladığı noktadır. "Tamam, olur. Onu da yapalım... Bunu da yapalım... Herkesi mutlu edelim" derken ömrümüzün çoğu gitti. Elimizden geleni yaptık lakin teşekkür dahi etmediler.

Yirmi beş yaşında dua ederdim ve yaptığım duaları çok ulvi zannederdim.

Otuz yaşımda, yirmi beş yaşımda ettiğim duaları düşündüğümde, çok tuhaf geldi. Çok korku varmış içinde. "Allahım, işlerimi başarayım, başıma bir şey gelmesin, işten atılmayayım, para kazanabileyim, borçları ödeyebileyim..." Böyle dualar ediyormuşum sürekli.

Otuz beş yaşımda, otuz yaşın içindeki dualarımdaki korkuları fark ettim.

Kırk yaşımda, otuz beş yaşımdaki duaların içindeki korkuları fark ettim.

Bugün artık yatarken şuna dua ediyorum:

"Allahım, yarın ne yaşayacaksam, hayırlısı ile yaşam yolunda olanı yaşayayım. Ben ve sevdiklerim sana emanetiz."

"Yarın ya yapamazsam, ya para kazanamazsam..." Korku içinde olmayın. Teslimiyet önce korkuyla başlar. "Allahım bu hayırlısıyla olsun ama sonucu da böyle olsun..." dediğinizde dua etmiyor da, sonucunu sanki garantiye almak istiyor gibisiniz.

"Allahım olmasa da olur ama olursa daha iyi olur..." dediğinizde aslında takdire bırakmıyorsunuzdur.

Bütün bu aşamaları geçebilirseniz, duanız şu şekle dönüşecektir:

"Allahım, ben elimden geleni yapıyorum. Olur ya da olmaz. Sen nasıl istiyorsan öyle olsun. Ama her ne olacaksa benim yaşam yolumun içinde olsun..." Siz yapmanız gerekenlerin en iyisini yapın ve sonuç odaklı olmaktan vazgeçin. Sonucunu Allah'a teslim edin. Rabbim ne eylerse güzel eyler.

Burası önemli çünkü en çok oyalandığımız yer burası: Yaşam yolu.

ELDEKİNİN KIYMETİNİ BİLMEK

Bir gün, bir seminerde bir deney yaptık. Katılımcılardan birine, kapalı bir zarf verdik. İçinde yirmi lira olan bir zarf. Hediyedir deyince önce şaşırdı sonra sevindi katılımcı.

Sonra seminere katılan başka katılımcıya içinde elli lira olan bir zarf verdik. Bu defa bu katılımcı sevindi ama yirmi lira verilen biraz bozuldu.

Üçüncü katılımcıya da içinde yüz lira olan bir zarf verdik. O da açtı zarfını ve yüz lira olduğunu görünce çok sevindi. Bu defa hem yirmi lira hem de elli lira verilen katılımcılar bozuldu.

Bizim hayatımızdaki mutluluk da böyledir. Keyfimiz yerindedir ama bir başkasına daha fazlası gelince hemen arızaya sarıyoruz. Şükretmeyi unutuyoruz.

Kendi yaşam yolunuzda yürürsünüz. İlkokul, ortaokul, lise, üniversite... Bir meslek seçme aşamasına gelirsiniz. Aileniz diyor ki: "Doktor ol, mühendis ol..." Oysa siz marangoz olmak, çiftçi olmak istiyorsunuz. Aileniz doktor, avukat olmanız için ısrar ediyor. Sonunda direnemiyor ve ailenizin istediği yola giriyorsunuz. On yıl boyunca nefret ederek o işi yapıyor ya da inat ediyor, "Baba, sana inat bunu başaracağım!" diyorsunuz.

Tersi de olabilir. Belki babanız, "Gel makinist ol!" diyor. Siz ise, "Hayır, avukat olacağım!" diyorsunuz. Belki babanızı dinleseydiniz makinist olacaktınız ve kendi işinizde özgür kalacaktınız.

İnatla ya da başkalarını mutlu etmek için girdiğiniz bir yoldasınız. Bu yoldaki biriyle de evlendiniz. On yıl daha geçti hayatınızdan. Sonra şunu soruyorsunuz:

"Niye hayat bu kadar zor? Niye bu kadar uğraşıyoruz? Üstelik elimizde bir birikimimiz de yok..."

Sonra hayat size bir çarpıyor, dibe vuruyor, yeniden başa dönüyorsunuz. İlişkinizde sorun yaşıyor, iş hayatında mutsuz ve başarısız oluyorsunuz. Belki de boşanıyorsunuz.

Bu yolda yürürken, halen dersinizi almadığınız için, size gelen darbeler de sertleşmeye başlıyor.

Sonra farkındalığa geçiyorsunuz. "Neden bu olaylar benim başıma geliyor? Bana ne anlatmak istiyor?" diye düşünmeye başlayınca, önce arızalarınızı temizliyor, sonra helalleşiyorsunuz. Sevdiğiniz işi yapıyorsunuz ve bu defa hayatınıza bir başkası geliyor.

"Kaç yıldır çalışıyorum, bir milim ilerleyemedim! Neden böyle oldu?" diye düşünenlerin, yaptıkları seçimleri gözden geçirmesinin zamanı gelmiştir.

Geçmişte yaşadığınız zararlarla ilgili kafanıza bir olumsuz ses geldiğinde, "O bana öyle yaptı. Bu bana böyle yaptı..." gibi bir ses size ulaştığında öncelikle sakin olun. Bana böyle bir ses geldiğinde sakince yanıt veriyorum:

"İyi..."

İçimden ego bağırıyor:

"Nasıl olur? Yanına kâr mı kalacak? İntikam isterim."

"Olsun. Bana bu dersin maliyeti bu kadar."

İradeyi kullanmak budur. İçinizden duyduğunuz vesveseye uyup, hemen kötü olmak değil.

Trafiktesiniz ve kırmızı ışık yanıyor. "Kaderimde ölmek varsa, ölürüm..." diyerek kırmızıda geçerseniz, bu irade kullanmak değildir. Bu aptalca bir seçimdir. Bunun suçunu kadere yüklemek de doğru değil. Size seçme şansı verildiği bir noktada, bilerek hata yaptıysanız, suçu kadere yükleyemezsiniz...

İyi birisi var. Birine sadaka vermiş. İyi enerjisi var. Bir garibanın karnını doyurmuş, birine kullanmadığı eşyaları vermiş. Birinin oturup, sabırla derdini dinlemiş. Fakat daha sonra bunu birine övünerek anlatmış. Yaptığınız iyilikleri övünerek anlattıktan sonra pek bir değeri yoktur.

Niçin sağ elin verdiğini sol el görmez? Yaptıklarınız boşa gitmesin diye. Her kim birine iyilik yaptıysa, vesvese oraya musallat olur, kısa sürede kişi, yaptığı iyiliği karşı tarafın yüzüne çarpar.

Birine yardım ettiyseniz, oraya vesvese gelir, karşı tarafın teşekkür etmemesi, nankörlük yapması için her şeyi yapar, siz de kızar ve "Keşke yapmasaydım..." dersiniz. İyilik yaptığınız kişinin yüzüne çarpar, bütün iyiliğinizi çöpe atarsınız.

Tekrar söylüyorum, *sağ elin verdiğini sol el görmez.*

NEFİS KARANLIĞA ÇEKER

Nefsinizi tanımanız lazım. Sizin nefsiniz sizinle savaşıyor. "Yapamazsın, edemezsin, başaramazsın" diyor. "İntikam al, gününü göster, haddini bildir!" diyor.

Nefsinizin size hangi kapıdan geldiğini, nereden ulaştığını bilmeniz lazım.

Benim nefsim, nerede açık bıraktıysam, oradan dolanıp geliyor. Affetmediğim insanlar, yarım bıraktığım işler, yaptığım fedakârlıklar... Her fırsatta bunları bana hatırlatarak enerjimi kullanıyor:

"Yaptım da ne oldu? Teşekkür mü etti?"

Nefsiniz sizi hep haklı göstermeye çalışır. İçiniz ışık doluyken, kararır. Sizi karanlığa doğru, "haklılık oyunuyla" çeker.

Nefis ya içe doğru ya dışa doğru savaşır. Emin olmak ister. Kontrolcüdür. Korkuları kullanarak enerjinizden beslenir ve sizi sömürür.

Hayatınızdaki korkular sizden beslenirken, tekâmül yapmaya enerjiniz kalmıyor. Bir gün biri gelip elini masaya vurdu. "Sen kendi doğrularını söyleyeceksin, ben kendi doğrularımı!" dedi.

Cevap verdim:

"Sizinki kesin doğrudur. Çünkü ben kendi doğruma bile güvenmiyorum!"

Neyin yarışını yapacağız? Benim amacım Allah'ın yarattığı kâinatı çözmek. En büyük korkum, Allah'ın huzuruna cahil gitmek... Bu dünyada vaktim ve imkânım varken üretememekten korkuyorum. Öyle bir an gelecek ki kıyamet gelene kadar, belki de milyarlarca yıl bir yerde duracaksınız. Yapamadıklarınıza ilişkin pişmanlığı düşünsenize!

Şu an bedeniniz var. Enerji üretiyor, ruhunu besliyorsunuz ama hangi bilgiyle? Çok iyi işletme okudunuz. Ahirette size bir faydası yok. Bu tarafta arkadaş grupları var. Orada size faydası yok. Bir yandan dünyayı öğrenip, bir yandan öte dünyaya bir şeyler biriktirmek lazım. Biriktirebileceğiniz şeyler de bellidir: Yaptığınız iyilikler.

Bir arayıştayım. "Allahım, seni arayan kullarla buluşmayı nasip eyle..." diye dua etmiştim. Artık, "Allahım, senin sevdiğin kullarla da buluşmayı nasip eyle..." diyorum. Din, dil, ırk fark etmez. "Nasıl bir insan ki seviyorsun? Ne yapmış ki seviyorsun?" Senin sevdiğini görmek bize de nasip olsun.

NEFES ÇALIŞMASI

Ellerinizi ovuşturun. Başınıza koyun. Parmaklarınız birbirine dokunmasın.

Bir nefes alıp verin.

Bir nefes daha alıp verin.

Tekrar nefes alın ve tutun nefesinizi.

Elinizi bozmadan, sağa sola bakının. Bir şey düşünüp düşünemediğinizi fark edin.

Eğer konsantre olabildiyseniz, zihniniz bomboştur. Bu sizin fabrika ayarlarınızdır. Yaratılış ayarlarınızdır.

Sağ ve sol beyin lobunuzu avuç içi auralarınızla şifalandırıyorsunuz. Her insanın avuç içi auraları şifalıdır.

Şimdi elinizi yeniden ovuşturun. İki mıknatısın birbirini itmesi gibi uzaklaştığını hissedin. İki eliniz arasındaki enerjiyi hissedin.

Her insanın etrafında iki ile on santim arasında bir aura alanı vardır. Bu aurayı doğru bir nefesle görebilirsiniz.

Aura dışında bir de özel alanınız vardır etrafınızda. Yaklaşık yarım metrelik bir alandır bu. Bu alana diğer insanlar girdiğinde, sizin istediğiniz biri değilse rahatsız olursunuz. Mesela markette, postanede, banka kuyruğunda kendinizi bu nedenle çok rahatsız hissedersiniz. Sevdiğiniz insanlarla birlikte olduğunuzda ise enerji alanınız genişler. Anne ile çocuğun bir arada olduğu durumlarda, enerji alanlarının birleşerek genişlemesi gibi...

"Yıldızı düşük. Kolay nazara geliyor..." diye bilinen insanlar, aurası delik deşik olan insanlardır. Auranız ne kadar güçlü olursa, nazar, büyü size o denli zor işler.

Ruslar, kendi geliştirdikleri bir fotoğraf makinesi ile bu enerji alanının fotoğrafını çekmeyi başarmıştır. "Kirlian" denilen makine ile çekilen fotoğraflarda, kişi eğer öfkeliyse, enerji alanı kırmızı renkte çıkıyor. Şifacı iseniz leylak rengi veya yeşil çıkıyor. Çok zikir, meditasyon yapan biriyseniz, kaynağa bağlı biriyseniz, altın sarısı çıkıyor. Ancak renkler sabit değil. Yani biri öfkelendiği anda çevresindeki renk değişiyor.

Kimi insanların kimi insanlara iyi gelmesinin altında, bu enerji alanlarımız yatar. Niçin bazı iş ortamlarına girince, "Burası boğdu beni! Nefes alamıyorum!" dersiniz? Çünkü auralarınız çarpıştı. Otobüste, evde, işyerinde auralar çarpışıyor.

Sevdiğiniz biriyle olduğunuzda ise enerji alanlarınız genişliyor. Anne baba çocuk bir araya geldiğinde dış alan daha da genişliyor. Evde uyum içindeler. Birbirlerinden razılar. Bu ne kadar güzel bir şeydir! Bir yuvada birbirinden razı bireylerin yaşaması...

Ailenin bir arada ve huzurlu olduğu zaman oluşan enerji alanına vesvese kolay kolay giremez. Allah'a dua eder ve bu alanınızı kuvvetlendirirsiniz. Enerjiniz güçlenir.

Vesvese, böyle ailelere daha azimle saldırır. Mesela kadına gider ve şöyle der:

"Bu adam seni sevse çiçek getirirdi..."

Eğer vesvesenin yeşermesine izin verirseniz, kapıyı açmış olursunuz.

Duygusal ağırılar kadının cezaevidir. Her türlü duygusal ağrı, auranızda sizden enerji çalan bir alan oluşturur.

Geçmişte yaptığınız yargılar, beddualar için tövbe edin ve içsel özür dileyin.

Peygamber Efendi'mizin bir duası vardır:

"Ölüm esnasında Şeytan'ın beni yanıltmasından da Allah'a sığınırım."

Demek ki vesvese son dakikaya kadar uğraşmaya devam edecek. Son nefesinizde bile çapa atmayı sürdürecek.

NEFES ÇALIŞMASI SONRASINDA

Sekiz yıldır şunu fark ettim hayatımda: Ne zaman güzel bir meditasyon yapsam, inanılmaz bir enerjiye kavuşur, sakin ve dingin olurum. Hemen arkasından bir telefon çalar. Karşımda öfkeli bir insan olurdu... O sırada sizin enerjiniz yüksek ya, bilinçli olarak değil, bilinçsiz olarak sizin enerjinizi çekmeye geliyorlar.

Almanya'da seminerdeyim. Salondaki herkesi uyardım: "Birazdan mola vereceğim. Telefonlarınız çalabilir, sizi gerebilecek kişilerden telefon gelebilir. Sizin enerjinizi hissedip sizi arayacaklar ve bir anda hiç hoşlanmadığınız bir laf ile sizi sinir edip, topladığınız enerjiyi sizden kapacaklar."

Molada telefonlar çaldı. Bir kızı sevgilisi aramış ve "Sen kötüsün, bu saatte sokakta ne işin var?" deyip enerjisini dibe indirmiş. Enerji çalıcılar sizin en çok neye sinir olduğunuzu iyi bilirler ve direk o noktaya saldırırlar. Ne ilginç bir durum. Siz onların açığını bilmezken onlar sizin tüm açık kapılarınızı neredeyse ezbere biliyorlar. Onlar pil, siz de şarj aleti gibi yıllarca gezip durdunuz.

Siz çalışkan biriyken, biri tembel olduğunuzu söylese, sinir olmaz mısınız? Olursunuz.

Nefes çalışmasından çıktığınızda, biri arar ve mesela "Niye odanı temizlemiyorsun? Ne pasaklı bir insansın!" der.

Eskiden enerjimi almalarına izin verirdim çünkü sevdiğim insanlardı. Fakat sonra vicdan azabı duymaya başladım. "Neden hâlâ benden beslenme ihtiyacı duymaya devam ediyorlar? Benden beslendikleri zaman Allah'tan alamayacaklar. O zaman zarar görüyorlar..." Önce aç kalmayı, sürünmeyi, ibadet etmeyi, dua etmeyi öğrenecek ki Allah'tan alsın. Etrafınızdaki insanları seviyorsanız, onları kendi çabalarınızla topladığınız enerjiniz ile beslemeyin.

Bazen arkadaşlarım gelir ve şikâyet eder. Dinledikten sonra sorarım:

"Seni onaylamamı mı istiyorsun?"

"Evet."

"Ben sana 'haklısın' dersem, kısa sürede yine yaşayacaksın aynı olayı. Gel bu tekrara niye girdiğini bulalım."

Arkadaşlarınıza değer veriyorsanız, insanların egolarını şişirmeyin. Onlara hak vermeye değil yardımcı olmaya çalışın.

İRADENİZİ GÜÇLENDİRMEK İÇİN

İradenizi güçlendirmek istiyorsanız ilk adım affetme, bağışlama ve helalleşmedir.

İkinci adım doğru nefes, ibadet, namaz, oruç, meditasyon gibi çalışmalardır.

Üçüncü adım gereksiz eşyalarınızı yani kullanmadıklarınızı yaşam alanınızın dışına çıkarmaktır. İhtiyaç sahibi insanlara vermektir.

Bütün bunlar içinde iradenizi en çok güçlendirecek olan şey ise sabah namazıdır. Güçlü bir irade istiyorsanız, inançsız bile olsanız, sabah namazınıza kalkın. Vesvese sizi sıcacık yatağınıza o kadar çok döndürmek ister ki, bunu başardığınızda, ne kadar zor bir iş yaptığınızı anlarsınız.

Sade yaşam her zaman temiz enerjiyle bütünleşir. Sizi birçok zarardan korur. Eğer eşyanız varsa giymeye, iki tane daha alıp, dolaba asmanıza ihtiyaç yoktur. Bu sizin kendi öz kaynağınızdan bir çıkımdır. Bunun için ekstra çalışmak zorundasınız. Ayağınızı yorganınıza göre uzatırsanız kendinizi koruyabilirsiniz.

Dünya malına çok düşkün olmayın. Dünya malı ile sizi yönetiyorlar. İpek bir örtü alacağınıza, pamuk bir örtü de alabilirsiniz. Elli lira yerine beş lira ödersiniz. Kazancınızla borcunuzu öder ve faiz sisteminden çıkabilirsiniz. O zaman maaşınız yeter. Ek iş yapmak zorunda kalmazsınız ve o zaman kendinize, ailenize zaman ayırabilirsiniz.

Elinizdeki telefonu eskimiş gösterip, bir yıl, iki yıl borçlandırıyorlar. "Yanında şu kılıfı da alın..." diyorlar. Ama telefonu alıp borçlanmak da sizi kurtarmıyor. O telefonu kullanan kişilerin şu markadan kıyafet, bu markadan ayakkabı giydiğini de sizin gözünüze sokuyorlar.

Maaş bir köleliktir.

"Sesini çıkarma, ay başında maaşını al ve sakın konuşma!"

Kendinizi bir şekilde özgürleştirmeyi deneyin. Olmuyorsa ayağınızı yorganınıza göre uzatın.

Binlerce memurla çalışma yaptım. Hepsi borç batağı içinde... Maaşa güvenip onu yapmış, buna girmiş, borç batağına saplanmış. İşsiz de maaşlı da günün sonunda aynı yerde.

Yapmamız gereken en doğru şey, yaşam amacımızı bulmak.

Biz yargıyı, eleştiriyi, suçlamayı bıraktık. Bir daha mı oyalanalım o duygularla? Şimdi zamanı doğru kullanmanız gerekiyor. Sizi meşgul eden bir sürü iş var. Angarya işlerinizi bugüne kadar "hayır" diyemediğiniz için çoğalttınız. Ailenize hayır diyemediniz, işyerinizdekilere hayır diyemediniz, komşunuza hayır diyemediniz ve dağ gibi yığıldı... Sorumluluklarınızı etrafınızdakilere adım

adım paylaştırın. İlk başta rahata alıştıkları ve sorumluluk almak istemedikleri için yapmak istemeyeceklerdir. Siz bu konuda kararlı olduğunuzda zamanla sorumluluklarını üstlerine alacaklardır.

HER YER KAMERA

Dünyayı tanımak istiyorsanız, her dilden, her dinden arkadaşınız olsun. Lakin çocukluktan olan iki üç arkadaşınız var, onlar dışında kimseyle konuşmuyorsunuz...

İslam evrenseldir. Siz de Müslüman iseniz, evrendeki her insana kapınız açık olmalı. "Şu dinden, bu ırktan, şu görüşten" diyerek kimseye kapınızı kapatmayın.

İçinizde herhangi bir inanç yapısına karşı bir öfke varsa, üst aklın yönettiği bilinç yapısına geldiniz demektir. Üst aklın en büyük amaçlarından birisi, dinleri ortadan kaldırmak, ülkeleri pasta dilimi gibi küçültüp küçük devletçikler yapmak. O devletçikleri de faiz ve kredi batağı içerisinde yönetmek ve sömürmek. Bunun için asırlardır çalışıyorlar. Bunun için teknolojiyi de bilimsel keşifleri de sonuna kadar kullanıyorlar. Kitabın önceki bölümlerinde anlattığımız gibi, herkesin elinde zorunlu hale gelen, yirmi dört saat dinleme ve izleme yapma imkânı veren cep telefonlarını, akıllı telefon ve saatlerin adımsayarlarını, nabız ölçerlerini hatta gözbebeklerini gören kameralarını kullanıyorlar. Her yaptığınız işi gözetleyip, sizi sizden iyi tanır hale geliyorlar. Uyanık olun!

Bu konuda çok ilginç bir olay yaşadım. Bir gün, Avrupa'da, Türkiye'de de şubeleri olan bir giyim mağazasına girdim. İlginç olanı şuydu: Cebimdeki telefonun şarjı bitmişti ve kapalıydı.

Sonra uçağa binip Türkiye'ye döndüm ve sürekli o mağazanın reklamları cep telefonuma gelmeye başladı. Anladım ki telefon kapalıyken bile GPS ile yerinizi tespit edebiliyorlar.

Konuştuğunuz dili hatta şivenizi bile çözebilen cep telefonlarının, akıllı saatlerin hatta artık yaygınlaşmaya başlayan akıllı televizyonların bunu yapabilmesi zor mudur? Elbette değil. Artık her insanın cebinde bir kamera ve ses kayıt cihazı var. Her oturma odasında, odayı gören bir kamera taşıyan televizyon var ve onun da üzerinde ses ve görüntü kaydedip, istediği yere gönderebilecek teknoloji var. Çünkü artık, akıllı televizyonlar hatta buzdolapları da internete bağlanıyor. Dünyanın bir yerinde oturan birileri, kredi kartı kullandığınız, cep telefonu taşıdığınız için sizin kaç gram beyazpeynir aldığınızı görebiliyor. Akıllı buzdolabınız sayesinde bunun kaç gramını bir günde tükettiğinizi, akıllı televizyonunuz sayesinde hangi koltukta oturup bu peyniri yediğinizi görebiliyor.

Bu kadar gözetleme, izleme sadece reklam için kullanılıyor olsaydı, belki çok da endişelenmeyebilirdik. Sonuçta gönül gözünüzü açar ve reklamlara direnebilirsiniz. Ancak başka amaçlarla da kullanılıp kullanılmadığı, insanlık için henüz çok bilinen bir konu değil.

Teknolojiye gömüldükçe, farkına varmadan evrenselleşmemizi de teknolojinin içine sokmuş oluyoruz. Hayat kokusu olmayan hormonlu domatese dönüyor.

ŞİFA ALLAH'TANDIR

Ellerinizi ovuşturun, derin bir nefes alın. Avuç içlerinizi başınızın üstüne koyun. Deyin ki:

"Şifa Allah'tandır."

Birkaç derin nefes daha alıp verin. Elinizi bozmadan başınızı kaldırın ve etrafınıza bakın. Zihniniz şu an boş mu konuşuyor mu? Şu an zihniniz boşsa, andasınızdır. (Eğer zihniniz konuşmaya devam ediyorsa, derin birkaç nefes daha alıp verin. Nefesi üç dört saniyede yavaşça alın ve daha yavaş verin.)

Şimdi zihniniz sustu mu?

Şu soruya dürüstçe yanıt verin:

"Hayatınızda sizi iş mi yordu, hayatınızdaki insanlar mı? O insanlara harcadığımız zamanı kendinize kullansaydınız nerede olurdunuz?"

Enerjinizi boşa gönderdiğiniz ne varsa, şifalandırın ve enerjinizi şu ana, şimdiye odaklayın. Bu şifa çalışması size iyi geldi ve zihniniz sustuysa, akşamları yattığınızda, uykuya dalmadan birkaç dakika önce kendinize uygulayınız.

Derin nefesler alıp verin ve avuçlarınız başınızın üzerinde olsun. Sakin bir zihinle uykuya dalmış olursunuz. Daha fazla şifa çalışması isterseniz *Mucize Şifa* adlı kitabımıza bakabilirsiniz.

ENERJİ BAĞLARINIZ VAR

Ansızın bir insana doğru deli gibi çekilim başladıysa içinizde, enerjileriniz zıttır. Arkasından da sınav var. Sağlam sınanacaksınız! Çok insanla birlikte olursanız çok insanla enerji bağı içindesinizdir. O kişi depresyondaysa siz de depresyona girersiniz. Fark etmez gezegenin neresinde olduğu.

Hollanda kampındayım. Yemek var, içecekler var. Bir şey satın almadığım için bir yere de borcum yok. Keyfim yerinde. Kampın ilk günü... Dünyanın dört bir yanından insanlar geldiler, eğitimler başladı. İkinci gün, bir parasızlık duygusu geldi. Sebebini anlayamadığım bir endişe.

"Nasıl ederim, nasıl yaparım? Mümkün değil, yapamayacağım..."

İçimden, "Benim bir yere borcum yok ama niye bu korkum var?" diyorum. Üç gün boyunca nasıl ödeyeceğim korkusuyla kamp yaptım ki kimseye borcum yok.

Kuş uçuşu Kıbrıs ile Hollanda arası beş bin kilometre. Annemi aradım. "Nasılsın?" dedim.

Annem:

"Canım sıkkın. Kıbrıs'ta hükümet kemer sıkma politikasına girdi. Üç gündür taksitleri nasıl öderim diye düşünüyorum."

Annemin binlerce kilometre uzakta bir olaya gerilmesi, benim de aynı duygular içerisinde sanki o duygular benimmiş gibi yaşamama sebep oldu.

ETRAFA BAKMAYI UNUTTUK

Hayatı yaşarken, çevremizdeki çok fazla şeyi kaçırıyoruz. Arabaya bindiniz ve bir yerden başka bir yere gideceksiniz. Gideceğiniz güzergâhta manzara güzel. Pırıl pırıl bir gün... Yolculuk esnasında, etrafınızdaki güzellikleri görebildiniz mi? Ne kadar keyif aldınız?

Bu sabah yaptığınız kahvaltıyı hatırlıyor musunuz? Muhtemelen hatırlamıyorsunuz.

Kafamızın içi öyle meşgul ki, zihninizde sürekli birden çok vesvese durmadan konuşuyor. O vesveseyi kendiniz zannettiğiniz için sürekli pürdikkat dinliyorsunuz. Düşüncenin biri bitmeden diğeri başlıyor. Art arda tren vagonu gibi peşi sıra eklenmiş vesvese kaynaklı düşünceler. Zihniniz o kadar yoğun ve buna bağlı artık yorgun ki, ne yediğinizi, içtiğinizi görüyorsunuz ne de çevrenizdeki olanları.

Herkes yarınını merak eder. Bugünü nasıl ziyan ettiysek, yarını da yüzde 90 ziyan edeceğiz. Şu an nasıl bir ruh halindeysek, az çok yarın da aynı modda olma ihtimalimiz yüksek.

Birçok insan evliliğin galiba ne olduğunu tam anlamamış. Kendilerini tanımayan iki kişi bir araya gelip birbirlerini tanımadan bir ömür geçiriyorlar. Görevler var ve o görevler tam yapılırsa her şeyin yolunda gideceğini zannediyorlar. Birçok kişi yaşam amacının farkına varmadan evlilik gerçekleştiriyor. Evliliklerin birçoğunda ev içinde gerginlik, mutsuzluk yaşayıp, dışarıda el ele gezen çiftlerle dolu etraf. Sosyal medyada aşk yaşadığını göstermeye çalışanların çoğunun ev hayatlarını merak etmenize gerek yok. Çoğu maskesinin ardında mutsuz bir hayat sürüyor. El âlem ne der, başarısızlık korkusu ve diğerlerine yıkılmadım ayaktayım mesajı verebilmek için elinden geleni yapıyorlar.

Sizle sevdiğim bir örneği paylaşayım. Haydarpaşa'dan Eskişehir'e gidecek olan trene binmem lazım. Fakat aceleciyim ya, ilk önüme gelen dokuz buçuktaki trene atlıyorum ve kendimi başka bir şehirde buluyorum. Halbuki benim tren saat ondaydı. Yanlış trene bindim. Evliliklerin de çoğu böyle. Anne baba kız evlada artık evlen, torun sevemeyecek miyiz diye baskı kurar. Erkek evlada ise hayırlı kısmet ararlar. Bilinçaltımıza bir yerlerde evlenmenin, yuva kurmanın kurtuluş olduğu ekilmiş. Yuva kurmak harika bir olaydır. Herkesin yuvası olsun. Lakin sorun şu: Birçok kişi eş seçerken, aradaki enerji bağına bakıyor. Siz arınmış, korkularının farkında, beklentilerinin farkında biriyseniz, hayatınıza doğru kişiyi çekme şansınız yüksek. Lakin aceleci davranıp, sonucu düşünmeden hareket ettiğimizden dolayı, o an gördüğümüzü kısmet sanıp, hayatımıza çekmeye çalışıyoruz. Peki hayatınıza kimi çektiniz? Bilinçaltınızın size hediyesi olan, sizi sınava sokacağı kişiyi...

Şunu dediğiniz oldu mu hayatınızda?

"Ne alakasız bir yerdeyim! Ne alakasız bir işteyim! Ne alakasız insanların arasındayım!"

Yanlış trene binerseniz, yanlış istasyonda inersiniz. O istasyondaki herkes ve o şehirdeki her şey size yabancı olur. Her zaman bekârlara şunu söylüyorum. Kendi içinizdeki eksik yanınızı fark edip şifalandırmadıkça, hayatınıza kim gelirse gelsin, o da en az sizin kadar eksik olacak. İki yarım hiçbir zaman bir tam etmiyor. Evlilere de söylüyorum. Boşanmak çözüm değil. *2 Tam Bir Tek* adlı kitabımızda bu konuları oldukça detaylı inceledik.

Her şeyden önce kendi içinizde dengeye gelmeniz gerekiyor. Dengeyi kuramazsanız etrafınızdaki herkesin ayarlarını bozuyorsunuz. Bir çınar gibi olacaksınız. Kökünüz Yaradan'a olan inancınız olacak, dallarınız dünya hayatı. Kökünüz sağlam olmazsa, rüzgâr sizi yerinizden söker, savrulursunuz, devrilirsiniz.

Kırk yaşlarında bir beyefendiyle tanıştım. Çok ağır bir insan. "Ağır ağabey" dediklerinden... Eşi ise çocuk gibi, cıvıl cıvıl, kıpır kıpır...

"İkiniz, birbirinizin zıddı olduğunuzun farkında mısınız?" dedim.

Erkek, "Evet. Çok hareketli, çok çocuksu bir eşim var" dedi biraz şikâyet edercesine.

"Eminim eşin de senin çok ağır, monoton olduğunu düşünüyordur..." dedim.

Eşi, "Evet hocam. Kocam çok sıkıcı" dedi.

Adama dedim ki:

"Eğer eşin de senin gibi ciddi biri olsaydı, elli yaşına geldiğinizde doksan yaşında olurdunuz. Senin çocuk ruhlu eşin, içinde unuttuğun çocukla arkadaşlık kuran, onu hayata geri getiren bir nimettir. Karın çocuksu davranışlarıyla seni gençleştirecek, sen de onu olgunlaştıracaksın. İkiniz çocuksu olsanız bir şey yapamazdınız, ikiniz ağır olsanız hızla yaşlanacaktınız. Bunun ortasını bulmanız gerekiyor. Herkes karşısındakini kendine benzetmek ister. Benzetmeyi başarınca da o kişi kendisi gibi olur. Sonra da kendisine benzettiği kişiden soğumaya başlar."

Her şeyin dengesi iyidir. Ne fazlası ne de azı... Ortayı bulabilmek...

Bu dünyaya bir kere geldik. İkinci şansınız yoktur. Ömrünüzü ziyan etmeyin. Başta kendiniz, eşiniz ve çocuklarınız olmak üzere, onların isteklerine de kulak verin.

Bir gün bireysel bir görüşmeye kırk yaşında bir hanım geldi. Babası kendisi çocukken çok baskıcıymış. Baba evinden çıkalı yirmi yıl oldu ve içine attığı o kadar ağır olaylar vardı ki, bu da canını yakıyordu. Sohbet esnasında hıçkırarak ağlamaya başladı.

"Baba niye evin içinde istediğimiz gibi yaşamamıza izin vermedin? Biz evin içinde bile istediğimizi yapamadık. Mobilya, eşyalar evdeki her şey sadece sana göre ayarlandı. Biz doğduğumuz evde neden hep misafir gibi yaşamak zorunda kaldık? Ne istediğimizi, ne düşündüğümüzü, ne hissettiğimizi bile sormadın."

Bazı anne babalar, evin içinde dahi çocuğa hiç seçim yapma hakkı tanımıyor. Evin içi ortak kullanımdır. Evde yaşayan her bireyin ortak kararları ile hazırlanması o evdeki dayanışmayı ve takım ruhunu artırır. Evin içindeki takım ruhu, o evin bereketini artırır. Siz evin içinde birbirinizden razı olun ki, Allah da sizden razı olsun.

KENDİNİZ İÇİN YAPMAZ, BAŞKASI İÇİN YAPARSINIZ

Hayatımızın birçok noktasında al ve ver dengemizi dengeye alamıyoruz. Genelde hep veriyoruz ve alma kısmına geldiğimizde sıkıntılar yaşıyoruz. Size gelip yardım istesem, kuşkum yok ki yardım edersiniz. Ama "Çıkın, kendiniz için bir on dakika parkta yürüyün..." desem yapmazsınız. Sıkıntı burada. Hep başkaları için koşturuyoruz.

Annemle yaşadığım ilginç diyaloğu paylaşayım. Kamp düzenleyeceğiz ve bu kampa dünyanın dört bir yanından insanlar geliyor. Annemin de gelip o kampta dinlenmesini, güzel vakit geçirmesini söyledim. Annem gerek yok dedi ve konuyu geçiştirdi. Kampa yük olmak istemediğinden gelmek istemedi. İki gün boyunca annemi kampa getirmeye çalıştım. Ancak yanaşmıyordu. Sonunda stratejiyi değiştirdim ve telefonla arayıp şöyle dedim:

"Anne günaydın, nasılsın?"

"İyiyim" dedi.

"Senden bir şey istiyorum. Kamp yapıyoruz. Kalabalığız. Bana yardıma gelebilir misin?" dedim.

"Olur, tamam, valizimi hazırlayayım" dedi.

Ben "al" dediğimde almıyor, "ver" dediğimde veriyor.

Annem yardım istemeyi çözemezse, ben de bunu pek başaramayabilirim. Bu sebeple kuşaklar boyu şifalamamızda fayda var. Bilgi kuşaklar boyu akmalı. Yaşınız kaç olursa olsun, sizden sonraki nesillere mektuplar yazın. Mesaj bırakın. Tavsiyelerde bulunun. Bunca yıllık yaşanmışlığınızın içindeki tecrübelerinizi sizden sonrakilerle paylaşın ki onlar bayrağı aldıkları yerden devam etsinler. Derin dünya sistemleri ile aramızdaki en büyük fark burada. Onlar kendi nesillerine harmanladıkları bilgileri paylaşarak büyütüyorlar. Bu sistemin içinde olmayan halkın çocukları ise, hayata sıfırdan başlıyorlar. Deneyerek öğreniyorlar ve bir ömür geçip gidiyor bir şeyleri anlayıp çözene kadar. Siz küçük yaştayken hayatın birçok sırrı size verilseydi, maddi manevi desteklenebilseydiniz şu an hayatınız farklı olur muydu? Cevabınız evet ise, en azından biz bunu bizden sonraki kuşaklara yapalım. Hayat tecrübelerimizi sevgiyle paylaşalım ve onlar nasipleri neyse alıp, bir adım önde hayata başlayabilsinler. Ve ondan sonraki kuşak da iki adım önde başlayabilsin. Böylelikle, sizin hayat tecrübeleriniz, bir çığ gibi kuşaklar boyu katlanarak artacak. En azından ömrümüz bir işe yaramış olsun.

HANGİ DAVRANIŞLAR DENGEMİ BOZUYOR?

Hayatımızın birçok noktasında farklı farklı kişiler ile diyalog içerisindeyiz. Bu diyaloğu gerçekleştirirken neden bazı kişilerle gayet güzel iletişim kurarken bazıları ile konuşmamız kısa sürede savaş meydanına dönebiliyor?

Bu konuda hiç kafanızı yordunuz mu?

Genelde uyum içinde olduğumuz kişiler ile titreşimlerimiz gayet güzel. Uyum sorunu yaşadığımız kişilerde ise şunu fark ettim. Genelde ortak benzerlikleri, benim atalarımda sevmediğim, etrafımda yargıladığım huylarla, davranışlarla neredeyse aynı. Yani geçmişte neyi yargıladıysam, şu an sorun yaşadığım kişiler o yargıladıklarımla sanki bağlantılı gibi. Bunu siz de hayatınızda inceleyin. Geçmişte yargıladığınız kişi ve olayları içsel olarak affeder ve o olaya sevginizi gönderebilirseniz bir de bakıyorsunuz ki, tartışma içinde olduğunuz kişiler ile aranız düzelmeye başlıyor. Bu birinci bakış açısıydı.

İkinci bakış açısı ise kendimizdeki açık kapıları bulmayla ilgili. Eğer benim bazı davranışlara ve konuşmalara tepkim varsa, etrafımdaki bazı kişiler nedense hep de oradan bizlere çarpıyorlar. Yani alıngansan, seni gücendirecek davranışlarda bulunuyorlar. Tutumluysan, başına masraf açıyorlar. Titizsen, onlar dağınık oluyorlar. Çalışkansan, etrafına tembel kişiler toplanmaya başlıyor. Ya da ev halkı sorumluluklardan kaçmaya başlıyor. Her hareket zıddıyla oluşuyor. Bu sebeple, dengenizi bozan lafları, davranışları içinizden dengeye almaya çalışın ki o kapıdan kimse içeri giremesin. Daha doğrusu kapıyı bulamasınlar.

Arkadaşlarımdan birisi alıngandı. Her seferinde ben de ona şaka yapıp incitiyordum. Bana önce bozuluyordu. Sonra şaka yaptığımı anlayınca yavaş yavaş düzeliyordu. Bir gün yine kendisine şaka yaptım lakin umursamadı. İkinci kez şaka yaptım, yine bundan etkilenmedi. "Senin neyin var? Eskiden alınırdın, bozulurdun!" dedim.

"Alıngan olduğumu fark ettim ve bunu kendi içimde şifalandırdım" dedi.

Onun içindeki alınganlık duygusu şifalanınca, biz de bir daha kendisine şaka yapmadık. Çünkü alınmayan birisine şaka yapmanın keyfi pek yok.

Etrafınızdaki olaylar ve kişiler de böyle. Açık kapınızı gördükleri sürece oradan çarparlar. Siz açık kapıları şifalandırdıkça, size çarpmaktan dolayı enerjinizi çekemezler ve kendilerine başka kaynak ararlar. Her zaman tam ve bütün olmaya niyet edin. Diğer tüm kitaplarımızda ısrarla tamamlanıp bütünlenmeyi paylaşmaya çalıştık.

Bir kâğıt kalem alın ve şunların yanıtlarını yazın:

İkili bir diyalog esnasında iletişim kurmaya çalıştığınız kişiyle, o esnada duygularınızda bir dengesizlik veya değişim başladığında ne hissediyorsunuz?

Dengenizi bozuyor mu? Herhangi bir etkisi oluyor mu? Kendinizi değersiz mi hissediyorsunuz? Saygısızlığa mı uğradığınızı düşünüyorsunuz? Ve iletişim esnasında hangi davranışlar sizin dengenizi bozuyor?

Bu çok önemlidir:

"Hangi davranışlar dengemi bozuyor?"

Bu soruyu kendinize sorun ve yanıtını geniş kapsamlı bulmaya çalışın. Çocuğunuzun, eşinizin, aile bireylerinin, arkadaşlarınızın hangi davranışı sizi arızalandırıyor? Kendinizi eliniz ayağınız titrerken buluyor musunuz? Eşinizin, patronunuz veya iş arkadaşınızın hangi davranışı size içsel patlama yaşatıyor?

Kendi hayatımda ilk tespit ettiğim noktalardan biri buydu. Eskiden iletişim kurmayı başaramayıp direk savaşa girerdim ve haklı çıkana kadar da savaşırdım.

Sizde ve karşı tarafta suçlanma korkusu varsa, zaten diyaloğa başlar başlamaz birbirinizi yanlış anlamanız neredeyse yüzde yüz. İkiniz aynı konuda aynı fikre bile sahip olsanız o diyalog karşılıklı laf dalaşıyla, küskünlüklerle bitebilir. Suçlanma korkusu insanın hayatını inanılmaz yoran bir durum. Sadece kendi hayatını mı? Herkesin hayatını da kaosa çevirebilirsiniz.

Şimdi artık böyle durumlarda kendime şunu söylüyorum:

"Senin suçlanma korkun varken karşındakiyle iletişim kurabiliyor muydun? Hayır. O da şu anda seninle iletişim kuramayabilir. Lütfen konuşmasını bölmeden, tamamlayana kadar dinle. Bırak konuşsun. Ve ne söylerse söylesin, içinde iyi bir şey bulmaya çalış. Vesvesenin seni yanlış anlamaya itmesine izin verme."

Geri adım atıyorum. O an konuşmaya gerek yok. Ona şöyle yapamazsınız:

"Senin suçlanma korkun patladı. Kendini arındır arkadaş!"

Bunu yaparsanız suçlanma korkusunu iki katına çıkarırsınız. Onun içindeki vesvese, en doğrunun kendisi olduğuna inandırmış. Böyle durumlarda sabırlı olun. Bırakın konuşsun. Bakalım nereye varacak? Bazen de bazı kişiler var, lafı söyler, anında arkasını döner ve gider. Bu kişiler genelde kendi kendileriyle de kavga içindedirler. İleriki yaşlarda da büyük ihtimalle kendi kendilerini hasta edebilirler. Mızırı arı sokarmış.

Burada yapmamız gereken derin bir nefes almaktır. Ben buna "acil yardım nefesi" diyorum.

Derin bir nefes alın ve yavaşça verin.

"Kabuldeyim..."

İçsel olarak söyleyin bunu.

Bir nefes daha alın ve şu duayı edin:

"Allahım, karşımdaki ile kurmaya çalıştığım diyaloğun, senin katından koruma altında olmasını niyet ediyorum."

Biriyle o an iletişim kurarken, "Senin katından niyet ediyorum..." deyince, ortamdakiler sakinleşmeye başlıyorlar. Ama sizin niyetiniz, "Dur şuna bir haddini bildireyim..." ise yardım filan gelmez. Ortamdaki kavga gittikçe büyür.

Kâğıdı kalemi alın ve şunun cevabını yazın:

Hayatınızda gördüğünüz zararların, yüzde kaçına en başta siz izin verdiniz?

Kendi yaşantımda ben buldum: Yüzde 100'üne... Tümünde ben izin verdim zarar vermelerine.

Karşınızdakiyle diyalog kurarken birinci nefesi alın.

"Kabuldeyim..."

Ego hemen devreye girecektir.

"Canına oku onun!"

Sakın ha!

Bir nefes daha alın ve içinizden niyet edin.

Sonrasında ise bu olayı daha önce kiminle yaşadığınızı düşünün. Bu olay hayatınızda nerede tekrar etti? Neyin tekrarı?

ETRAFINIZDAKİLER, ZİHNİNİZİN YANSIMASI

Şunun artık farkındayım: Etrafımdaki insanlar, zihnimdeki düşüncelerin yansıması. Ben zihnimden birini yargılıyorum ki onlar da beni yargılıyor. Gün içinde birine içimden kızayım, sosyal medya hesabımdan biri o gün bana söylenebiliyor.

Hayatı hızlandırmaya çalıştığımda, aşırı acelecilik yaptığımda, aksilikler çıkıyor ve işler gecikiyor. Hayat akışımın kendi doğal bir hızı var. Bu herkeste farklıdır. Ne zaman kendi akışımı yavaşlatmaya ya da hızlandırmaya çalışsam, tam tersi yönde bir etki ile karşılaşıyorum. Tembellik yapıp kendimi erteleyeyim dediğimde bir aksilikle tekrar yola koyuluyorum. Ya da işleri hızlandırmaya çalıştığımda ise, aksiliklerle bir şekilde yavaşlıyorum. Buradaki konu aslında Allah'ın ilahi akışına ayak uydurabilmeye ve uyum gösterebilmeye niyet etmek.

Sakın büyük konuşmayın! Sınanırsınız. Bunun defalarca örneğini yaşamışsınızdır. Ben de yaşadım. Bir cuma sabahı gözümü açtım ve şöyle dedim:

"Allahım önce seni sonra eşimi seviyorum..." Bu sözü içimden söyledim. İnanın kimse duymadı.

Bugüne kadar kimi Allah'tan çok sevdiysem, kaybettim. Elimde tutamadım. Sonra kabullendim. Eşime her zaman derim. Önce Allah'ı sonra seni seviyorum. O da önce Allah'ı sonra beni sevsin.

Sabah söylediğim sözle ilgili acaba hayatıma nasıl bir sınanma geldi? Cuma namazı için sala okundu. Kayınvalidem yemek yapmış. Kayınpederimle birlikte yemek yiyoruz. Yemeği bitirmek ve gidip ezan okunduğunda cuma namazını kılmak istiyorum. Eşim aradı:

"Annem yemek yapmış. Çok canım çekti, bana da işyerine getirebilir misin?" dedi.

İçimden dedim ki:

"Sana yemeği getirirsem, cuma namazına gidemeyeceğim. Götürmezsem, hamile kadın yemeği bekleyecek..." Sonra hatırladım:

"Sabah ne demiştin? Hadi bakalım sana sınav! Cuma namazına mı gideceksin, eşine yemek götürmeye mi?"

Ne yapacağımı düşünürken, eşim bir daha aradı:

"Çok canım çekti, o yemeği bir an önce getir..." dedi.

Arabaya bindim. Yemeği yanıma aldım. Üçüncü arayışında artık yola çıkmıştım.

Yolda giderken hep kırmızı ışık... Herkes üstüme üstüme geliyor. Nefes alıp veriyorum ama alnımdan terler boşandı. Kendi kendime "Yemeği yetiştireceğim ama cuma namazını kaçıracağım..." dedim. Sabah büyük konuştum çünkü. "Allahım önce seni sonra eşimi seviyorum" demiştim. Ve ben Allah'a olan ibadetimi ikinci sıraya atıp eşime gidiyordum. Söylediğim ve yaptığım tezattı.

O saat bir nefes aldım ve dua ettim:

"Allahım sen benim niyetimi bilirsin. Ben yine seni birinci sırada severim. Ben bu yemeği hamile eşime yetiştireyim, cuma namazına da yetişeyim. Zamanı lütfen esnet. Senin gücün her şeye yeter." Tüm kalbimle kırmızı ışıkların yandığı trafikte bunu diledim.

Bir anda önümdeki bütün trafik dağıldı. Bütün yeşiller yandı ve on beş dakikalık yolu, üç dakikada gittim. Yemeği eşime teslim ettim. Büyük bir mutlulukla teşekkür etti.

"Canım kahve içmeye gelsene!" dedi eşim. Cuma olduğunu unutmuş.

"Öteki sevgilime gidiyorum..." deyip caminin yolunu tuttum.

Üç dakikada da camiye yetiştim.

Yaşlı bir dayım vardır. Camiye birinci sırada gider, bütün hutbeleri, konuşmaları dinler. İçimden de diyorum ki:

"İnşallah dayımın yanında yer bulurum..." Ama dayım bin kişinin içinde en ön safta yerini bir saat önce almış. Ben ise, ezan okunuyor, ancak camiye gireceğim.

Ayakkabılarımı çıkardım, caminin avlusuna kadar halılar serilmiş, her yer bayram yeri gibi kalabalık. Caminin içine girdim. Birden ilginç bir olay oldu. İnsanların arasından bir koridor açıldı. En öne kadar gittim. Dayım orada oturuyor ve yanında da bir kişilik boş yer var. Oraya diz çöktüm ve oturdum.

"Hoş geldin. Nerede kaldın? Seni bekliyordum..." dedi.

Bu olayda da bir kere daha hatırlamış oldum ki sistem niyetle çalışır. Doğru niyet doğru zamanda, doğru amaç için yapılırsa dağ yerinden oynar. Genelde gönülden duaları dardayken becerebiliyoruz. Yani duanın da aslında bir kıvamı var. Dardayken inanılmaz gönülden, rahattayken de o enerjiyi sanki üretemiyoruz. Allah yaşam yolumuzda olan dualarımızı inşallah her zaman kabul eder. Güçlü dua edebilmemiz için sıkıntılara ihtiyacımız kalmasın.

Günün neredeyse çoğu saati çalışırım. Gündüzleri seminer, kamp, dünyalık işler, sosyal işler; akşamları da kitapların yazımı ve dualar. Genelde sabah namazından sonra Kuran okumaya gayret gösteriyorum. O saatlerde insanların derin uykuda olduğu sabaha karşı saat üç ile beş arasında zihinler de uykuda olur. Uykudaki zihinler genelde telepatik iletişimde pek olmazlar. Yani etrafta başkalarının zihin gürültüsü yoktur. Eğer o saatte ayakta olursanız, kimsenin kafa gürültüsünü duymadığınızı fark edersiniz. Adeta şehrin göbeğinde, derin bir ormandaki sessizlik gibi...

Sabaha karşı olan vaktin sessizliğinin keyfini ve bereketini sürebilmeye niyet edin. Lakin derin dünya sistemleri bu değerli vakti kullanamamamamız için bizi bunalıma sokmaya çalışır, kendi bunalım ve ruh halimize uygun dizilerle gece yarısına kadar hipnotize kutusu başında abur cubur tıkınarak geç yatmamızı ve uykusuz kalmamızı istiyorlar. Bunları öğrendikten sonra sisteme birçoğunuz ihtiyaçlarından ve kendini tamamlamadığından dolayı uymaya devam edecek. Sadece iradesini güçlendirebilenler hariç.

Herkese söylüyorum: Bereketin en güzeli, sabah namazından sonra üretmeye başlamaktır. Geri yatmayın. Güne başlayın ve çalışın. Üretin. Spor yapın. Sağlıklı beslenin. Ama sabah namazına kalkabilmek, iradenizin ancak güçlenmesiyle mümkün olabiliyor. Uykunun en tatlı yerinde kafanızı kaldırıp, abdest alıp, alnınızı seccadeye koymak demek, içinizdeki vesveseye direk savaş açmak demek. Yıllarca savaşları kazanmış vesvese, yine size iki tatlı söz bulur ve o sıcak yorganın altında uyumanıza devam etmenizi sağlar.

Vesvese en çok şunları söyler:

"Rabbin seni zaten biliyor. Senin kalbin temiz. Namaz kılmasan da olur."

Bir başka konuşma:

Bugüne kadar kıldın da ne oldu?"

Bir başka konuşma:

"Yobaz olma, sen de namaz kılanlar gibi eski dinden mi olacaksın?"

Bu lafların oyun olduğunu fark ederseniz hayatınızda farklı bir döngünün başladığını zamanla fark edeceksiniz.

HAK ETTİĞİNİZE İNANIN

Bir de hak etme duygusu vardır. Genelde kıtlık bilincinden, değersizlik duygusundan gelen kişilerin ailelerinde, her zaman kıtlık muhabbet konusudur. Kim en çok çalışır, en az dinlenir, en fazla başkasına vakit ayırır ve kendisine vakit ayırmaz. Böyle bir kendini feda etme haliyle ilgili gizliden bir yarış vardır. Sanki bu fedakârlık o kişinin ailesini çok sevdiğinin bir ispatı sanılır. Gün içinde didinir, çalışır ve hiç dinlenmez. Eve gelir, evde de dinlenmez. Sanki dünyaya çalışmak için geldi. Beş dakika dinlenmeyi kendine hak görmez. Bazen de bu durum, kişinin mutsuz içdünyasıyla yüzleşmesinden kaçış, kendini geçmişte verdiği ya da veremediği kararlardan dolayı bir cezalandırma yolu da olabilir.

Hayat size bir şişe su sunar. Onu hemen başkasına verirsiniz. Sonra bir şişe su daha gelir ve onu da içmeden yine bir başkasına verirsiniz. Sonra bir daha... Bunu sürekli yaparsanız, su size uğrayıp zaman kaybetmek yerine, doğrudan gideceği yere gider. Siz de boş yere çalışır durursunuz. Bereketiniz başka yerlere doğru kaymaya başlamıştır.

Size gelen nasipten hep veriyorsanız, sistemi yavaşlattığınız için sizi aradan çekerler. Size her geleni, başkasına vermek zorunda hissetmeyin kendinizi. İyi olanı elinizde tutamamanın altında, iyi güzel olanı hak etmeme duygusu yer alıyor olabilir. Bu konuda kendinizi ve bilinçaltınızı yeniden programlamanız gerekiyor.

Sağlıklı bir şekilde dinlenmeyi hak ediyorsunuz. Güzel bir tatili hak ediyorsunuz. Güzel bir evde oturmayı, neşeli insanlarla bir arada olmayı hak ediyorsunuz. Evinize gelirken dilediğiniz ihtiyacınızı alabilecek maddi imkânları hak ediyorsunuz. Güzel bir arabayı, arkadaşlarınızla birlikte gezip hava almayı hak ediyorsunuz. Bundan böyle iyi olanı hak ettiğinize inanın ve bunun için adım atın.

Sağlıkla dinlenmeye niyet edin. Kendinize sağlıkla vakit ayırmaya, sinemaya gitmeye, kitap okumaya niyet edin. Sevdiklerinizle vakit geçirin. Bu sefer de bırakın sevdikleriniz size hizmet etsinler. Al-ver dengesi önemlidir. Al kapısını açmadığınız sürece, yardım edecek insanlar hayatınıza gelemez. Olanlar da hep almaya devam eder. Yardım almak, yardım etmek kadar güvenli ve sağlıklı.

Bu sefer de kendiniz için bir adım atın.

"Allahım, zihnimdeki iyi olanı hak etme ve kıtlık bilincinin senin sevginle şifalanmasına niyet ediyorum" diye her zaman duada bulunun.

İKİ GÜNÜNÜZ AYNI OLMASIN

Rahmetli babam anlatırdı. Yıllar öncesi okulundaki öğretmeni tüm sınıfa şunu nasihatte bulunmuş:

"Evinizle işyeriniz arasında en az bir durak mesafe olsun."

Yani evden çıkıp nefes alın. Bir restorana yemek yemeye giderken farklı menüler ve farklı restoranlar da deneyin. Tek yerin insanı olmayın. Her lezzeti deneyin. İşyerine her gün aynı yoldan gidip gelmeyin. Sağ elle yemek yiyorsanız, arada bir sol elle de yemek yiyin. Zihninizi şaşırtın.

Peygamberimizin de dediği gibi:

"İki günü bir olan ziyandadır."

Rutinin içinde farkına varmadan körelmeye başlarsınız. Bu sebeple kendinize farklı hobiler, yeni arkadaş gurupları, farklı mekânlar bulmaya niyet edin. Şu soruları kendinize sorun:

- Sabahları mutlu, keyifli, dinlenmiş olarak uyanıyor musunuz?
- İşe gitmek için daha yatağınızdan kalktığınız anda bir heyecan duyuyor musunuz?

- Yaptığınız işte her gün aynı şeyleri tekrarlamak yerine yeni şeyler üretmeye çalışıyor musunuz?

Eğer cevaplarınız evetse, doğru yoldasınız demektir...

Yoksa sabah gözünüzü açar açmaz elinize cep telefonunu alıyor musunuz? Sosyal medya, sosyalleşme yeri değildir. Tam tersine asosyal medya olma yolunda gidiyor. Her gün sosyal medyayı açıp, "Dur bakalım bugün kim ne yaptı?" diyorsanız, ömrünüzü boşa harcıyor olabilirsiniz. Sonuçta bu da bağımlılık. Dur demek için iradenizin güçlü olması gerek. Yoksa Allah'ın size emanet ettiği zaman akıp giderken siz sadece başkalarının hayatlarını izler durursunuz.

Tekrar hatırlatmak istiyorum. Rutinin dışına çıkın. Vesvese, "Paran yok, zamanın yok" deyip ertelemeniz için sizi ikna edecek. Art arda kendinizi ertelediğinizde bir de baktınız ki bir ömür akıp gitti hayatınızdan.

Seçim her zaman sizin.

FIRSATLARI YAKALAMAK

Eskiden başkalarını şanslı, kendimi de şanssız görürdüm. Sanki hayat hep onlara güzeldi. Çile kısmı da bana denk gelmişti. Bir gün şunu fark ettim. Hayatı şanslı olan dediğim insanlar yaşadıkları her andan mutlu olmayı becerebiliyorlardı. Sevgi doluydular. Ben ise her anımı çileye çevirme konusunda sanki uzmanlık yapmış gibiydim. Kafayı birilerine takar, her seferinde üzülür içime atardım. Bu da yetmezmiş gibi herkesin derdine de koşardım. Yıllar geçti, her şey değişti, bir ben değişemedim.

Daha sonra bir şeyleri hayatımda değiştirme kararı aldım. Haksızlık yapanları affettiğim zaman hiç beklemediğim yeni kapılar açıldı hayatımda. Hiç gelmeyecek fırsatlar çıktı önüme. Eskiden fırsatlar yine vardı ama kafam birine ya da bazı olaylara takılı kaldığı zaman fırsatları göremiyordum. Kendinize sormanız gereken soru şu:

"Hayatımda kaç tane fırsat kaçırdım ve fırsatları kaçırdığım dönemde kimlerle kavgalıydım?"

Vesvese nasıl çalışır? Size bir fırsat treni yaklaşığında, etrafınızdaki herkesle çatıştırır. Gürültü, toz koparır ve tren geçer gider, siz fark etmezsiniz bile.

Acaba hayatınızda kaç fırsat kaçırdınız? Kaçırdığınız dönemlerdeki duygu haliniz neydi? Fırsatı kaçırdığınızı ne zaman fark ettiniz? Hiç kendinize böyle sorular sordunuz mu?

Etrafınız karışmaya başladı mı anlayın ki yeni bir fırsat geliyor. Siz tartışmaya girmeyin. Sakin ve dingin yaşam akışınıza devam etmeye niyet edin. Bu sefer fırsatları yakalamaya başlayacaksınız.

ODAKLANMA

Ani öfkelendiğinizde, etrafınızdaki insanlara zarar veriyorsunuz.

Özellikle de korktukları başına hızlı gelen kişilerde bu çok yaşanıyor. Hangi konuda korkunuz varsa, o korkunuzun şifalanabilmesi için yüzleşmeniz gerekiyor. Bu sebeple de yaydığınız enerji benzer enerji ile sizin yaşamsal zaman çizelgeniz içerisinde ortak kesişme noktaları oluşturmaya başlıyor. Bu kesişme noktaları bu gezegendeki herkes için geçerli. Lakin hemen hemen çok az kişi bunun farkında. Doğduğunuz günden bugüne kadar söylediğiniz sözler, verdiğiniz sözler, iddialar, kötü sözler ve bunun gibi daha birçok şey zaman çizelgenizin içine yerleşmiş durumda. Sırasıyla gerçekleşiyorlar. İnat edip şifalandırmak yerine, haklı çıkmaya çalıştığınız, direndiğiniz her konu, yine sizin zaman çizelgeniz içerisinde daha sert enerjili başka kişilerle eşleşmeye başlıyor. Ya da daha sert enerjili olaylarla. Sırf kendi döngümüzden çıkması için o enerji kendini nötrlemeye çalışıyor. Kısacası korktuğunuz bir şekilde görünmeyen bir enerji sistemi tarafından önceleri tatlı tatlı inat edenler için daha sert bir şekilde hayatlarına geliyor. Bu korkunuza sürekli odaklandığınızı ve korkunuzu sürekli düşünerek enerji yüklediğinizi gösteriyor. Kendinize bir sorun. Hangi konularda içsel korkularınız var? Bunun var olduğunu kabullenmek bile büyük bir adımdır.

Korku dışında endişelerimiz de olabiliyor. Endişeniz varsa, başınıza endişe ettikleriniz de yavaş yavaş gelmeye başlıyor. Enerjiniz güçlüyse daha hızlı da geliyor olabilir.

İçdünyanızda savaşlarınız, yargılarınız, başkalarının başarısına karşı öfkeniz varsa, size gelen bereketi geri itiyorsunuz. Bunları yapmanıza gerek yok. Hepimiz bolluk ve bereketi hak ediyoruz.

Camide sabır dileyen birini gören Peygamberimiz, "Sen Allah'tan belanı mı istiyorsun?" diye uyarmıştır. Hep sabır dilerseniz, hep sabredecek olaylar gelir başınıza. Artık şunu diliyorum kendi adıma:

"Allahım, kolaylıklar ve sağlıklar ver. Allahım, selamete çıkar. Her iki cihanda da güzellikler nasip eyle."

Eskiden olumsuz olan duygulara gayet başarılı odaklanıp, gün boyunca başkalarının bana verdiği zararı oldukça iyi bir şekilde düşünüp kafamda döndürüp dolandırabiliyordum. Şimdi ise tam tersi. Yapılacak güzel çalışmaları, gidilecek güzel yerleri, iyi olanı zihnimde düşünmeye, vakit ayırabilmeye adım attım. Bu adımdan sonra hayatımdaki birçok gerçeklik kendiliğinden değişmeye başladı. Nereye odaklanıyorsam, sanki odaklandığım yoldaki trene bir bilet almışım gibi, gün içinde hatta hafta içerisinde o trende gidiyorum.

Birçok kişi bana şunları soruyor:

"Zenginleri kınadık, neden zengin olmadık?", "Bolluğun hayatımıza gelmesi için kaç gün olumlama yapmalıyız?"

Cevabım her zaman şu oluyor:

Bir terazi düşünün. Bir kefesine kırk yıl olumsuz düşünce biriktirdiniz. Birçok kişiyi yargıladınız. Olayların hep kötü tarafına baktınız. Şimdi bu teraziyi dengeye getirmeniz gerekiyor. Diğer kefesine de acaba kaç zaman iyi niyetler yüklerseniz, terazi dengeye gelmeye başlar?

Şimdi burada başka bir kısa yol göstermek istiyorum. Eğer geçmişi affetmeden, kimse ile helalleşmeden, hakkınızı helal etmeden yani terazinin sol kefesini boşaltmadan, sağ kefesine olumlamalarla bir şeyler yapmaya çalışırsanız bu yolculuk oldukça uzun yıllarınızı alabilir ve çoğu zaman da huyunuzu değiştiremediğiniz için etrafınızdaki kişileri yargılamaya devam edeceksiniz. Bu da sol kefenin daha da dolması demektir.

Geçmişle yüzleşip, helalleşip, arındırmadan gelecek için adım atabilirsiniz lakin olması gerektiği gibi olamayabilir.

Seçim her zamanki gibi size ait. Lakin şunu fark etmeniz gerekiyor. Seçimlerinizin çoğunu bilinçaltınız yapıyor. İradeniz güçlüyse bu seçimlere müdahale edip sonucu hayrınıza bir yere dönüştürebiliyorsunuz. İradeniz zayıfsa, bilinçaltınız etrafındaki manipülasyonlar ile her gün programlanmaya ve sizi güdülemeye devam edecek. Siz de markete alışverişe gittiğinizde, seçtiğiniz diş macununun sizin seçiminiz olduğunu zannetmeye devam edeceksiniz. Hayatın güzel taraflarına artık odaklanma vaktiniz geldi.

"Allahım, içimdeki bana ait olmayan tüm olumsuz duygulardan ve düşüncelerden sana sığınırım. Kendimi ertelemekten vazgeçiyorum. Benden başlayarak bütüne hizmet etmeye niyet ediyorum."

ACELE, EGONUN İŞİDİR

Arınmak için niyet ettikten sonra birçok kişi bir an önce arınmak ister. Hayatındaki sorunların hemen çözülmesini, yuvasındaki problemin yoluna girmesini, maddi darlığının bolluğa dönüşmesini ister. Acelecilik bu konuda tehlikeli bir durumdur. Çünkü siz acele ettikçe farkına varmadan içinizde bir zaman döngüsü başlatıyorsunuz. Bu zaman döngüsünde zaman geçtikçe, stres yapmaya başlıyorsunuz. Acele ettikçe sanki ulaşmanız gereken hedefler de sizden uzaklaşıyor gibi olabiliyor. Sistemin zorlamayı, aceleciliği pek sevmediğini zaman içerisinde gözlemledim. Acelemiz yok. Sakın acele etmeyin! Acele egonun işidir. Önemli olan yarışı kazanıp, altın madalyayı almak değildir. Yolculuktur önemli olan. Varacağımız nokta değildir.

"Allahım, kendi hayatımda temizlemem gereken olaylar varsa, lütfen bana bunları göster, sağlıkla ve kolaylıkla şifalandırayım..." diye dua ettim.

Elinize bir kâğıt kalem alın ve hayatınıza gelen insanlarda ortak, sizi rahatsız eden üç özellik tespit edin. Bunları listeleyerek yazın.

Eğer siz aşırı vericiyseniz, aşırı alıcı insanlar etrafınıza gelir. Bu yüzden yardım ederken bile dengede yardım edebilmeye niyet edin. Hayatınızdaki her iyi gelişmeyi, güzel giden şeyleri sosyal medyadan, şuradan buradan paylaşma alışkanlığınıza bir son verebilmeyi deneyin. Unutmayın, bu gezegende aşırı derecede mutsuz insan var. Mutlu her anınızın içerisine o an mutu olmayan binlerce kişiyi sokmaya neden ihtiyaç duyuyorsunuz? O an sadece sizin özelinizdi. Onların değil. Sadece size ait olan o özel anı paylaşmaktaki derin içsel duygularınızı, ihtiyaçlarınızı bulabilmeye niyet edin.

Sosyal medyada illa bir paylaşım yapacaksam, "Dağa tırmandım, çok mutluyum! Yemek sofrasındayım..." demek için yapmıyorum. Seminerlerden görüntüler ve kitap bilgileri paylaşıyorum. Bu da yeni kişilere ulaşabilmek için. Yoksa sosyal medya hesabı açmazdım bile.

Eskiden yemek yaparken komşuya kokusu gider de mahcup oluruz diye endişelenirdik. Şimdi ise yaparken fotoğraf, yerken fotoğraf, kemikler kalmışken de fotoğraf paylaşıyoruz. Aç olan var, tok olan var... O an eşiyle kavga edip hüngür hüngür ağlayan var, bunalımda olan var. Dönüyor bakıyor ve sizin iyi durumda olduğunuzu görüyor. İster istemez olumsuz enerjiyi üstünüze çekiyorsunuz.

Sosyal medya artık birçok insanda uyuşturucu gibi bağımlılık halinde... Kendinizin doktoru olup, kendinizi tedavi edin. En azından tedavi sürecinizde bir şey paylaşmak zorunda hissediyorsanız, doğa resimleri paylaşabilirsiniz. Görenin içi açılsın. Sosyal medya hesaplarınızı, "yıkılmadım ayaktayım" ispatı yapmak için kullanmayın.

SÖZ BİR ENERJİDİR

Boş bir kâğıt ve kalem alın ve hayatınıza darbe vuran, sizi üzen insanların isimlerini alt alta yazın. İstiyorsanız isim yazmak yerine onlara sadece numara verin. Anne ve babanız da dahil, sizi üzen kimler varsa... Yirmi sene önceki arkadaşınız da olabilir, üç sene önceki ortağınız da... Sizin hayatınızda etkisi olan, sizi üzen, yoran en az beş kişiyi alt alta yazın.

Sonra karşılarına, size yaşattıkları korkuları yazın. Örneğin anneniz size hangi korkuyu yaşattı? Terk edilme korkusu mu, suçlanma korkusu mu?

Okul arkadaşınız varsa listede, size hangi korkuyu yaşattı? Dışlanma korkusu mu, terk edilme korkusu mu?

Babanız size hangi korkuyu yaşattı? Parasızlık korkusu mu?

Bunları yazdıktan sonra üzerinde düşünün ve hepsini affedin. Bu çalışmayı zaman zaman yapın. Eğer yapmazsanız, gözlemlemez ve temizlemezseniz, helalleşmezseniz, benzeri olaylar hayatınıza gelip duracaktır.

Bir gün bir televizyon kanalı programa çağırdı beni. Sunucunun kim olduğunu, programın içeriğini bile bilmeden gittim. Demek ki bilmemem gerekiyormuş çünkü bilsem, gitmeyeceğim zaten.

Programa çıktık. Oldukça ağır, arabesk bir şarkıyla başladı program. "Bu şehirden sen gidersen ben de giderim..." şeklinde sözleri var. İçimden dua ettim:

"Allahım, arabeskin insanlar için ne kadar tehlikeli olduğunu anlatmak için fırsat olsun ama konuyu ben başlatmayayım."

Şarkı bitince sunucu övgüler düzdü, sonra bana döndü ve "Arabesk insanlar için zararlı diyorlar, doğru mu?" dedi.

Cevap verdim:

"Öyle."

Sonra da dilimin döndüğünce anlatmaya çalıştım.

"Bir insan kırk gün boyunca 'acıların insanıyım' derse, acılara bulanması kaçınılmazdır. Sürekli acı içeren mesajları, bu şarkıları dinleyen insanların farkındalık oluşturması, hayatı doğru şekilde algılaması, hepsinden önemlisi mutlu olması mümkün değil.

Bir gün genç bir hanım geldi. "Sevgilim beni bir anda bıraktı gitti..." dedi.

"Tuttu Fırlattı Kalbimi" şarkısı o günlerde çok modaydı.

"Sen de mi bu şarkıyı dinliyorsun?" dedim.

"Tabii. Hatta beni arayanlar dinlesin diye, beni arayanları da bu müzik karşılayacak şekilde ayarlama yaptım" dedi.

"Yani sevgilin seni her aradığında bunu mu dinletiyordun?"

"Evet" dedi.

"Adamın bilinçaltına fırlatıp atmayı sokuyorsun! O da bıraktı gitti seni..."

Sözleri negatif olan şarkıları kendi hayatımda bıraktım. Bu şarkılara bağımlı olanlara da saygı duyuyorum. Şu an içinde bulunduğu ruh halini bu şekilde besliyor. Bu da onun seçimi. Acı bedenle yaşamayı sevenler de var.

Eğer olumsuz enerji modundan ve sözlerinden çıkmak istiyorsanız, buna niyet edip alışkanlıklarınızı değiştirmeye başlayarak ilk adımı atabilirsiniz. Zamanla kendinizi dönüştürürsünüz. Sizinle uyumlu olmayan enerjili kişiler sizden uzaklaşmaya başlarsa, şaşırmayın. İzin verin yeni dostlarına gidebilsinler. Herkes herkesin hayatında belli bir süre misafirdir. Kimse kimsenin sahibi değil ve sonsuza dek de hayatında olamayabilir. Bazı şeyleri kabule geçmekte fayda var. Her zaman hatırlayın: "Söz bir enerjidir." Ağzınızdan çıkanlara da dinlediklerinize de dikkat edin.

FARKINDALIK

Kitabın başından beri anlatıyorum. Dünyada hem kendi kişisel arızalarımızdan hem de küresel birtakım büyük organizasyonlardan kaynaklı oldukça sorun var. Biz önce kendimizi düzelteceğiz, sonra yakın çevremizdekiler için örnek olacağız ve sonra tüm toplumda kendimiz gibi, değişimi kendinden başlatanların harekete geçmesi için adımlar atacağız. Nihayetinde gezegenin her yerindeki tüm insanlar önemli ve kıymetlidir. Tüm insanların ego ile yaptıkları savaşı kazanması, bizi yine geldiğimiz kaynağa döndürecek ve bu gezegendeki sınavımızdan iyi notla geçmemizi sağlayacaktır. Yani sizin tek başınıza arınıyor olmanızın size bir faydası olmadığını uzun vadede anlamış olacağız.

Değişme vaktimiz geldi. Emin olun, hiç zor değildir kendimizi ve hayatımızı değiştirmek.

"Senden özür diliyorum.

Senden af diliyorum.

Sana hakkımı helal ediyorum.

Niyet ediyorum, sen de bana hakkını helal et.

Seni seviyorum.

Sana teşekkür ediyorum."

Probleminiz olduğunu düşündüğünüz her insan için bu satırları tekrarlayın. Dönem dönem bunu yeniden yapın.

Üç ay boyunca zihninize kim gelirse gelsin, milyon kere haklı dahi olsanız, içinizden bu sözleri söyleyin. Kişinin yüzüne söylemenize gerek yok. İçinizde kiminle savaşınız varsa, yine içinizden ona bu sözleri söyleyin.

Allah'ın size verdiği bedeniniz de emanettir. Ona da iyi bakın. Sağlıklı olun, spor yapın, iyi besleyin, dinlendirin. Beyninizin ürettiği enerjiyle tekâmül yapıyorsunuz.

Genelde hep dünyada işimize yarayacak bilgilerin peşinde koşuyoruz. Biraz da ahirette işinize yarayacak bilgiler de sepetinizde olsun.

Kitaplarımızdaki çalışmaları aileniz ve arkadaşlarınızla da yapabilirsiniz. İlk başlarda biraz direnebilirler. Kafayı yediğinizi düşünebilirler, siz bilgilerinizi paylaşmaya devam edin. Herkes nasibi kadarını elbette alacaktır.

ŞİMDİLİK BİRKAÇ SON SÖZ DAHA...

Adım atın ve hizmet treninize binin. Yola çıkın. Hiçbirimizin yolu aynı değildir. Kimimiz kuzeye, kimimiz doğuya akıp gideceğiz.

Siz de artık kendi hayat tecrübelerinizi, kitaplarınızı hazırlamaya başlayın. Her yerde bilgi çok var. Önemli olan bilgiyi doğru eğitimli insanların harmanlayıp, insanların anlayacağı şekle getirmesidir.

Bir gün canlı yayında nefes çalışması yaptırdım. Kimse mesaj göndermedi, soru sormadı. Kimsenin izlemediğini sandım.

Ertesi sabah telefonum çaldı ve yaşlı bir çoban aradı. Yetmiş altı yaşındaymış ve çoban olarak çalışıyormuş. TV'de yaptığımız nefes çalışması ona iyi gelmiş. Beni o an dağ başında bir yerden arıyor... Teşekkür etti ve telefonu kapadı.

Hizmet hiç ulaşamayacağımız insanlara ulaşmaktır. Vesvese sizinle uğraşacak. "Boşa çabalama..." diyecek. Kitabı yazarken, vesvese yine konuşuyor:

"Niye yazıyorsun ki? Hiç kimse okumuyor!"

Vesveseyi engelleyemeyeceğinize göre, işinize devam edin.

Bir gün eski bir trenle giderken, vagonun ortalarında bir yerde oturuyorum. Saatler boyunca tepemdeki tavanın vidaları gıcırdadı durdu. Herkes gecenin bir yarısı mışıl mışıl uyuyor. Ben ise o vidanın sesinden perişan bir halde uyuyamıyordum. Yanımdaki adam, "Niye uyuyamıyorsun?" dedi.

"Gıcırtıyı duymuyor musun? Dayanılmaz bir ses. Uyumak mümkün değil" dedim.

"Evet. İlk bindiğimde duymuştum. Sonra kabullendim. Artık algılamıyorum. Ses gitti..." dedi.

İçimden bu kadar basit olamaz dedim. Bazen de bu konuda arıza veriyoruz. Bir şey gerçekten basittir ve basit olduğu için yapamıyoruz. Etkili olmuyor.

Kendiniz için adım atarken, farkındalığın sizde çalışmaya başladığını nasıl anlayacaksınız? İnsanlar yanınıza geldiğinde huzur buluyorsa, size güvenip içlerini açıyorsa, sizin yanınıza gelip ansızın konuşmaya başlayıp dertlerini anlatıyorlarsa, kendi yaşamınızda bilmekten hale geçmeye başladınız demektir.

Siz sadece aracısınız. Kontrol edin. Bir insan sizi övdüğünde yükseliyor musunuz? Eğer böyleyse içdünyanızı dengeye almanız gerekmeye başlayacaktır. Siz hizmet ettikçe size teşekkür edenlerin sayısı artacaktır. Gelen her teşekküre eyvallah deyip geçin. İçsel ve dışsal mutlu olmakta kullanmayın. Olur da kullanmaya başlarsanız bu da bir nevi ticarete dönmeye başlar. Yardım et, teşekkür al ve mutlu ol. Allah rızası için yardım edin. Övgüyle yükseldiğinizde dengede değilsiniz demektir. Bir başkasından da eleştiri geldiğinde enerjiniz aynı hızla düşebilir. Övgü de geldiğinde, yergi de geldiğinde, "Allah razı olsun..." deyin ve siz hizmet yolunuza devam edin.

"Allahım sana nasıl ulaşacağım?" sorusuna gelen yanıtı hiç unutmayın:

"Sonsuz sınırsız hoşgörü, sonsuz sınırsız huzur..."

İlk sınavlarımızdan olan sevgi ve hoşgörüyü önce evin içinde uygulamamız gerekiyor. Evdekiler siz sevgi seli oldukça sanki onlar da tam tersi size karşı gardını alan katı yürekli kişilermiş gibi olabilirler. Bu durum da dengede olmadığınızı gösteriyor. Evdeki ortak havuzdaki sevgi enerjisini farkına varmadan fazlasıyla kendinize çekmiş olabilirsiniz. Ortak havuz yerine sevgiyi kendi içinizde üretmeye başladığınızda, işte o zaman evdekiler dengeye gelmeye başlayacak. Peki ben sevgiyi nasıl üretebilirim? Size sevgi verebilmem için benim içimdeki bardağın dolup taşması lazım.

Peki nasıl?

Şimdi olayı bir parça olarak değil, bütün olarak düşünmeniz gerekiyor.

Adım adım gidelim. Bizi bu dünyaya neden gönderdiler? Tekâmül yapmamız için.

Bu yolculukta bizi bekleyen engeller nelerdir? İlk engel biziz. İçimizdeki nefsimiz.

Peki nefsimiz nedir? Aslında doğru programlayabildiğinizde sizin dünyasal temel yaşam döngünüzü çalıştıran bir programdır. Yemek yemenizi, nefes almanızı, içinizdeki birçok biyolojik döngüyü bilinçaltınız çalıştırır.

Peki bilinçaltım benim kontrolümde mi? Neredeyse bu gezegende çok az kişi kendi bilinçaltını koruyabiliyor ve programlayabiliyor. Neredeyse gezegendeki birçok kişinin bilinçaltı, dünyayı yönetmek isteyen derin ailelerin kurduğu ve yönettiği sistemler ile programlanıyor.

Nasıl programlıyorlar? Her türlü dijital cihaz, filmlerin neredeyse çoğu, diziler, yarışma programları, görsel ve yazılı medya, magazin, bilbort ve daha birçok mecradaki görsel, işitsel, kokusal dürtülerimizle bilinçaltımızı subliminal denen programlarla kodluyorlar.

Peki biz kendimizi kodlayamazken, bizi nasıl kodlamayı başarıyorlar? Mutsuz, huzursuz, endişeli, korkuları olan ve özellikle de terör, ekonomik kriz, sağlık gibi konularda korkmuş kişiler, bilgisayar oyunu oynayan gençler ve internetin içinde dolananların neredeyse çoğu, birçok çekirdek kodla kodlanmış durumdalar. Özellikle anlamsız alışverişler yapıyorsanız, her şeye kırılıp alınıyorsanız, kendinizi yalnız, sevgisiz, boşlukta hissediyorsanız, içinizde Allah'a olan sevginiz yavaş yavaş isyana dönüşmeye başladıysa, insanların hareketleri size batıyorsa, evinize girmek ya da hiç evden çıkmak istemiyorsanız, bir başka ülkeye, dine, ırka, millete, mezhebe, gruba ya da herhangi kişilere içinizde kin, öfke, nefret, çekememezlik başladıysa, bilinçaltınızı arındırma vaktiniz geldi demektir. *(Nefes21.com web sitemizdeki bilinçaltı çalışması ile ilk adımı atabilirsiniz.)*

Genel olarak ışığın peşinde giden, hizmet eden insanlar ışığı yaydıkça, karanlık bundan rahatsız olur. Size saldırır. Sizi yolunuzdan edemezse, etrafınızdaki insanlara saldırır. Onların dengesini bozup, onları size saldırtır. Aldırmayıp, kendinizi ve sevdiklerinizi Allah'a emanet edin ve siz yolunuza devam etmekte kararlı olduğunuzda, vesvese sizden uzaklaşır.

"Allahım, seni arayanlar ve bulanlarla buluşmayı nasip eyle..." diye dua ediyorum. Onlarla karşılaşmayı ya da yaşamayı değil, buluşmayı... Çünkü "karşılaşma" derseniz, belki aksi şeritte karşılaşacaksınız.

Herkes nasibiyledir. Gönül gözünüzün açılması bile yine nasipledir. Allah'ın izniyledir.

"Allahım, gönül gözümün açılmasına, iredemin kolaylıkla güçlenmesine niyet ediyorum. Hak ile batıl arasındaki farkı hissedip, Hakk'a yönelmeye niyet ediyorum. Yaptığım işle kendime, aileme ve bütüne hayırlı olmaya niyet ediyorum. Allahım, bana bunu kolaylaştır, nasip eyle..."

Arındıkça, hislerinizin de güçlendiğini fark edeceksiniz. Rüyalarınız netleşmeye ve anlam kazanmaya başlayabilir. Rüyalarınızı da sadece ehli kişilerle paylaşın. Hisleriniz güçlendikçe, etrafınızdaki oynanan oyunların farkına varmaya başlayacaksınız. İlk başlarda bu size mutsuzluk olarak dönebilir. Endişe etmeyin. Birçok insanın yaşamlarını boş yere ziyan ettiklerine şahit oldukça içinizde bir acı oluşabilir. Siz elinizden geldiğince kişiye sakin ve dingin bir şekilde ulaşmaya niyet edin. Tekrar hatırlatmak istiyorum. Acelecilik de vesvesedendir. Okuduğunuz bu kitapta ve diğer kitaplarımızda niyetim, bütüne hizmet etmek isteyenlerin takıldıkları yerden çıkabilmelerine yardımcı olabilmekti. Biz dengeye geldikçe, hep birlikte arınmaya başladıkça, bizden sonraki nesillere de faydamız olacağına inanıyorum.

Bizden sonraki nesiller için niyet ediyorum, dünyaya sevgiyle hizmet edebilecek gençlerimiz ayakları üzerinde, Allah'tan başka hiç kimseye ihtiyaç duymadan birlik olabilsinler, hizmet edebilsinler. Dünyayı yöneten sistemlerin amaçları, bizi duygusal olarak çökertip, ülkeleri küçük ülkelere pasta dilimi gibi ayırıp, dinlerimizden soğutup, yeni bir din, küçük ülkecikler ve hepsi bir yere bağlı bir düzen kurmak istiyorlar.

Eğer ben duygusal dengesizliklerimi dengeye alır, kalbimi ilahi aşka açarsam, arzu ettikleri tüketim zincirinde kullanabilecekleri bir birey olmaktan uzaklaşıp, kendi seçimlerini yapabilen bir bireye doğru dönüşmeye başlayacağım. Yani reklamlarda satmak istedikleri ve benim de ihtiyacım olmadığı halde eskiden gidip satın aldığım şeyleri bana bu sefer satmayı başaramayacaklar. Bu en basiti. Ülkeme sahip çıkarsam, ülkemdeki insanlarımla bir bütün olursam, kimse bileğimizi bükemez. İşte önemli olan burası. Hep birlikte tekâmül yapmak ve dünyadaki diğer tüm ülkelerle, dinlerle barış içerisinde olmak.

Barış derin dünya sistemlerinin en son istediği olgu. İçsel çatışma onlara inanılmaz para kazandırıyor. Dünyadaki savaşlara son vermenin zamanı geliyor. Hep birlikte niyetlerimizi ortaya koymak bile, ortak bilinçle, yeni niyetlerle, dualarla güzellikleri şekillendirebilmemizde bizlere yardımcı oluyor.

Artık uyanalım, ayağa kalkalım. Birlikte adım atıp ilerleyelim. Bildiklerimi, gördüklerimi, analiz edebildiklerimi, anlayabildiğim kadarıyla, idrak edebildiğim kadarıyla sizlerle paylaşmaya çalıştım.

Siz de ulaşabildiğiniz kadar kişiye ulaşarak bu çalışmayı devam ettirebilirsiniz.

Bütüne şifa olsun...

20 yıl önceki halinize mektup yazınız.

(Yazdığınız mektupları ileriki dönem hazırlayacağımız kitabımızda yayınlamamızı istiyorsanız, işaretli yerden keserek bize ulaştırabilirsiniz. Adres bilgilerini nefes21.com internet sayfamızdan temin edebilirsiniz.)

20 yıl sonraki halinize bir mektup yazınız.

(Yazdığınız mektupları ileriki dönem hazırlayacağımız kitabımızda yayınlamamızı istiyorsanız, işaretli yerden keserek bize ulaştırabilirsiniz. Adres bilgilerini nefes21.com internet sayfamızdan temin edebilirsiniz.)

20 yıl önceki halinizden bugünkü halinize mektup yazınız.

(Yazdığınız mektupları ileriki dönem hazırlayacağımız kitabımızda yayınlamamızı istiyorsanız, işaretli yerden keserek bize ulaştırabilirsiniz. Adres bilgilerini nefes21.com internet sayfamızdan temin edebilirsiniz.)

"Bülent Gardiyanoğlu" I-Phone ve ANDROID Uygulamasını Ücretsiz İndirebilirsiniz.

ANDROID

3 Adımda Uygulamanızı Yükleyebilirsiniz.

1. Adım

App Store ve Google Play Store'dan "Bülent Gardiyanoğlu" yazarak uygulamayı bulunuz.

ANDROID APP ON Google play

Download on the App Store

2. Adım

YÜKLEYİNİZ

"YÜKLEYİNİZ" Düğmesini tıklayarak, uygulamanızı telefonunuza kurun.

3. Adım

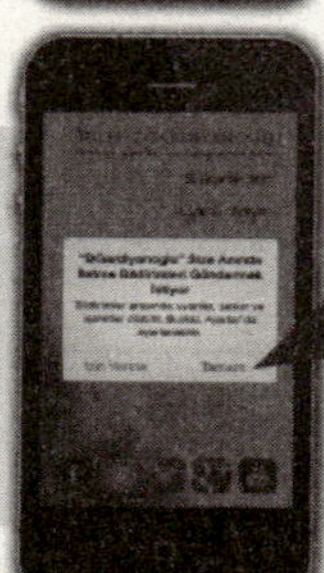

Tamam

"Tamam" Düğmesini tıklayarak, yeniliklerden anında haberdar olabilirsiniz...

www.nefes21.com

YENİLİKLERDEN İLK SİZ HABERDAR OLUN

Neden Atölye Çalışması?

Atölye Çalışması'nın amacı nedir?
Kitaplar ve web sitemizdeki içerikler ile ilgili elimizden geldiğince sizlerle bilgi paylaşmaya çalışıyoruz. Bu süreç içerisinde sormak istediğiniz sorular oluşmaya başlayabilir. Bu noktada bir / iki günlük atölye çalışmalarımız'da sorularınızı sorabilecek ve sizler gibi soru sormak isteyen yol arkadaşlarınız ile tanışacak, onların soruları da sizde farkındalık oluşturacaktır. Herkese koşmaktan kendinize vakit ayıramamış olabilirsiniz. Bugün kendinizi ertelemekten vazgeçerek, ilk kez kendiniz için birşey yapın. Adım atın, kolaylıkla ve sağlıklı bir şekilde sizde çalışmalarımıza katılın. Vakit geldiyse Allah nasip eder...

2 Günlük Atölye Çalışmalarımızın içeriği
Birinci Gün:
Hayatımızda nerelerde takılı kaldık ?
Enerjimizi bizden çalan olaylar ve durumlar neler?
Geçmişi ve gelecek bizi nasıl etkiler ?
Atalardan olumsuz bağların kesilmesi neden önemli ?
Hayatınızda sürekli tekrar eden olumsuz bir döngüye mi girdiniz ?
Kendimi neden sürekli erteliyorum ?
Başkalarına verdiğim değeri neden kendime veremiyorum?
Zihnim benim kontrolüm dışında durmadan sürekli düşünüyor ve zihnimi nasıl susturacağımı bilemiyorum?
Düşündüklerimiz başımıza gelirken neden önce olumsuz olanları geliyor?
Doğru nefes neden önemli ?

İkinci Gün:
Nefes Teknikleri
Geçmişi şifalandırma çalışmaları
Kontrolümüz dışında durmadan konuşan zihnimizi pratik yöntemlerle dinginleştirme teknikleri.
Gelecek kaygı ve endişelerin şifalandırılması.
Hayatımızı yeniden programla teknikleri.
Ve Derin çalışmalar ile birlikte "Kaynak Nefes" Çalışması
Not: Her gurubun ortak frekansları olduğundan, içeriklerde guruba özel değişiklikler kendiliğinden oluşmaktadır. Bu sebeple içerikte o guruba özel değişiklik yapılabilir.

Bizlerle iletişime geçmek ve daha detaylı bilgi almak için web sitemizi ziyaret edebilirsiniz.

www.nefes21.com
www.facebook.com/bgardiyanoglu
www.twitter.com/bgardiyanoglu
www.instagram.com/bgardiyanoglu